巴西
未来之国

Brasil, País do Futuro

Stefan Zweig

［奥］斯蒂芬·茨威格 —— 著

樊　星 —— 译

四川文艺出版社

图书在版编目(CIP)数据

巴西：未来之国/(奥)斯蒂芬·茨威格著；樊星译. -- 成都：四川文艺出版社，2018.11
ISBN 978-7-5411-5122-4

Ⅰ.①巴… Ⅱ.①斯…②樊… Ⅲ.①随笔—作品集—奥地利—现代 Ⅳ.①I521.65

中国版本图书馆CIP数据核字(2018)第195407号

BAXI WEILAI ZHIGUO
巴西：未来之国

[奥]斯蒂芬·茨威格 著

樊 星 译

选题策划	后浪出版公司
出版统筹	吴兴元
编辑统筹	梅天明
责任编辑	程 川 周 轶
特约编辑	刘苗苗
责任校对	汪 平
装帧制造	墨白空间·黄 海
营销推广	ONEBOOK
出版发行	四川文艺出版社（成都市槐树街2号）
网　　址	www.scwys.com
电　　话	028-86259287（发行部） 028-86259303（编辑部）
传　　真	028-86259306
邮购地址	成都市槐树街2号四川文艺出版社邮购部 610031
印　　刷	北京天宇万达印刷有限公司
成品尺寸	143mm×210mm　1/32
印　　张	7.5　　　　　　　　　字　数　170千字
版　　次	2018年11月第一版　　印　次　2018年11月第一次印刷
书　　号	ISBN 978-7-5411-5122-4
定　　价	42.00元

后浪出版咨询(北京)有限责任公司常年法律顾问：北京大成律师事务所
周天晖 copyright@hinabook.com
未经许可，不得以任何方式复制或抄袭本书部分或全部内容
版权所有，侵权必究

本书若有质量问题，请与本公司图书销售中心联系调换。电话：010-64010019

目 录

介　绍	1
前　言	1
引　子	1
历　史	11
经　济	64
文　化	106
里约热内卢	130
圣保罗	166
米纳斯吉拉斯	181
飞向北方	196
巴西年表	216
第一版译后记	219
再版译后记	224

介 绍

耐尔森·雅·加西亚[1]

《巴西：未来之国》是一部真正的杰作，它细致、精确，是一位懂得在此观察、感受、生活的人写成的。这本书里既有专业的研究，对数据的引用，也有一位可敬学者的感性观察。它是一本专著，亦是一本巴西历史的教科书。书中叙事前后一致，更正了一些不合逻辑的认识，比如说巴西的发现是出于偶然，卡布拉尔受到酷热的困扰等。

巴西有无数的外国游客，他们或者在飞机上俯瞰我们的国家，或者坐在舒适的汽车里，透过玻璃了解巴西。而茨威格对巴西现实的理解，却与他们迥然不同，因为他能够近距离地观察这里。他登上过里约热内卢的贫民窟，参加过巴伊亚和累西腓的狂欢活动，走遍了圣保罗。

这本书完美地再现了巴西的过去，却没有能够正确地预计未来。预言错误是欧洲人的通病，尤其是犹太人。马克思预言革命会爆发在英国或德国，事实却正好相反，俄国、中国和古巴成了革命的策源地。茨威格预言科技的发展、贫民窟的衰败，也都与现实不符。

---

[1] 耐尔森·雅·加西亚（1947—2002），巴西圣保罗大学法学院教授，同时也是巴西社会学家与历史学家。

茨威格戴上康德的红色眼镜，看到一个玫瑰色的巴西，于贫苦中睹见美好，于哀伤中看到富饶，在苦痛中见到快乐。

这本书唯一的缺陷是欧洲中心主义，也即以欧洲的标准衡量世界。由于欧洲河流直阔，河道曲折就被认为是缺憾。高山、平原、海滩、红树林，在茨威格眼中也与我们的现实不同。正是这种缺陷，使得只有在非洲，国境线是笔直的，部落被分开，自然的地理界限被忽视，诸多问题随之产生，不知是否有解决的一天。

除了这小小的局限，这本书棒极了。这并非关于巴西的无聊历史，只知道罗列毫无意义的人名数据。这本书中有对经济、政治、社会、文化的分析，解释了我们存在的价值。

这是我一直想读的一本书，我读过一遍又一遍，并依然想要再读。

前　言

阿弗兰尼奥·贝朔托[1]

这并非简介或者导言。我们的读者不需要这类东西，因为茨威格享誉世界。这篇文章的目的是向他致谢。他是我们的客人，在这里居住了一段时间，从巴伊亚到亚马孙，从伯南布哥到圣保罗，又从米纳斯到里约格朗德，却最终留在了里约热内卢。他是我们的土地与人民的情人。

巴西就像那些漂亮女人，让人不知为何便动了情，甚至是那些毫无关系的人。他们一无所求，连一个眼神一个微笑都不奢望。爱着她们，这就够了。人们将之称为"土著人的爱情"：即使被爱人无视……骑士的爱情正是如此。歌德曾经用一句话概括："我爱你，与你何干？"茨威格就是这样。

他的书被译成六种或更多语言，有些甚至译成了十八种。有时一种语言还有不同的版本，比如英式英语和美式英语，欧洲西班牙语与拉美西班牙语，欧式葡语和巴西葡语，等等。他的书，无论是散文传记还是纯粹的虚构作品，都常常再版，十分畅销，拥有诸多读者。他温和而又诗意，能很好地与人和睦

---

[1] 阿弗兰尼奥·贝朔托（1876—1947），巴西作家、政治家、医生、教师、历史学家与文学评论家。在政治、医学、教学方面多有建树。于1910年进入巴西文学院，接替尤德里德斯·达·库尼亚取得第七号席位。有著作三十余部，包括戏剧、小说、散文、传记、文学评论等。

共处、交流畅谈,又十分简单朴素。如果在美国,他会像莫洛亚[1]一样受到追捧;若是在阿根廷,也会像沃尔多·弗兰克[2]一样受到盛赞。但他在这里,静静的,在巴西。他在这里,没有去卡台蒂[3],没有去外交部,没有去大使馆,也没有去文学院或者出版宣传局,他没有去报社,没有去电台,也没有去豪华酒店……他在这里走过、转身、散步、旅行、生活,却一无所求。他不求勋章,不求庆典,不求接待也不求演讲……他一无所求。

巴伊亚州邀请他来参观。他很感动,但有条件:不能有任何资助,不许提供住宿,不可以接待,不参加会议,什么都不要。他喜欢巴西,喜欢巴伊亚,这就够了。他只希望能够自由游览,自由感受,自由地思考、写作……

因此,这本书,这部伟大的作品,它包含着现时的爱和未来的憧憬。它的诸多版本遍布美国、英国、瑞士和阿根廷,还有法文版和德文版。这是最早的六个版本,稍晚又有了巴西版。它是最受欢迎的巴西"画卷"。国内外别有目的的宣传从来都没有如此夸奖我们的国家,而作家自身,却连一次握手或者一句感谢都不需要。不求回报的爱,超越文明的爱,土著人的爱:如今,他的情人将会了解,会为如此深沉的爱而不知所措,可他却早已远去……只留下了这样的表白,对那最自负的美貌,他的表白毫不掩饰。那些"爱国人士",那些"爱炫

---

[1] 安德烈·莫洛亚(1885—1967),法国传记作家。
[2] 沃尔多·弗兰克(1889—1967),美国多产小说家、历史学家、文学及社会批评家。以其对西班牙及拉美文学研究而知名。
[3] 卡台蒂:里约热内卢最繁华的街区,亦是1897至1960年巴西行政机关所在地。

耀的人"只得掩面羞愧，因为直到今天，在所有关于巴西的书中，没有一本能与之媲美……是爱创造了奇迹。如果他是一名政治家，或是外交官，或者经济学家，我们便无法理解；只有一个解释，斯蒂芬·茨威格是一位诗人，是现今世界上最伟大的诗人。他的诗或许没有成韵的诗行，却是感人的、生动的，是世界上最富柔情的散文家写成的……

1941年7月

引　子

　　从前的作家在发表作品之前，总习惯写一篇短小的前言，声明写作的动机、视角以及目的。这是好习惯，能够从一开始就通过直接对话与读者坦诚相见，便于彼此相互理解。因此，我也愿以最诚挚的心意，告诉你们我为何选择了这个题目，因为从表面上看，它同我的一贯作品毫无关联。

　　1936年，我启程到布宜诺斯艾利斯参加世界作家大会，同时接到邀请，可以顺便游览巴西。我并未抱太大希望。对于巴西，我曾像一般的美国人或者欧洲人，有着十分自负的想法。如今回想起来，当时的想法大致如下：巴西不过是南美随便一个国家，同其他国家没有分别，气候炎热，疾病肆虐，政局不稳，财政溃败，行政无序，仅在沿海城市有少许文明；但却风景绚丽，有诸多未知的可能。这是一个属于绝望的流亡者和垦荒者的国度，但却无法产生精神发展的动力。从职业上来说，我既非地理学家，也不是蝴蝶收藏家，也不是猎人、运动员或者商人，所以觉得参观这样一个国家，十天便足够了。我打算在这里待个十天八天，然后立即返回。我并不羞于承认这种无知的想法，反倒认为这很重要，因为在欧洲或美国这样的想法仍十分普遍。在文化方面，巴西对于我们，就像在地理意义上对于第一批航海家那样，依然是一片未知的土地。一些错误的观念常常使我感到惊讶，因为即使是那些富有学识又爱好政治的人，对于巴西的了解也十分狭隘。然而，这个国家对世界未来的发展却无疑起着至关重要的作用。举例来说，有一次在船上，一位波士顿的商人带着鄙夷的口吻谈起南美的那些小国家。我试着提醒他仅仅巴西就比美国还大[1]。他认为我在开玩笑，直到拿出地图，才肯相信。我曾读过一本欧洲知名作家的小说，里面有一个可笑的细节，主人公被派往里约热内卢，是为了学习西班牙语。然而，有无数不知道巴西讲葡萄牙语的人，这位作家只是其中之一。而我自己，在第一次离开欧洲之前，同样也对巴西一无所知，或者至少不能保证我所知正确。

就这样，我来到了里约热内卢，我一生中最难忘的地方。我不禁为之吸引，为之感动。在我面前的并不仅仅是世界上最雄伟的景色，不仅仅是海山之间独一无二的组合或是热带的城市与自然风光，还有一种全新的文明形态。与我所设想的不同，在这里，无论城市规划还是各色建筑都在不失整洁的同时具有独特的风格，崭新的事物中不乏大胆与雄伟，而古老的文明也由于路途遥远得到了捍卫与保留。这是一个多姿多彩、不断变化的城市。我的眼睛不知疲倦，无论朝哪儿看去，都会感到快乐。醉人的美景与幸福笼罩着我，调动起我的感官，刺激着我的神经，扩张着我的心脏；我越看下去，便越割舍不掉。在巴西的最后几天，我参观了它的内陆地区，更确切地说，是我所认为的内陆地区。为了到达圣保罗和坎皮纳斯，我颠簸了十几个小时。我想这应该是巴西的中心地带了。可一看地图，才发现这十几个小时的车程不过刚刚抵达巴西的皮肤。这是我第一次明白，这个国家大得不可思议。它简直不能用国家来形容了，它如同一块大陆，足以容纳三亿、四亿甚至五亿人口。

---

[1] 成书时，阿拉斯加与夏威夷尚未建州，此处未算进美国领土面积内。

这里幅员广阔，土地肥沃。在其广袤的土地中，已得到利用的不过千分之一。在这里，尽管工业、建筑、各种机构和创新领域都刚刚起步，但却发展很快。在今后，巴西的重要性将不可估量。而这种惊人的发展速度也让我抛去了欧洲的自大，仿佛卸下了一个沉重的包袱。我明白，我已经看到了世界的未来。

轮船起航的时候，天空繁星闪耀。而由城中的万千灯火组成的珍珠项链，却焕发出比星空更加神秘绚烂的光芒。那时我就知道，这绝不是我最后一次来到这个国家和这座城市。我还知道，这里的一切我几乎都还没有见到，或者说根本没有见够。我计划第二年再来，准备待得更久一些，以便再次体味这里的生活，居住在这个向着未来不断发展的地方，更好地享受和平的保障及好客的氛围。可却未能如愿。第二年，西班牙内战未停，于是我想：再等等吧，等到时局稳定下来……1938年，奥地利被吞并，我又接着等。1939年捷克斯洛伐克也遭到不幸，之后德军入侵波兰，接着所有人都卷入战争，欧洲亲手杀死了自己。我越来越希望逃离那片废墟，到这和平富饶的地方待上一段时间。于是我又重新回到这里，比之前更有所准备，以期对它做出一番简要的描绘。

我知道这番描绘并不完整，也不可能完整。巴西实在广袤，想完全了解它是不可能的。我花了半年时间在这里游走，到现在才明白，尽管我如此努力，到过那么多地方，却依然算不上了解巴西。甚至穷尽一生，也不足以宣称自己已经将它看清。我从未到过的各州，每一个都像德国、法国一样大；而我未曾涉足的马托格罗索和戈亚斯[1]，即使科学考察队也未能走

---

[1] 巴西中西部的两个州。

遍；我也同样没有进入过亚马孙丛林，没能弄清这广阔土地上散布的村落和他们的原始生活；没能了解那些与世隔绝的群体和他们独有的文明。这里有航行在河流上的船夫，有亚马孙地区的印第安后裔，有矿工、牧民和高乔人，还有割胶工人与米纳斯吉拉斯州的腹地人。我没去过位于圣卡塔利纳州的德国殖民地，听说那的老房子里还挂着威廉皇帝的画像，新房子里却是阿道夫·希特勒的肖像。连圣保罗内陆的日本领地我也不曾去过，更说不准原始丛林里是否还有食人的土著部落。

至于那些值得一看的迷人景色，有些我也只在照片、录像或者书中见过。我曾计划用二十天的时间，沿亚马孙河逆流而上，穿过一望无际的密集丛林，但未能成行。我最终也没有到达巴西与秘鲁及玻利维亚的边境。由于季节条件所限，航行遇到诸多困难，又不得不放弃了为期十二天的圣弗朗西斯河之旅。它是巴西内陆第一大河，在巴西历史上起到了重要作用。我没能登上伊塔蒂亚亚山[1]。若站在这座三千米的高山之上，就可以瞭望巴西高原，而它的峰峦则向远方延伸，一直朝着米纳斯吉拉斯州和里约热内卢方向。我也未曾目睹伊瓜苏瀑布的壮阔，没有见到那巨大水量所击打出的泡沫。而据去过那里的人讲，它甚至比尼亚加拉大瀑布还雄伟得多。我也从未带着锤子和镰刀深入到浓密的原始丛林之中。尽管我不断地旅行、观察、学习、阅读和寻找，却仅仅触到了巴西文明的边缘。我不得不如此安慰自己：在我见到的人中，也仅有两三个巴西人敢说自己了解巴西的心脏，了解那几乎不可触及的内陆地区。而无论是火车、汽车还是轮船，所有这些交通工具也都无力面对

---

[1] 即伊塔蒂亚亚国家公园，属曼蒂凯拉山脉。

巴西的广阔浩大，不能把我带到更远的远方。实事求是地说，我也无法对巴西未来的经济、财政和政治状况做出准确的断言或预测。巴西所面对的问题，无论在经济、社会还是文化方面，都太新也太特别了。加之这里幅员辽阔，更是让这些问题变得扑朔迷离。每一个问题都需要一组专家才能解释清楚。如今，巴西对于自己尚且没有一个清晰的认识，加上这里发展太快，刊印出的数据报告都失去了时效性，想要全面了解这个国家更是难上加难。而在所有这些问题之中，我最想说明的，也是对现今世界各国最为重要的，是巴西在精神与道德层面的意义。

这是每一代人，尤其是我们这一代必须思考的问题。它虽然简单却极其重要：在这个世界上，不同阶级、种族、肤色、信仰的人怎样才能和平共处？这是每个国家、每个团体都不得不面对的迫切问题，在巴西尤为严重，可却处理得最好、最值得称道。我有幸见证了这一点，并由此写下了这本书。在我看来，巴西在这方面的做法不但需要我们重视，更值得我们钦佩。

巴西，由于其特有的人种结构，如果也采取欧洲民族主义与种族主义的愚昧政策，势必四分五裂、战乱不止。在这里能够轻易看到各个种族和他们的混血后代，这些人共同组成了巴西。在这里有葡萄牙殖民者的后代，他们的祖先是曾经的征服者和统治者；在这里也有土著人的后裔，他们从很久之前便定居内陆；在这里还有无数黑人，他们的血液中尚存有奴隶时代非洲的记忆；这里还有许多其他外国殖民者的后裔，他们来自意大利、德国甚至日本。如果按照欧洲人的思维模式，这里的每一个群体都会对其他群体保持敌意，先来者反对后来者，白人压迫黑人,巴西人驱逐欧洲人,白种人、土著人和混血人一同对付黄种人,多数派与少数派冤冤相报,为捍卫自己的权利不断争斗。然而,在这里的所有种族,尽管肤色不同,却能和睦相处;虽然出身各异,但却齐心协力。他们致力于尽快消除彼此的差异,成为完完全全的巴西人,共同建立一个团结的新国家。面对让欧洲世界不知所措的种族问题,巴西的做法堪称典范——它并不将种族看作一个问题。如今,欧洲比以往任何时候都要疯狂,妄图创造出最"纯粹"的人种,就像培育赛马或者名犬一样。巴西却坚持奉行几百年不变的原则,无视肤色差异,允许各种族间自由结合。"在公共事务或私人生活中,每个公民都拥有相同的权利",这在许多国家不过是一纸空文,在巴西却成了现实。无论在课堂、工厂、教堂中,还是在军队、高校和政府里,巴西人都拥有平等的权利。在放学路上,总能看到不同肤色的孩子们一起,手拉手肩并肩,这是多么感人的场景。而这种身心之间的紧密联系,也存在于上层社会,存在于学术和政治领域。在这里,不同的肤色不会受到区别对待,不会受到排挤,不会遭到隔离,更不会收到侮辱性语言的攻击,而最后一点无疑最能够体现这里人与人之间的和谐共存。在我们那里,每个国家都发明了专门的语汇,用来攻击或讥讽其他人群,比如"Katzelmacher"[1] "Boche"[2]。而在巴西语汇中,却没有专门用于贬损黑人或混血人的词语。在这里,有谁敢说自己是纯种人呢,又有谁愿意如此吹嘘呢?戈比诺[3]

---

[1] 德语,意为外国佬。
[2] 英语,意为德国佬。
[3] 法国社会学家,将不同种族划分等级,宣称日耳曼民族为优等民族。

宣称巴西只有一个纯种人，那就是佩德罗二世[1]。这或许是夸张了，但对于真正的巴西人，他们的血管里却一定流有几滴印第安人的血液。可令人称赞的是，他们并不以此为耻，反倒以此为荣。异族通婚，在我们邪恶的种族理论中被视为罪孽和自我毁灭；在巴西却加以利用，成为整合民族文化的有效途径。正是在这样的基础之上，巴西才能在四百年间保持稳定、不断发展。不同种族间相互融合、互惠互利，而在相同的气候条件下，却奇迹般地形成了各具特色的群体。然而，在这里，种族净化主义者所大肆宣扬的品质堕落、道德败坏等情况却完全没有发生。这里有着最漂亮的混血女人和孩子，他们有着世所罕见的亲切与优雅。最快乐的事情莫过于看到那些学生褐色的瞳孔，在里面有着智慧与谦卑，还有恭敬与安宁。平和的性格与淡淡的忧伤造就了这里的人民，他们与北美人完全不同，缺少那种主动。在这里，真正"被瓦解"的只有激烈而危险的对立与冲突。在巴西，民族或者种族团体，特别是对抗性的团体已逐步清除。这无疑大大促进了统一民族意识的形成，以至于下一代人的观念里就只有"巴西人"了。一般而言，外国人的后代会更加忠于现在的国家。鲜活的事实与教条的理论相比，也更具有不容置疑的力量。巴西完全消除了那些无益的偏见，对不同种族平等相待，取得了明显的效果。因此，巴西经验最大的贡献，将是结束现今的混乱局面，将世界从前所未有的大灾难中解救出来。

如此你们便能明白，为什么人一旦踏上这片土地，灵魂

---

[1] 佩德罗二世（1825—1891），巴西帝国第二任国王，出生在巴西。其父亲是巴西的佩德罗一世，也即葡萄牙的佩德罗四世。

便能得到安慰。一开始，你会觉得这一切都来自于视觉的愉悦，来自这里无与伦比的美丽景色。大自然张开臂膀，对初到的客人致以热烈的欢迎。但你很快发现，这不仅仅是大自然的和谐景象，也恰恰是整个国家的生活缩影。一个人，刚刚从欧洲的荒谬与狂热中逃离出来，看到在这里，社会与个人都能和睦相处、毫无敌意。起初他以为出现了幻觉，可马上明白这是上帝的福音。他的神经一直处于高度紧张状态，现在却完全松弛下来。在这里，一切矛盾，即便是社会矛盾，也都不如我们那般尖锐，更不会把锋利的毒箭射向我们的同类。在这里，虚伪的政治还没有成为个人生活的坐标，人们并不凭此感受和思考。一旦踏上这片广袤的土地，你就会惊喜地发现，这里人民的生活方式，是友好而不是狂热。你会不由自主地深呼吸，庆幸自己摆脱了欧洲腐朽的空气，摆脱了敌对阶级与种族的相互仇恨，走入了这个更有人性的世界。诚然，这里的生活也更加安逸。热带气候的莫名沉闷，使得这里的居民也受到影响，显得缺少活力与冲劲，缺少力量与激情。可是，狂热、野心、欲望，正是这些被错误高估的品质，造成了如今的可怕后果。而对我们而言，这种平静祥和的生活方式，才是真正的幸福与恩赐。

　　当然，这并不是说巴西已经处于理想状态，我也不愿造成这样的误解。事实上，巴西的发展才刚刚起步，整个社会还处于转型阶段，民众的生活水平也远在我们之下。这是一个拥有五千万人口的大国，论其科技发明与工业生产，却只抵得上欧洲最小的国家。整个国家的行政机制尚未完善，经常陷入停滞之中。更不用说几百公里外的内陆地区，如今仍十分原始，起码落后了一个世纪。初次到达巴西的人，要先适应日常生活中的一些小小缺陷，比如不够守时、态度随便、行为懒散。而那些到一个地方只会观察公交宾馆的游客，则会带着满心的傲慢离开巴西，离开这里的落后和缺陷，回到他们所谓的"文明世界"中去。然而，近年来所发生的事情已经彻底改变了"文明""文化"的含义，我们已经不能再把它们简单归之于"秩序"或者"舒适"。而造成这一切的罪魁祸首，就是数据。这种功利主义的科学计算着每个国家的财富，计算着每个公民的财产，计算着每个人拥有多少辆汽车，多少间厕所，多少个收音机，多少份保险。按着这些数据，文明也就意味着生产力、消费以及金钱。可这些数据中却缺少了一项重要因素：人类的精神财富。我们能够看到，最顶尖的体制不但没有赋予人民人道主义精神，反倒将他们带上了野蛮的道路。我们能够看到，我们的文明在四百年之后，又一次走到了悬崖的边缘。因此，我们不能再以工业产值、财政基础或是军事力量为国家排序，而应以和平主义及人道精神作为衡量标准。

正是在这种意义上，我认为巴西是世界上最值得尊敬、最值得我们效仿的国家。它厌恶战争，甚至不清楚战争是怎么回事。在过去的一百多年里，巴西的所有边境争端几乎都能通过协商或仲裁解决。只有巴拉圭战争例外，可那是一个丧失理智的独裁者所发动的战争。这个国家为之骄傲的英雄除了战士，还有国务活动家，比如卡西亚斯公爵[1]以及里约·布朗库子爵[2]，他们都十分谨慎，知道如何避免战争。巴西的语言与南美其他

---

[1] 即路易斯·阿尔维斯·德·利马·伊·席尔瓦（1803—1880），巴西历史上最重要的国务活动家、军人。
[2] 即若泽·玛丽亚·达·席尔瓦·帕兰纽斯（1819—1880），巴西政治家、外交家、国务活动家、教师、记者。

国家不同，也没有扩展领土的动机或者称王称霸的倾向。它与邻国和平相处，互不侵犯。巴西的外交政策从不会对世界和平构成威胁，甚至在如今动荡的形势之下，巴西基于理解、求同存异的基本原则也未曾改变。对和解的渴望、对人道主义的坚持，并不只是某一个领导人的态度，而是整个国家的德行，是巴西人与生俱来的宽容所决定的。这一点在巴西历史上已得到了反复印证。在这里，从未存在过血腥的宗教压迫，从未执行过宗教裁判所的酷刑。同样在这里，奴隶们得到了最好的待遇。即便在革命爆发、政体更迭的时刻，也几乎没有流血牺牲。巴西的两位君主，为了巴西的独立与民主，一个主动宣布脱离葡萄牙，一个自愿流放欧洲。正因为如此，巴西的独立与改制既没有羞辱，也没有怨气。自巴西独立之后，尽管也有起义反抗，却很少付出生命的代价。因为作为巴西的领导者，要想统治这个国家，首先要采纳就是这种宽容精神；几十年来，巴西作为美洲唯一的帝国，拥有世界上最开明的君主，绝对不是出于偶然，而今天，巴西虽在独裁政府统治之下，却比我们拥有更多的自由与个人权利。因此，也只有在这里，在秉承和平发展原则的巴西，我们对未来文明最美好的愿望才有喘息的机会，我们被仇恨与疯狂撕裂的故土才可能平静下来。既然找到了这种精神力量，就当唤起更多的支持；既然在如此混乱的年代，依然能够在崭新的世界中看到对未来的希望，就有义务把这个国家介绍给更多的人。

正因为这样，我写下了这本书。

历　史

在数千年间,巨人般的巴西一直沉睡着。它,连同它之上蜿蜒墨绿的森林,连同那里的高山、河流以及激荡回响的大海,都不为人所知。1500年4月22日下午,远方的地平线上突然出现了几艘满载的帆船。在那些白帆之上,画有葡萄牙的红色十字。这些帆船靠近海岸,第二天,几艘小艇率先登上了未知的沙滩。

这是一支葡萄牙舰队,由佩德罗·阿尔瓦雷斯·卡布拉尔[1]担任指挥。他们于1500年3月在特茹河口起航,希望能重复瓦斯科·达·伽马的传世之旅,越过好望角、找到印度,就像卡蒙斯《葡国魂》[2]中传唱的那样。据说由于风向相反,船只偏离了达·伽马的航道,漂向了一个陌生的地方。人们对海岸的辽阔一无所知,故将此地命名为圣十字岛。尽管阿隆索·平松几乎到达了亚马孙河口,韦斯普奇也许已经到达过巴西大陆,可葡萄牙与卡布拉尔才是公认的巴西发现者。而这一切,似乎只是风浪的合谋。对此,许多历史学家心存疑虑。因为卡布拉尔的随行者中,有一位是达·伽马的指挥员,他完全知道准确的航线。而根据贝罗·瓦斯·德·卡米尼亚的证言,风向之说

---

[1] 佩德罗·阿尔瓦雷斯·卡布拉尔(1467或1468—1520),葡萄牙贵族、军事指挥、航海家,一般认为是巴西的发现者。
[2] 《葡国魂》,也可译为《卢济塔尼亚人之歌》,作者是卡蒙斯。这本书被视为葡萄牙的民族史诗,葡萄牙文学史上占有极其重要的地位。

也失去了价值。作为当时船上的一员,卡米尼亚声称船队偏离佛得角时,并未出现极端天气或强风干扰。既然船队偏离好望角向西航行并非受到风暴影响,那么便是卡布拉尔有意为之,或者是国王秘密授意,而后者的可能性更大。也就是说,早在正式发现巴西之前,葡萄牙王室已对巴西的地理位置有所了解。里斯本大地震摧毁了相关档案,能够揭开这一谜题的证据也不复存在,人们将再也无法得知巴西发现者的真实姓名。或许在哥伦布发现美洲之后,葡萄牙曾派舰队勘探这块区域,并在返航之时带回了新的消息;又或者早在哥伦布之前,葡萄牙宫廷已经知道在遥远的西方有这样一块土地。这些假说也并非毫无根据。可是无论得知怎样的消息,葡萄牙都会避免惊扰自己善妒的邻国;在航海大发现时代,葡萄牙王室将一切有关航海扩张的消息视为国家机密,对于走漏风声到其他强国的人处以极刑。地图、司南、航海日志和旅行报告,都同金银一样视若珍宝,封存在里斯本藏宝库中。而发现巴西的消息,尤其不能提前泄露。因为按照教皇诏书,佛得角西面100里格[1]以外的地方均归西班牙所有,而巴西恰在这个区域之内。若在那时将巴西公之于世,增加的只是邻国的疆土,葡萄牙则一无所获。为此,在取得这片区域的统治权之前,葡萄牙不会公开发现巴西的消息。葡萄牙王室需要通过合法手段,将这块新土地从西班牙手中夺走,纳入自己的统治之下。而在发现美洲之后,西葡两国于1494年6月7日签订的《托德西利亚斯条约》则提供了这一保证。该条约大大扩展了葡萄牙的领地范围,将其从佛得角以西100里格扩展到了370里格,这一区域恰好包

1　1里格为3海里,约5.5千米。

含了尚未发现的巴西海岸。倘若这次扩展只是巧合，卡布拉尔又怎么会恰巧偏离航道来到这里，而不是偏向其他地方，根本就无法解释。

部分历史学家认为葡萄牙早就知道巴西存在，是葡萄牙国王秘密指挥卡布拉尔向西偏移，并在写给西班牙国王的信中，将这一发现称为"神迹般的奇妙巧合"。同样有其他证据支持这一论断，其中之一便是舰队记录员贝罗·瓦斯·德·卡米尼亚给国王的汇报。他们意外发现了一块新大陆，却没有表现出丝毫的欣喜或振奋，只是平淡地陈述事实，仿佛是一件平常的小事。另一位记录员没有留下姓名，记录方式却完全一样，对这件事只说是"令人开心的发现"。没有一点得胜的喜悦，没有任何其他的猜想。同哥伦布及其后继者不同，没有人猜测可能到达了亚洲。这种冷冰冰的报告，与其说是有了新发现，倒更像是确认已知的事实。而如果能够证实平松到达了亚马孙河北部，那么卡布拉尔或将永远失去巴西发现者的荣耀。不过既然尚未找到相关文件，我们便依旧认为是在1500年4月22日这一天，巴西踏入了世界历史的舞台。

对于刚刚登陆的航海者而言，这块新大陆的第一印象非常美好：土地肥沃，气候温和，水源洁净，果实丰硕，居民友善。在卡布拉尔发现巴西的一年之后，亚美利哥·韦斯普奇来到这里，赞美道："如果尘世中真有天国，那一定离这里不远！"之后无论谁来到巴西，都会发出同样的感叹。大发现者受到了原始居民的热情招待。他们浑身赤裸、毫不掩饰，裸露的身体直面世人，"如脸庞一般天真无邪"。尤其是这里的女人，不仅身材曼妙、十分顺从，而且不问对象（这一点也受到后来殖民者的赞扬）。是她们让船员忘记数周的压抑。那时，他们并未对内陆地区进行真正意义上的开发或占领，因为卡布拉尔在完成了这个秘密使命之后，还要继续履行他的官方目标，尽快到达印度。他们在巴西一共停留了十天，于5月2日启程向非洲进发。在此之前，卡布拉尔指派贾斯帕尔·德·赖默斯率领一艘帆船沿巴西海岸向北探查，然后返回里斯本报告大发现的消息，并带回了一些新大陆上动植物的标本。

不管是秘密指派还是出于偶然，卡布拉尔发现新大陆的消息传到了葡萄牙。宫廷愉快地接纳了这一消息，但却没有特别兴奋。葡萄牙正式告知西班牙君主，以确立葡萄牙对巴西的所有权。然而，这块"没有金银，甚至连金属都没有"的土地起初并没有受到重视。在之前的几十年里，葡萄牙发现了太多土地，占有了世界上太多地方，已经穷尽了这个小国的能力。通往印度的新航道又确立了它对香料的垄断，仅此一项就是无比巨大的财富。里斯本人知道，在卡利卡特和马六甲，有无数的奇珍异石、绫罗绸缎、珠宝香料，这些几个世纪以来的传说，正等着他们去掠夺。而将东方文明古国丰饶的财富掠为己用的野心，则给葡萄牙注入了前所未有的活力与勇气，在世界历史上鲜有比拟。连《葡国魂》也无法使我们理解这次远征，就像亚历山大大帝一样，葡萄牙期望用几个人、几艘船同时征服三块大陆及所有大洋。这个小国，两百年前才从摩尔人手中取得独立，国库毫无储蓄可言；它的国王，每准备一支舰队，都不得不向银行家与商人请求借贷。葡萄牙也没有足够的士兵，无法同时向阿拉伯人、印度人、马来西亚人、非洲人、土著人开战，不能在三大洲的所有地方建立殖民地和防御工事。然而，如奇迹般，葡萄牙释放出了全部力量，无论是骑兵还是农民。哥伦布曾经气愤地声称：在葡萄牙，连裁缝都离开作坊，告别家人，投入到远征的队伍之中。全国各地的人们，无论是何职业，都奔赴港口。尽管按照若昂·德·巴胡斯的名言，"海洋已经成为葡国人最大的坟墓"，他们却无所畏惧，因为"印度"一词拥有更加神奇的力量。对国王来说，一艘从宝库返航的帆船能够弥补十艘沉船的损失；对个人而言，与风暴斗争、与死神较量能够为自己取得财产，更能为子孙谋得富贵。既然世界宝库的大门已被强行打开，自然没人愿意继续留在祖国的"小房子里"。这种举国一心的愿望给了葡萄牙狂热的力量与巨大的勇气，使他们在一个世纪的时间里，完成了不能完成的任务，创造了不可思议的成就。

在这番激情与狂热之中，"发现巴西"这一重要事件竟被忽略了。卡蒙斯的史诗便是最典型的例证。在千万行诗句之中，巴西的存在与发现只占了寥寥数语。瓦斯科·达·伽马的水手不仅为葡萄牙带回了绫罗珍宝、奇石香料，还带回了一个重要消息：当地首领与酋长的财富，比这更要多千百倍。与此相比，贾斯帕尔·德·赖默斯带回的东西是多么无足轻重！五颜六色的鹦鹉，几样木材标本，一些干果和令人沮丧的消息——别想从这些赤裸的人身上得到任何东西！他没有带回哪怕一粒金子、一块宝石、一袋香料；而这些东西，只要一点点，就抵得上整片的巴西木林。奇珍异宝只靠枪炮就能轻易取得，而巴西木[1]的树干，却需要经过砍伐、刨锯、运输、贩卖。即使"圣十字岛"（或者"圣十字地"）藏有潜在的宝藏，也需要常年的勘探、发掘。可对葡萄牙国王而言，为了归还之前的借贷，财富必须马上兑现。他必须将船派往印度、非洲，派往东印度群

1　葡萄牙语中，巴西（Brasil）与木炭（brasa）形似，巴西木原意是"木炭般的木头"，也即"红木"。

岛，派往遥远的东方。因此，在非洲、亚洲、美洲三姐妹中，"圣十字地"便成了李尔王的考狄利娅。尽管在父亲面前饱受歧视，在灾难面前，却只有她能保持忠诚。

　　葡萄牙沉醉于辉煌的成就之中，起初并没有注意巴西。这是当时情形下的必然结果。这个名不见经传的地方，自然不能燃起民众的热望。德国和意大利的地理学家们在地图上随意勾勒，在海岸线旁写上"巴西"或者"鹦鹉之国"；毕竟"圣十字地"上的荒芜与翠绿，根本无法吸引航海者和冒险家的注意。然而，尽管曼努埃尔国王没有时间与财力开发这片土地，也决不会让其他国家占去分毫。因为巴西守护着通往印度的航线，更因为沉醉于冒险与征服的葡萄牙帝国，希望将整个世界揽入怀中。通过不懈努力和非凡手段，葡萄牙说服西班牙承认其对这块土地的所有权，因为根据《托德西利亚斯条约》，这一区域归葡萄牙所有。尽管它们并不需要这块土地——它们需要的只是钻石、黄金——可两个国家却差点为此大动干戈。不过，它们马上意识到这样做非常荒谬，因为双方都需要人手去开辟从天而降的新土地。1506年，西葡两国达成一致，葡萄牙对巴西的所有权终于不再是一纸空文。

　　对于强大的邻国西班牙，如今已经无须畏惧。可法国，由于在西葡分割世界时未能尝到甜头，便开始明目张胆地染指这片广阔的土地。在尚未有人居住的海岸旁，有越来越多来自迪耶普或勒阿弗尔的船只。它们来此砍伐巴西木。那时，巴西港口还没有葡萄牙的驻军，也就无法制止这种盗窃行径。葡萄牙的合法权益仅停留在理论层面。而法国只需三五船只、少许装备，就能征服整个巴西。保卫广阔海岸的最佳方式就是殖民。葡萄牙国王要想将巴西归入囊中，就必须派葡萄牙人去那里居住。在那里，广袤的国土尚未开发，诸多可能性都等待着双手去创造、去探索。而每一个到达那里的人都会向葡萄牙呼唤，请求派来更多的人。这种呼唤由始至终，贯穿了整个巴西历史，"人，人！"就像是渴望成长的自然之声，为了完成真正的目的，为了成为伟大的国家，最不可或缺的条件便是：人。

可在这个人丁稀少的小国，如何找到那么多的殖民者呢？葡萄牙在扩张之初，至多拥有三十万成年男子；其中最勇敢的十分之一，早已登上甲板扬帆起航；而这些人中，十有八九已经牺牲，或葬身大海，或身染重疾。村庄已经废弃，田野已经荒芜，想要找到水手士兵更是难上加难。即便是冒险家也不愿意去巴西。而整个国家的中坚力量——贵族、军人、骑士——也拒绝前往。因为他们知道，在"圣十字地"没有黄金、象牙、玛瑙，也没有令人向往的荣耀。原始丛林同人类文明相隔绝，文人学者又能有什么作为？而商人面对赤裸的食人部落，又如何做得成生意？一艘前往东印度的船只足以弥补上千倍的风险，可往返巴西一次，能带回怎样的货物呢？那些最贫穷的农夫，宁可种原有的农田，也不想到一个陌生的地方，承担被食人族吞掉的风险。在所有的贵族、富商、文人、政客中，没有一个愿意到这个荒芜的海岸。因此，最早在巴西定居的人，不过是滞留的水手或是叛逃的士兵。出于偶然或懒惰，这些人为殖民做出的最大贡献，就是生育了无数的混血儿，无数的"玛麦鲁古"[1]。据说他们每人都有三百个后代。可最终，这里只留下了几百个欧洲人，尽管当时已经探明的土地已经同欧洲差不多大小。

因此，葡萄牙帝国不得不采用西班牙试行过的流放制度，

---

[1] 即 Mameluco，专指白人男子与印第安女人所生的混血儿。

强制推动巴西移民。地方法院接到通知：倘若罪犯愿意前往巴西，则可以免除刑罚。何苦要让监狱人满为患，还要用国家的钱供养他们？最好将他们流放出去，让他们在新大陆度过余生。毕竟在那儿，他们还能有些用处。就好像高效的肥料，自身虽不干净，却能够最有效地滋润土壤，促进丰收。

真正自愿来到巴西的只有刚刚受洗的犹太人。他们不带手铐脚镣，不为污名所累，没有刑罚在身。但他们的自愿也不纯粹，还夹杂着恐惧与逃避。在葡萄牙，接受洗礼并不意味着虔诚，更是为了逃避火刑。即便如此，他们也不能完全摆脱宗教裁判所的阴影。那么，趁着宗教法庭的毒手还未延伸到大西洋的另一端，最好及时抽身逃往新大陆。受洗或者仍未受洗的犹太群体在港口定居，他们才是这里最初的殖民者。在巴伊亚和伯南布哥，新的基督教徒不仅最早组建家庭，而且率先开展商业活动。凭着对全球市场的了解，负责对巴西红木的砍伐、装运。这是巴西当时唯一的出口活动。在很长一段时间内，特许经营权由国王授予其中的一名殖民者——费尔南·德·诺隆亚——所有。无论葡萄牙还是外国船只，都常常来购买这种特殊商品。自伯南布哥到桑托斯一带，渐渐形成了许多小型的沿海村落，也即未来城市的雏形。此时大大小小的舰队经过多次探索，已经到达拉普拉塔河并绘制了海岸线图。然而，在狭长的海岸背后，巴西那无边无际的国土，依然是一片未知的领地。

最初的三十年间，巴西发展缓慢，而且慢得危险。为了得到木材，新港口的外国船只越来越多，却没有经过葡萄牙的许可。1530年，葡萄牙国王终于下令，向巴西派遣一支小型舰队，由马丁·阿方索·德·索萨担任指挥。舰队刚刚抵达，便当场擒获三艘法国货船，并在第一时间向君主汇报那已听说了无数次的观点：倘若不想失去巴西，就必须进行殖民。然而，自大航海时代开始，葡萄牙国库一直是空的。印度的驻军、非洲的要塞、必要的军事供给，都在不断消耗着葡萄牙帝国的财富与能力。若想殖民巴西，只能采取另一种方式，这种方式已在亚速尔群岛和佛得角取得了良好效果，即以个人的进取精神，促进殖民进程。既然巴西国土尚未有人居住，便将它分为十二个长条，每一条赠予一位公民。受赠者需要在其领地上种植开垦，吸引更多的人居住；而一切收益都归受赠者所有，且其后代享有完全继承权。获赠的每一块领地都是一个真正的王国——都比葡萄牙国土还大，有些甚至抵得上法国和西班牙。在葡萄牙本国已经一无所有的贵族，在印度战争中功勋卓著而要求奖赏的将军，抑或是像若昂·德·巴胡斯一样让国王对他心存感激的史官，所有这些人都在分封的行列。每一块巨大的领地都包含着一个美好的愿望，希望他们能够带领更多的人开垦土地，间接地为祖国捍卫领土。

这种方式既无组织也无计划，但作为最初的殖民尝试，却极其慷慨。受赠者们拥有巨大的优势，他们只需承担很少的义务，便可以自由铸造货币，拥有完全的领主权利。如果能够成功吸引大批人口居住，他们子孙的财富将堪比任何一个欧洲君主。可是，这些受赠者大多已不再年轻，为了替国王效命，他们耗尽了自己的青春。如今接受这块赠予的土地，只当是留作子孙的遗产，并没有精力进行殖民。因此，在最初的几十年里，只有圣文森特和伯南布哥（原名为新卢济塔尼亚）两块领地得到发展，这要归功于种植甘蔗的明智选择。而在其他地方，由于领主的无所作为，劳动力的缺乏，土著人的仇视以及陆地与海洋上的各种灾难，很快便陷入混乱。整个海岸面临着分裂的威胁。他们彼此隔绝,意见不一。既没有统一的法律,也没有防御能力,更没有要塞与士兵。在领地之上,无论是凶猛的敌人还是狂妄的海盗,都肆无忌惮、随意劫掠。1548年5月12日,绝望的路易斯·德·高雅斯写信给国王:"……若陛下不尽快救助巴西海岸与各处领地,不仅我们会失去生命与庄园,陛下也将失去自己的土地……"只有葡萄牙向巴西提供统一的组织力量,才能避免这种情况发生。只有国王派一个全权代表作为巴西的最高长官,并配备足够的军事力量,才能及时恢复秩序,将正在四分五裂的巴西统一起来。

* * *

这是巴西历史上的决定性事件。葡萄牙国王及时听到巴西的呼救,并于1549年指派多梅·德·索萨为最高长官,在巴西设立首都,建立中央政府,掌管巴西全境。首都地点不限,但最好在巴伊亚。

多梅·德·索萨早在印度与非洲就已展现过非凡的才能。除了必要的随从之外,他还带去了六百名士兵和四百名流囚。他们将成为城墙内外最早的居民。建造城市的必要材料一到港,每个人立即投入到建设之中。只用了四个月时间,便修起了城墙及防御工事,拆掉了破败的泥草房,代之以教堂别苑。他们在临时政府大楼里设立了两个行政处,分别用以管理首都与殖民地。为了司法的公正及实际的需要,他们还建起了一栋监狱。这也是一个警告,预示着从此之后,一切法令都必须严格执行。在每个人心中,他们再也不是被祖国遗忘抛弃的流人了,他们也有了相应的权利与义务,需要遵守国家法律,能够受到军队保护。有了首都和中央政府，巴西终于获得了头脑与灵魂，结束了一盘散沙的状态。

多梅·德·索萨带去了六百名士兵和四百名囚犯。他们或举起武器捍卫领土，或操持工具建设家园。然而，这一千个人的价值却仅仅体现在身体与力量之上。对于巴西的命运而言，他们的重要性还不及六个衣着朴素、身穿黑袍的人。国王派他们随多梅·德·索萨一起，在巴西提供精神劝解及导引。这六个人带来了最珍贵的，也是这片土地和人民最需要的东西：他们传递了一个思想，并借此创造了真正的巴西。这六个耶稣会士怀着尚未偃息的最初活力；因为他们的教派是如此之新，正饱含着热切的心愿，期许证明神圣的教义。他的创建者依纳爵·罗耀拉尚且在世，凭借钢铁般的意志、炽烈真挚的激情和与目标相契合的热望，成了自治自律的表率。同所有的宗教运动一样，在还未取得成就的最初阶段，耶稣会士克己清修、严谨自律，其程度之高、要求之严为后世所不及。在1550年，无论在精神还是世俗层面，在政治还是经济领域，耶稣教会都还未能像之后几个世纪中那样取得权威。而一切形式的权威都将降低人类精神的纯洁，正如某个党派的独裁一样。一无所有的耶稣会，无论个人还是整个教派，其思想都是精神性的，丝毫未受世俗沾染。最好的时刻来临了。因为他们最大的目标，便是通过思想争战，在世界范围内重新建立统一的宗教团体。而一块新大陆，便是前所未有的巨大财富。1519年，在沃木斯议会上，狂热的德国人点燃了宗教改革的战火，近一半的欧洲大陆背离了天主教会。基督教，这一从前的"世界教派"，几乎只剩下防守的气力。倘若能够征服这突然出现的新世界，令它皈依真正的古老信仰，就能建立起一个全新的阵地，这将是多么巨大的优势啊！鉴于耶稣会士对金钱特权一无所求，葡萄牙国王若昂三世同意他们在新大陆传教，并允许六个基督战士随军前往巴西。但事实证明他们并非随从，而是真正的主导者。

这六个人创造了历史。在他们之前，所有来到巴西的人，或是为了完成使命，或是为了躲避灾祸；每一个登陆巴西海岸的人，无论他们的目标是木材干果还是飞禽走兽，又或是人类矿石，都对这里所图谋。从没有人想过要回馈这片土地。只有耶稣会士无欲无求、全心全意地为新世界服务。他们带来了作物牲畜，用以耕作土壤；带来了常用药品，用以治疗病痛；带来了书籍工具，用以教化他人；带来了信仰戒律，用以传播教义、移风易俗。总之，他们带来了新的思想，这是殖民地历史上最重要的思想。对于历史早期的蛮族和他们邻旁的西班牙而言，殖民就意味着屠杀，或者将土著人当作牲畜；对于十六世纪的征服者来说，大发现就意味着统治、征服、剥削、奴役。而耶稣会士们却完全不同。按照尤克里德斯·达·库尼亚[1]的说法，"在那个时代，这些唯一守着原则底线的人"超越了抢掠的殖民思维，希望能用道德力量改造社会、教化后人。从这一刻起，他们在这片新大陆上，在所有人之间，树立起了互相平等的精神信念。正因为土著人的生活落后，才不能使他们更加落后，堕落成为牲畜或者奴隶。而应该提高他们的生存条件，借助基督之手将他们引导到西方文明之中；应当通过宗教、教育，使这片土地发展成为新的国度。这个卓有成效的思想，最终将巴西由分离的元素变成了有机的整体，从互斥的散沙变成

---

[1] 尤克里德斯·达·库尼亚，巴西作家、通讯记者。其著作《腹地》描述了巴西内陆的形成历史及当地人民的反抗斗争，在巴西文学史中占有重要地位。

了统一的国家。

　　耶稣会士显然知道，如此重要的任务不可能在一朝一夕完成。他们并非混沌不清的空想家，领袖依纳爵·罗耀拉也不像圣方济各一样轻信人类之间的手足情谊。他们是真正的实干者。依靠每日的修行，他们知道如何蓄积能量，以克服人性弱点的巨大阻力。他们明白世事艰难，任重道远。然而，正因为有着长远的目标和永恒的追求，才使得他们能够自始至终区别于那些只顾眼前、用枪炮权力迅速牟利的人。耶稣会士清楚地知道，若想完成"巴西化"的过程，势必要靠几代人的不懈努力；他们每一个人更要不惜一切代价，用自己的生命健康以及全部力量来冒险。而作为这项事业的先驱者，他们也许无法看到任何成就。万事开头难，更遑论这番事业本身的艰辛无望。可面对着一望无际而未加开采的土地，面对着未受教养的居民，他们的斗志非但没有消减，反而越发激昂。耶稣会士的到来对于巴西是一件幸事，巴西对于他们亦是天赐的宝藏，是他们传教的理想之地。在巴西，他们的活动不仅史无前例，而且无人比肩。仅凭这一点，就足以奠定他们在历史上的重要地位。精神连同物质，本质合并形式，毫无秩序的荒野加上前所未有的组织方法，便形成了崭新的世界与鲜活的生命。

　　一项伟大的事业，必须由更加强大的力量加以完成。这两者相遇之时最特别的惊喜，便是出现一位真正的领导者。马努埃尔·达·诺布莱加精力充沛，在得到教区长委托之后，立即启程奔赴巴西，甚至没有留出时间前往罗马亲自接受会长罗耀拉的指示。他那时三十二岁，在加入耶稣会之前，曾在科英布拉大学学习。然而，诺布莱加之所以能为历史铭记，并非因为其突出的理论修养，而是因为他旺盛的精力和高尚的道德力量。由于语言缺陷，诺布莱加无法成为维埃拉[1]一样的伟大布道者，也不是安谢塔[2]一般的伟大作家。在罗耀拉眼中，他是一名战士。在解放里约热内卢的远征军中，他是整个部队的推动力量，也是最高长官的策略顾问。处理行政事务时，他展现出了一名天才指挥的完美才能。在他的信件中有明显的英雄义气，证明他从不惧怕任何形式的自我牺牲。在那些岁月里，仅仅为了勘查探索，他们从南到北又由北向南，横跨了整个大陆，在忧虑与危险之中度过了上百个夜晚。在那些岁月里，他成了长官身边的长官，大师之中的大师。他建造了城市，平息了骚乱。在那个时代，巴西历史上的每一件大事，都与他的名字紧紧相连。收复里约港口，建立桑托斯与圣保罗，征服敌对部落，成立大学，普及教育，解放土著居民，这一切的一切，都有他的功劳。诺布莱加开创了一切。他的学生与继任者，维埃拉与安谢塔，在巴西的名声虽然更大，却不过继续发扬了他的思想。他们建造的一切，无不在诺布莱加的基石之上。在巴西历史这"独一无二的历史"中，诺布莱加写下了第一页。这双坚定有力的双手所勾勒的笔触，直到今天仍留有印记。

* * *

在抵达巴西之初，耶稣会士致力于了解当地情况。在传道授业之前，他们愿意先学习。立即有人提出要尽快学会土著语言。只需一眼就能发现，这些人还生活在极其落后的游牧社

---

1 安东尼奥·维埃拉 (1608—1697)，耶稣会士、作家、布道师。
2 比阿图·若泽·德·安谢塔 (1534—1597)，耶稣会士，巴西圣保罗的创建者之一。

会。他们一丝不挂，不知道劳作，也没有武器，甚至连最原始的工具都没有。如果饿了，就直接从树上摘，到河里捉；一个地方的东西吃光了，再换另一个地方。他们天性善良，温顺纯朴；之所以互相争斗，也只是为了抓到几个俘虏，在隆重的场合将他们吃掉。即便这种食人风俗也并非由于他们性格残忍；这些野蛮人甚至会把自己的女儿送给囚徒，对他们如丈夫一般侍奉照料，直到将他们杀死的那天。当圣徒们劝说他们放弃食人，他们的惊异多于真正的反抗。因为这些土著居民远离文明社会，没有一点道德观念，在他们眼里，吞掉俘虏就如喝酒跳舞做爱睡觉一样，是一种单纯的快乐。

这种低下的生活方式，乍看起来是耶稣会士不可逾越的障碍，事实上却简化了他们的任务。既然这些赤裸的人们毫无道德与宗教观念，便更容易说服他们。其他地方的人，或有固定的文化成见，或者受到巫师、圣徒、萨满控制，对传教士心存怨恨；而巴西的土著居民则恰恰相反。按照诺布莱加的话说，他们温和顺从得就像一张"白纸"，接受一切教化，服从新的指示。土著居民热情地接待了这些白人传教士，对他们没有丝毫怀疑："无论我们到哪儿，都会受到友好接待。"他们毫不犹豫地接受了洗礼，心甘情愿、满怀感激地（为什么不呢？）追随传教士们，让这些"好白人"保护他们免受"坏白人"的迫害。作为专注的实践者，耶稣会士们自然明白，这些食人者天真的盲从，他们的祈祷、跪拜，并不代表真正的基督教精神。即便在最成功的传教区域，在圣保罗和第比利萨[1]，有时仍能见

---

[1] 以 Tibiriçá 命名的地方。Tibiriçá 是巴西历史上第一个皈依基督教的印第安人，也是最忠诚的基督教徒。

到食人主义的复兴。耶稣会士从不浪费时间统计征服了多少灵魂，他们明白真正的使命尚未完成。首先要让这些游牧部落定居下来，他们的子女才能得到抚养教育。要使食人部落的这一代人文明开化，已经不可能了。但若教育他们的孩子，使下一代人遵守文明礼仪，或许并非一件难事。

对于耶稣会士而言，最重要的便是建立学校。他们谨慎地采用了种族融合的办学方法，以便使巴西融合为一个整体，并且永远保持下去。他们有意识地聚集起茅草房中的印第安儿童，让他们同许许多多的混血小孩一起；并且不断请求送来更多的白人小孩儿，尽管他们都是无家可归的流浪儿。一切崭新的事物，只要有利于种族融合，他们都极力欢迎，即便是"在葡萄牙被称作恶棍的迷途浪子与流氓土匪"。他们有意在人民群众中培养大众领袖，因为土著人在宗教学习中，更愿意相信他们的兄弟而不是外国人，更愿意相信肤色相近的人而不是白人。与其他人不同，耶稣会士更关心下一代。这些现实主义者目标明确，只有他们能够看清巴西的未来。早在所有的地理学家之前，他们已然了解巴西的广袤，并对自己的任务进行了严格规划。这是一份长期的作战纲领，永远不得变更。其目的就是要在这片新大陆上，建立起统一的宗教、统一的语言和统一的思想。巴西完成了这些目标，更应当向这些传教士报以永恒的感激，因为正是他们，使它成了真正的国家。

* * *

在这个伟大的殖民计划中，耶稣会士所遇到的真正阻碍，并不像预想的那样来自土著人和野蛮的食人部落，而是来自欧洲人，来自基督徒和殖民者。直到那时，对于叛逃的士兵、落魄的水手或是囚犯来说，巴西还是一个异域天堂。在这里没有法律，没有约束，没有义务，每个人都可以随心所欲。他们不受司法或行政的严格管束，可以放任自流，随意妄为。那些在葡萄牙必须受到严惩的罪行，在巴西只是无伤大雅的玩笑。"赤道另一侧不存在罪责"，这是征服者的惯例。他们侵占土地，不论地点也不限数量；他们随意捕捉土著人，用皮鞭强迫他们干活；他们强占遇到的每一个女人，扩大一夫多妻的范围，生下众多的混血后代。这些人身上还留有劳教所的印记，在这里却像帕夏[1]一样，可以无视宗教律法，甚至再也不用动手劳作。这些最初的殖民者非但未给这里带来文明，连自己也变得更加野蛮。

要让这群残忍的乌合之众遵纪守法，改变懒散暴虐的习惯，真是一件艰难的任务。这些怜悯的传教士最无法接受的便是一夫多妻的淫乱行为。但换个角度来讲，既然不可能在这里合法结婚、组建家庭，又如何能怪罪这些姘居的人呢？在这个根本没有白人女性的社会里，又如何能组建家庭呢？为此，诺布莱加请求国王送来妇女："恳请陛下将无家可归的女子送来这里，所有人都可以结婚。"贵族阶级显然不会将女儿送到这么远的地方，让地痞流氓当她们的丈夫。诺布莱加，凭借他高尚的精神勇气，甚至请求国王将堕落的女子、里斯本的妓女也一并送来。在巴西，她们都能找到丈夫。一段时间之后，宗教组织与世俗机构建立起了一些秩序。但在奴隶问题上，他们遭到了整个殖民地的疯狂抵抗。从十四世纪到十九世纪，奴隶制度一直是巴西最灼痛的话题。土地要靠双手耕作，可却没有足

---

[1] 奥斯曼帝国长官。

够的劳力。要想种植甘蔗、加工蔗糖，仅靠几个殖民者是远远不够的。更何况这些征服者冒险来到这里，可不是为了跟锄头镰刀打交道。他们要当主人，就得解决这个难题——他们像猎人追野兔一样抓捕土著居民，用皮鞭强迫他们工作，直到这些可怜的人们精疲力竭倒下为止。这些冒险者辩解说，土地是他们的，地上地下的一切就都是他们的，这些两只脚的深色动物也不例外。他们才不在乎这些工人的死活；如果死了一个，他们可以找来几十个来代替。而抓捕本身就是有趣的体育活动。

这种如意算盘遭到了耶稣会士的强烈反对，因为奴隶制度会使居民减少，直接妨碍他们的伟大计划。他们不能任凭殖民者将土著人贬低为动物，因为作为罗耀拉的使徒，他们最重要的任务就是令这些野蛮人皈依信仰，令他们成为土地和未来的主人。为了使这里人丁兴旺、文明开化，就必须解放每一个土著人。殖民者们不断挑拨各个部落彼此争斗，以加快它们的灭绝速度。在战争结束以后，还可以用很低的代价购买战俘。耶稣会士则尽力安抚每个部落，用广袤的土地将他们分隔开来，让他们能够安心定居。这些土著居民就是未来的巴西人，就是潜在的基督教徒。他们是这片土地上最重要的财富，比蔗糖、巴西木、烟草还要重要。但为了这些东西，他们却要沦为奴隶，遭到屠杀。传教士们将这些一无所知的人看作上天眷顾的种子，像对待从欧洲带来的作物果实一样，将他们安顿在肥沃的土壤中悉心培养，不允许他们堕落或者消失。他们明确要求国王保障土著人的自由。在传道士的计划中，巴西不应当只由白人统治，有色人种不应当沦为奴隶；他们应当团结一致，在这片自由的国土上共同生活。

即使是国王的命令，在三千英里之外也会丧失效力。而在这十几个耶稣会士中,有一半人每天都跋涉传教,得不到丝毫休息。他们又怎么能斗得过那些自私自利的殖民者呢?为了拯救这些土著,虽然只能救一部分,耶稣会士也不得不在奴隶问题上让步。他们必须同意让"正当"战争中的战俘做殖民者的奴隶,而所谓"正当"战争指的就是土著人之间的战争。这一条款自然遭到了最具弹性的解读。不仅如此,为了能够尽快发展殖民地,他们还想到了从非洲进口黑人。在那个年代,黑人奴隶一贯被当作商品,如同木材、棉花一样,即使这些道德高尚、最具人道精神的人也不能免俗。既然在首都里斯本,黑人奴隶已经达到了一万人,殖民地为什么不能引进?就连耶稣会士们也觉得有必要进口黑人奴隶;诺布莱加冷漠地宣称,在第一所学校里有三个奴隶和几头奶牛。不过耶稣会士始终坚持这一原则,即任何冒险者都不能随意捕猎土著人。他们为每一个新入教的教徒辩护,坚定地为巴西有色人种争取权利。但这种坚持对他们自己来说,却意味着灾难。为了将巴西建成一个真正的国家,为了使巴西人民拥有统一的民族身份,他们为居民的自由而战,却使自己陷入了前所未有的艰难境地。一名耶稣会士悲痛地认识到这一点,写下了这样的话:"如果我们一直待在学校,单纯地履行宗教职责,会比现在生活得平静得多。"然而,对于这个教派的创建者而言,参军的经历并非毫无用处——他教会了使徒们为信念而战。令他们奔赴新大陆的正是这个信念:要将巴西建设成为真正的国家。

* * *

在建造未来帝国的计划中,诺布莱加敏锐地发现了通向未来的桥梁，展示出一名战略家的才智与谋略。到达巴伊亚之后，他立即开办了第一所学校，并同之后到来的神父一起马不停蹄到沿海地区视察。从伯南布哥到桑托斯，都留下了他们的足迹。最终，他决定在圣文森特定居，但在哪里建造主学院，还是一个悬而未决的问题。他希望将主学院作为宗教与精神的中心，慢慢覆盖到整个国家。乍看起来，这种对落脚点的悉心选择简直不可理解。诺布莱加为什么不将他的总部设在巴伊亚，设在首都，同政府与主教一起呢？这是人们第一次察觉到一种隐蔽的对抗，这种对抗在后来将愈发明显，直到演变成激烈的冲突。耶稣会士不愿意在政府与教皇的监管之下开展这项事业。他们不愿屈从于宫廷与教会，不愿受制于教书与辅政，不愿充当殖民者手中的工具。在巴西问题上，他们怀有更崇高的目标。巴西对于他们而言，是一个决定性的试验对象，是耶稣会组织与实践能力的第一次尝试。诺布莱加直言不讳："这片土地是我们的事业。"这也就是说：在上帝与人民面前，我们要为这里负责。这些强大的人想要将这一责任一肩担起。也正是因为如此，对耶稣会的怀疑从他们登陆巴西的那天起就如影随形，人们怀疑他们来巴西是别有用心。无论出于有意还是无意，他们所奋斗的目标并非为了葡萄牙某个殖民地的发展，而是要建造一个神权国家，一个不屈从于金钱权势的新的团体，就像他们后来在巴拉圭所尝试的那样[1]。他们一直希望将巴西建设成独一无二的国家，使它成为世界上新的典范。或早或

---

[1] 南美洲的耶稣会国，兴起于十七世纪初，范围不仅指今天的巴拉圭，还包括乌拉圭、阿根廷及巴西的一部分。在当时是一个相对独立的耶稣传教区，由耶稣会领导，采取自给自足的生活方式。随着1768年对耶稣会士的驱逐而逐渐衰落。

晚，这种观念必然会同葡萄牙宫廷的商业主义与封建思想产生冲突。但可以肯定的是，这些耶稣会士绝对没有——像他们的敌人所说的那样——想过要占领、剥削、统治巴西。

他们来到巴西，并不仅仅为了传授福音，而是要做一番不同于其他教派的成就。葡萄牙政府马上意识到这一点，对他们的服务表示感谢，却又十分谨慎地监视着他们；教会意识到了这一点，丝毫不愿意将精神领域的特权与他人分享；殖民者们也意识到这一点，在他们自私自利的殖民计划中，耶稣会士无疑是巨大的障碍。他们追求的不是具体的成就，而是精神准则的实现。正因为如此，他们的理想主义不能为时代潮流所理解。持续不断的反抗力量想要战胜他们，将他们从这片土地上驱逐出去。但那时，他们已经在这里播下了希望的种子。为了能将这场冲突尽量推迟，诺布莱加经过深思熟虑，决定将他的罗马——这里的宗教中心——建立在远离政府与主教的地方。在巴西推行基督教，虽然大有可为，却是一个缓慢且艰辛的过程。若要成功，只有在不受监管、没有约束的地方进行。将宗教中心由沿海转向内陆，无论在地理位置还是教义传播方面，都具有极大的优势。内陆地区有群山遮蔽，可以防止海盗袭击；更能够靠近土著部落，使他们皈依宗教，开始定居生活。只要内陆的一个交叉路口，就能成为一个理想的发展基地。

诺布莱加最终选择了比拉提宁加，也就是今天的圣保罗。历史的发展证明了这个决定有多么英明。因为直到几百年后的今天，这里仍是工商业及宗教中心。1554年1月25日，就在这里，诺布莱加和他的助手们建起了"低矮逼仄的小房子"。如今这里已是一个现代化的大都市，车水马龙，高楼林立。诺布莱加做出了最好的选择。巴西高原气候温和，土壤肥沃；附近有一个港口，河水流量很大，能够连通巴拉那州[1]与巴拉圭，并与拉普拉塔河交汇；比拉提宁加四通八达，传教士们可以到达各个部落，使耶稣会的教义在那里生根发芽。不仅如此，在这个小居民点附近，没有一个道德败坏的殖民者。耶稣会士善待土著居民，通过赠送小礼物赢得了他们的友谊。几乎没费什么力气，土著居民便按照传道士的要求组成了小村落，这些团体的发展方向类似于苏联的集体农庄。一段时间之后，诺布莱加已经可以说："居民点正在繁荣发展。"那时的耶稣会还未拥有土地资源，由于经济条件拮据，诺布莱加无法大力发展神学院。即使在这种情况下，依然培养出了一批神职人员，既有白人也有印第安人。他们一旦学会土著语言，便会到一个个部落轮番传教，目的是让当地居民放弃游牧生活，皈依基督教会。他们建立起了一个联盟，第一个"属于全体印第安人的团体"；很快的，传教士与土著部落之间也都团结一致、忠诚相待。游牧部落第一次来袭，正是这些刚刚受洗的教徒，他们在首领第比利萨的带领下，怀着虔诚的牺牲精神，挫败了敌人的攻击。一项伟大的试验开始了：他们希望建立一个以宗教精神为指导的新国家。正是得益于这次尝试，巴拉圭才能建起举世无双的"耶稣会国"。

从国家意义上讲，诺布莱加也向前迈出了一大步。这个尚未成形的国家第一次找到了某种平衡。直到那时，说起巴西，有的只是北方的三四个沿海城市，除了出口热带产品之外，没有任何的商业活动。而现在，南方与内陆地区也得到了发展。各方力量渐渐融合，向着内陆汹涌而去。凭着自身的好奇与渴

---

1 位于巴西南部。

望，每一片土地、每一条河流都将得到探访。内陆地区形成了第一个遵纪守法的村庄，设想已久的计划也终于变成了现实。

* * *

巴西才刚刚五十岁。它渐渐退去胚胎期不安的萌动，有了自己的意识与真正的思想。殖民的最初成果也渐渐显露出来。巴伊亚与伯南布哥的甘蔗种植业尽管仍处于起步阶段，已经创造了巨大的收益。越来越多的商船带着货物，用来交换这里的原材料。还没有人愿意冒风险来巴西旅游，还没有书向世界介绍这广袤的天地。对于全球商业而言，巴西并不抢眼。但这种迟疑随性的吸引方式，却恰恰是巴西的幸运。因为只有这样，它才能发展得更加全面。在那个暴力与征服的时代，能够默默无闻不受觊觎，便是莫大的优势。阿尔布克尔克[1]在印度与马六甲看到的财富，科尔特斯[2]从墨西哥带走的象牙，皮萨罗[3]在秘鲁掠夺的黄金，使其他国家贪婪的目光偏离了巴西。幸运的"鹦鹉之国"依旧籍籍无名，无论是宗主国还是其他国家对它都毫无兴趣。

正因为这样，1555年11月10日发生的事件才没有引发战争。那一天，一支小型的法国舰队停驻在瓜纳巴拉海湾[4]，并

---

1 阿方索·德·阿尔布克尔克（1453—1515），葡萄牙贵族，海军将领，第一位"果阿公爵"称号的享有者。
2 荷南·科尔特斯（1485—1547），西班牙殖民者，以摧毁阿兹特克古文明、在墨西哥建立西班牙殖民地而闻名。
3 弗朗西斯科·皮萨罗（1475—1541），西班牙殖民者，现代秘鲁首都利马的建立者。
4 位于里约热内卢。

有几百人登陆其中的一座岛屿。那时的里约热内卢还未发展成一座城市，甚至连一个居民点也算不上。因此在几间破旧的茅草房中，没有一名士兵，没有一个葡萄牙官员。即使一个人单枪匹马到这里摇旗呐喊，也不会遇到丝毫抵抗。罗德岛的骑士尼古拉斯·杜兰德·维列盖格农，一位颇具吸引力的神秘人物。他既是海盗也是学者，正是文艺复兴所造就的人才。他不仅将苏格兰女王玛丽一世带到了法国王宫，而且骁勇善战，醉心于文化艺术。比埃尔·德·龙沙[1]对他大加称赞，法国宫廷则惧怕他，因为他思维独特，不可捉摸。为了能够自由自在不受束缚，全心全意地投身于自己充满幻想的世界，他厌恶稳定的职位，鄙视崇高的身份。在胡格诺派眼里，他是一名天主教徒；对于天主教徒而言，他又是一名胡格诺派。没人知道他的确切立场，也许连他自己也不清楚。他只想做出一件惊天动地、大胆狂妄、举世无双的大事。如果在西班牙，他一定会成为另一个皮萨罗或者科尔特斯，但是法国君主国事缠身，实在没有精力组织殖民扩张。野心勃勃的维列盖格农只好靠自己。他纠集了几艘船只，塞满了几百个人。这些人大部分是胡格诺派，希望逃离吉斯家族统治下的法兰西，但也有一些渴望到新大陆去的天主教徒。为了能够建功立业名垂青史，维列盖格农还带了一个历史学家安德烈·戴维。他要在这里建立一个南方法兰西，他要成为这里的开创者、管理者，甚至是具有绝对权力的郡王。法国宫廷究竟在多大程度了解、认同并支持这一计划，我们不得而知，但很有可能的是，一旦他们取得成功，亨利

---

[1] 比埃尔·德·龙沙（1524—1585），法国诗人。

二世便会将功劳据为己有,就像英国的伊丽莎白一世对雷利[1]与德雷克[2]爵士所做的那样。先让维列盖格农以个人名义去碰碰运气,不但不必动用国家力量,还能避免同葡萄牙产生正面冲突。

作为一名富有经验的将领,维列盖格农首先想到的便是防御。在登上以他名字命名的岛屿之后,他立刻修建起了军事要塞,取名为科利尼,以纪念这位胡格诺派的海军将领。为了证明对国王的忠诚,他又将这个未来的边塞小城大张旗鼓地命名为亨利郡,尽管那时这里只有荒芜的丘陵和沼泽地。维列盖格农一点不顾忌宗教问题,以至于当他无法找到更多的法国天主教徒前往巴西时,竟然在1556年从日内瓦带来了一批加尔文派的教徒。从那之后,这片小殖民地上便不断掀起宗教争端。双方的神父都将彼此视为异端,并不断指责这个小岛的异端实在太多。可不论怎样,南方法兰西毕竟建立起来了。由于法国人不愿意捕捉奴隶,他们与土著人的关系也十分和睦,并且经常彼此交易。从那时开始,尽管这个殖民地尚未得到官方认可,法国人却已经将其视作常驻港口,并有法国船只定期往来。

巴伊亚当局不可能对这种入侵完全视而不见。根据当时实行的法律条款,巴西沿海水域属于葡萄牙领海,外国船只不得在海岸停靠,更不得从事贸易活动。其他国家在殖民地最好的港口修建军事要塞,可能会造成南北割据,破坏巴西统一。巴

---

1 沃尔特·雷利爵士(1552—1618),英国著名的冒险家、作家、诗人、政治家、军人以及艺术、文化与科学研究的保护者。
2 弗朗西斯·德雷克爵士(1540—1596),英国著名的私掠船长、探险家、冒险家。

西政府理应立即解除外国船只的武装,拆除他们的一切建筑,但他们没有力量执行如此重大的军事行动。早年来到巴西的那几百名士兵,如今已然成了农夫或庄园主,经过这么多年松弛懈怠,根本无法适应身着戎装的生活;年轻一代对祖国没有认同感,也没有保卫领土的思想基础;葡萄牙也没有财力马上派出远征军。对于葡萄牙王室而言,巴西的重要性远远不够,不值得因此组建一支耗资巨大的舰队。因此,法国人才有时间不断地挖掘战壕、修建要塞。直到1557年,新的巴西总督门德萨前往巴伊亚,才开始着手对抗入侵者。门德萨十分信任诺布莱加,在宗教领域赋予他绝对的权威。正是诺布莱加以其旺盛的精力,坚决要求对法国人进行打击。耶稣会士是最了解巴西的人,同里斯本的商人比起来,自然也更加关心巴西的未来。那些人评判一块土地的价值,只看生产的作物能够获取多少收益。而耶稣会士们却知道,如果法国的胡格诺派们在殖民地扎根,不但会破坏巴西领土的完整,也会给宗教带来灾难。巴西总督与诺布莱加轮番上阵,不断寄信到葡萄牙,请求"支援可怜的巴西"。但葡萄牙就像另一个阿特拉斯[1],整个世界都在他脆弱的双肩之上。直到两年之后的1559年,葡萄牙才派出几艘船只前往巴西。门德萨终于可以考虑对入侵者采取军事行动了。

诺布莱加才是这次远征的真正领导者。他同安谢塔一起,将教徒尽量组织起来,组成了一支弱小的葡萄牙军队。1560年2月18日,诺布莱加与巴西总督同时到达里约热内卢。3月15日,由圣文森特临时组建的部队也汇集起来,开始对维列盖格农基地进行猛烈进攻。于我们今天来看,这次重要的行

---

[1] 阿特拉斯,希腊神话中靠双肩支撑苍天的神。

动就像是蟋蚁之争。一百二十个葡萄牙人与一百四十个印第安人联合起来攻打由七十四个法国人和几个奴隶守卫的科利尼要塞。法国人抵抗不住逃往内陆，找到他们的土著人朋友，试图在山丘的庇护下重新作战。既然科利尼要塞已被攻下，葡萄牙人便认为自己已经得胜，他们没有继续追赶法国人，直接返回了巴伊亚与圣文森特。

可是他们只胜利了一半，因为法国人仍然留在巴西。他们总共撤退了大约一公里，如果今天乘坐汽车，也就是几分钟的路程。他们像以前一样，可以在港口自由活动、交换货物，船只可以随意装卸；他们在荣耀之山上修起了另一个要塞，并鼓动土著人朋友帮助他们反抗葡萄牙人；也是他们组织起了这些土著人，对圣保罗进行了第一次袭击。门德萨却没有能力将他们驱逐出境。自始至终，巴西都面临着同一个问题：没有人。门德萨不能出动巴伊亚唯一的帆船，如果他这么做，巴西经济的支柱——蔗糖的生产就要停止。更可怕的是，一场瘟疫夺取了大多数人的生命。如果没有葡萄牙的帮助，他们就不可能赶走法国人，但这帮助却遥遥无期。维列盖格农的殖民者们留了下来，在里约相安无事地待了五年。这一次，又是诺布莱加不断地提醒葡萄牙，如果法国继续向殖民地派遣援军而他们却无动于衷，葡萄牙一定会失去里约海湾，就连巴西也会一并失去。终于，王后听到了他执着的请求，派埃斯达西奥·德·萨[1]率领耶稣教会在本土招募的援军前往巴西抗击敌人。1565年3月1日，埃斯达西奥·德·萨率军进入瓜纳巴拉海湾，并在

---

[1] 埃斯达西奥·德·萨（1520—1567），葡萄牙军人，里约热内卢领区的第一任总督。

糖面包山脚下安营扎寨，也就是今天的乌尔加街区。尽管糖面包山距离荣耀之山不过十分钟的车程，葡萄牙军队却在两年之后才展开攻击。这其中的原因我们无从知晓。1567年1月20日，埃斯达西奥·德·萨的部队向敌人开战。他们仅用几个小时便结束了战斗，以二三十人的牺牲换取了历史性的胜利。这场战役决定了这座城市是里约热内卢还是亨利郡，决定了这个国家是说葡萄牙语还是法语。无论在印度还是在美洲，整个大陆未来几个世纪的走向与命运，都是由这种数十人的战役决定的。埃斯达西奥·德·萨被弓箭射中，为胜利付出了生命的代价。但这一次，是决定性的胜利。法国人乘坐四艘小艇逃离了巴西。除了对烟草的发现，他们一无所获。后世为了纪念法国大使让·尼科，将其中的生物碱成分命名为尼古丁。在法国要塞的废墟之上，一名主教主持了新教堂落成的祝圣仪式，这里就是巴西未来的首都——自这一刻起，才有了里约热内卢。

* * *

这是一场矮人间的战争，却捍卫了巴西的统一：巴西从此归属于巴西人民。现在是发展殖民地的时候了，巴西也为此迎来了五十年的和平岁月。疆域慢慢地向帕拉伊巴、北大河州与内陆方向拓展，圣保罗的耶稣会居住点越发繁荣，沿海地区的种植业大获丰收。不仅蔗糖与烟草的出口大量增长，还兴起了一项卑鄙的贸易：对"黑色象牙"的进口[1]。他们源源不断地运来非洲奴隶，数量一次比一次多。由于船上肮脏拥挤，这些来

---

1 即奴隶贸易。

自几内亚或塞内加尔的奴隶，许多在运输途中便死去了，而那些幸存下来的人，则被运往巴伊亚的市场上出售。一段时间之后，欧洲文化的影响已经受到严重威胁。不仅黑人的数量越来越多，还有无数各种肤色的混血儿。在沿海地区，一面是一夜暴富的实业家，另一面却是不计其数的奴隶。只有耶稣会士在内陆维护着各方面的平衡：他们建立了农庄，教会土著人如何耕种土地，制止外人对印第安人的屠杀，并且无条件支持异族婚配。如果不是他们，巴西就会成为另一个非洲，因为欧洲人对此完全无动于衷。而葡萄牙历经多次战争，可用的殖民者本来就不多，能够看清这块土地价值的人更是少之又少。早在1587年，加布里埃尔·苏亚雷斯·德·索萨[1]就曾在日志中做过预言："陛下在这里的一切行动都将有所回报。因为只需付出稍许代价，它就能成为一个世界性的帝国。"

然而，由葡萄牙统治半个世界的时代已经远去，它也失去了帮助别人的能力。它曾经期望将三大洲收入囊中，让它们全部臣服于十字架之下；如今，这宏伟浪漫的梦想也已不复存在。曾经，对这个强大的小国而言，拥有非洲的东西海岸仍不能使它满足，还必须将印度、中国变成自己的贸易垄断区。塞巴斯蒂昂国王是这个英雄家族的最后一个梦想家，也是最大胆的一个，他试图用一个十字架彻底结束摩尔帝国的统治。他没有将最精锐的部队派往各个殖民地，也没有将他们组织起来保卫卢济塔尼亚的领土，而是像圣杯骑士一样，身披银质的盔甲，将各方力量整编为一支队伍开赴非洲，预备给宿敌摩尔

---

[1] 加布里埃尔·苏亚雷斯·德·索萨（1540—1591），既是葡萄牙的农场主、实业家，也是巴西学者、历史学家。著有《巴西笔记》（*Notícias do Brasil*），亦称《巴西描绘》（*Tratado Descritivo do Brasil*）。

人以致命的一击。可致命的一击并未打中摩尔人，而是打在了自己身上。1578年的三王之战，是迟来的十字军东征，也是东西方最后一次宗教大战。在这场战役中，葡萄牙军队全军覆没，塞巴斯蒂昂国王也战死沙场。然而对功名的热望却遭到了残酷的报复：葡萄牙只是一个小国，它想要征服世界，却连自己的独立也失掉了。西班牙夺取了空置的王位。葡萄牙在千百次战役之后已经筋疲力尽，甚至连反抗的力气都没有。从1578年到1640年，独立的葡萄牙在历史上消失了六十二年[1]。它的所有殖民地，甚至包括巴西在内，都变成了西班牙王室的财产。

在这样一个历史性的时刻，菲利普二世成为了世界帝国的君主。他的领土远远超过了亚历山大与奥古斯都。除了伊比利亚半岛之外，这个哈布斯堡人还拥有芬兰和美洲全部的已知部分，四分之三的非洲领土与葡萄牙征服的印度帝国也都在他的掌控之下。这种自信心与自豪感在伊比利亚艺术中得到了充分反映。塞万提斯，洛佩德维加，卡尔德隆[2]写下了令人惊叹的优秀作品，世界各地的财富都向这胜利的国度涌来。

可巴西却没有分享到丝毫胜利的喜悦。作为一直未受重视的殖民地，巴西被迫归属于西班牙之后，不但没有获得力量，反而频频受到西班牙敌国的侵扰。英国海盗劫持了桑托斯，焚烧了圣文森特；法国人在马兰尼奥修建了临时要塞；荷兰人占领了巴伊亚，掠夺了港口的船只。巴西必须痛苦地认识

---

[1] 茨威格这里是按照塞巴斯蒂昂国王失踪的年份算的，但1578至1580年葡萄牙国王由塞巴斯蒂昂的叔公红衣主教恩里克担任，1580年之后葡萄牙才与西班牙组成联合王国。
[2] 佩德罗·卡尔德隆·德·拉·巴尔卡（1600—1681），西班牙军事家、诗人、剧作家。

到，自从"无敌舰队"溃败以来，有多少个新兴势力要与西班牙争夺海上霸权。这些强盗行径确实没有造成严重后果，除了较小的损失及风波之外，殖民地的发展并未受到影响。直到荷兰经过仔细研究，制定出了明确的计划，巴西才真正陷入危险。在这份计划里，荷兰不仅要劫持港口，还要征服整个"het Zuckland"[1]。这些优秀的商人如此命名巴西，因为蔗糖是这里最好的商品。

荷兰在经济组织方面堪称典范，他们的商人头脑敏锐，自然不会忽视《巴西博大对话录》[2]中所说的——巴西比印度拥有更多的财富。正因为如此，荷兰才会仿照东印度公司的模式，于1621年在阿姆斯特丹建立"西印度公司"。他们为公司投入了大量资本，宣称只是为了在巴西与南美进行贸易活动；事实上却另有所图，希望将巴西变成它的贸易垄断区。这个公司拥有十分优秀的财务人员，他们明白，想要完成如此宏伟的目标，必须要有巨大的财力支持。他们不仅要占领巴西，更要持久地掌控这里。那就绝对不能像法国一样仅仅派两三只船、精疲力竭的水手和刚刚入伍的士兵，而是要准备一支真正的舰队，船上的所有将士必须经过严格训练。巴西在最近的五十年中迅速发展，它的重要性也越来越为世界所知晓。荷兰为占领这里投入的巨大力量，恰恰是巴西发展的明证。维列盖格农只用两三只舰艇就想建立起南方法兰西，才会被不足百人的临时部队一举击溃。而荷兰方面则预备了二十六艘船舰，派遣了一千七百名正规将士与一千六百名水手。

---

1 意为"蔗糖之乡"。
2 是一部问答体的书，作者不详。全书共分为六段对话，对巴西的历史、经济、动物种类以及习俗进行了全面介绍。

他们攻击的第一个目标便是首都。1624年5月9日，荷兰人轻取巴伊亚并掠夺了大量财产。西班牙方才如梦初醒，派遣了五十只舰艇与一万一千名士兵，并在伯南布哥土著人的帮助下，重新占领巴伊亚。荷兰又派出了由三十四只船组成的第二支舰队。巴西的价值终于得到了认可，可如今要想保卫"蔗糖之乡"，必须付出之前千百倍的努力。荷兰被迫从巴伊亚撤退之后，积蓄起新的力量发动了又一轮攻击。1635年，他们成功占领了累西腓；1636年，除了巴伊亚之外的整个北部沿海地区全部由荷兰占据。从那时起，荷兰政府在巴西北部足足统治了二十三年[1]。

在这二十三年中，荷兰政府的殖民活动取得了举世瞩目的成就，甚至超过了葡萄牙在过去一百年中的全部成果。荷兰人有着丰富的经验与清晰的组织意识。他们并不信任无政府状态下的移民活动与行政管理；他们派往巴西的不是国内的避难者，而是经过事先选拔的优秀人才。荷兰宫廷的官员约翰·毛里茨[2]是这块新属地的统治者。他不仅是荷兰王室的后代，更是一位真正的贵族，是智慧与道德的化身。他为殖民地带来了无数的专家、学者、工程师、植物学家、天文学家，希望将巴西变成另一个欧洲。同法国与荷兰相比，葡萄牙派往巴西的人文化层次明显更低。最典型的例子便是，在我们能看到的巴西早期资料中，但凡有一点儿文学价值的，除了耶稣会士所写的信件之外，没有一件出自葡萄牙人之手。而法国人到巴西不过几年，就已经创作出有关"南方法兰西"的作品；在毛里茨的

---

[1] 这里的年份有少许出入，一般认为荷兰对巴西北部的占领从1630年攻占奥林达开始，至1654年1月荷兰投降结束。
[2] 即拿骚—锡根的约翰·毛里茨（1604—1679）。

授意下，巴尔留斯¹更是写出了一本配有图示的豪华杰作，将他们的付出与荣耀永远铭刻在历史之中。

拿骚的毛里茨在巴西历史上起到了重要作用。是他带来了人道主义的宽容思想，允许自由开展宗教活动，促使各项艺术繁荣发展，禁止任何人使用暴力，甚至资深的殖民者也不例外。在以他名字命名的毛里赛亚，也就是现在的累西腓城，建造起了石屋与宫殿，开辟了干净的公路，地理学家还对周围区域进行了勘探。为了发展蔗糖工业，他们进口了液压机；对于逃离葡萄牙的商人，他们提供贸易机会；在公共生活方面，他们管理有序，成效卓著。除此之外，他们还对葡萄牙人的合法权利及土著人的人身自由予以保障。可以说，基于人道主义的毛里茨与站在宗教立场的耶稣会士一样，都希望能建立起一个和平发展的殖民地。

但是巴西的命运并不由自己决定，而是掌握在欧洲人手中。1640年，葡萄牙脱离西班牙统治，王位回到了若昂四世手中。从此之后，荷兰对巴西的占领便失去了正当理由。一份休战协议使两个国家得以喘息。这个时候，荷兰与英国这两个新兴的海上强国正在交战，为巴西争取独立提供了机会。巴西国民军开起了反抗斗争的第一枪，这在历史上是前所未有的。这一次不再是葡萄牙，而是殖民地要捍卫自己的自由与统一。1649年，那个时代最天才的外交家——安东尼奥·维埃拉神父——在里斯本成立了"巴西商业总会"，用以反抗荷兰人。商会自己出资组建了一支舰队，并同巴西的农场主合作，临时组建了一支国民军队，帮助他们夺回失去的庄园。这一举动取

1　贾斯帕尔·巴尔留斯，著有《巴西自然史》。

得了惊人的效果。葡萄牙还在同荷兰谈判，商讨应该将哪一块区域留给荷兰人。而巴西却在葡萄牙援助舰队靠岸之前，便独自展开攻击。他们慢慢逼退了荷兰人。1654年，拿骚的毛里茨从累西腓撤退，放弃了他最后一个据点。荷兰人彻底离开了巴西。《葡国魂》中描绘的乌托邦帝国，在葡萄牙鼎盛之时迅速崛起，又在转眼之间便烟消云散。巴西却靠着自己的力量，保持了自身的统一与完整。

总体而言，荷兰在巴西历史上的插曲是一件幸事。它持续了足够长的时间，能够让人们看到，在这个国家里，良好的组织与人道的管理如何得以实现；它又没有持续太久，不但没有破坏语言的统一或葡萄牙的风俗，反而正是在外国统治的威胁之下，才激发了大众的民族主义情感。由北到南，整个殖民地已经成为统一的国家。他们团结一致，要将国家内部的武力侵扰统统驱赶出去——从此之后，如果外国人想留在巴西，就必须努力融入巴西生活。从表面上看，这场战争将巴西归还给了葡萄牙，但事实上，它是将巴西交到了自己手中。

* * *

在这场葡萄牙与荷兰的战争之中，一个新的因素第一次显露出来，它的力量尚不为人所知。那就是：巴西人。

在"巴西人"的形成过程中，充满了对抗性的因素。沿海与内地展现出完全不同的形态。在沿海地区的城市里，不断有新鲜的血液注入，或来自移民与商人，或来自奴隶与水手；内地的村庄却恰恰相反，祖祖辈辈都流着相同的血液。沿海居民大多从事工商业活动，大海才是他们真正的故乡，他们的一切生产、计划，无不与欧洲密切相关。对于内地的居民来说，故乡却是土地，只有土地才能激发出团结共通的情感。

内陆人拥有更大的活力，他们居住在没有保障的地区，在习惯了危险之后便爱上了它，其中最典型的便是圣保罗人。圣保罗人大多是葡萄牙人或葡萄牙人的后代，在他们的血液中，既有印第安人对于游牧生活的爱好，又有他们的欧洲祖先对于冒险的向往。因此，新一代圣保罗人并不喜欢在自己的土地上劳作。很长一段时间以来，这项繁重的工作都由奴隶完成。但这种缓慢的致富方式无法克制他们血液中不安定的成分。单靠种植畜牧很难发家，除非农场规模巨大，拥有数百个奴隶。而他们却想像征服者一样一夜暴富，即使要冒生命危险也在所不惜。因此，圣保罗人才会聚集成几个大部队，一年数次深入内地，就像曾经的劫匪一样。他们都骑着马，前面撑起一面旗帜，后面跟着许多随从与奴隶。[1] 在他们出发之前，这面旗帜一定要在教堂得到祝福。有时候他们的人数多达两万，那么在那几个月里，圣保罗与周围的居民点就会空无一人。他们并不知道自己在寻找什么；他们之所以上路，一方面是对冒险的渴望，一方面是希望在这片无人探寻的土地上得到一点儿意外的收获。自从发现秘鲁与波托西的宝藏以来，就一直流传着一个关于黄金国的传说。也许黄金国就在巴西呢？正是带着对传说中金矿的向往，圣保罗人才会翻山越岭，开辟蹊径，逆着风向不断前行。那时，稀有金属的矿藏还未被发现，"腹地的赫拉克勒斯"费尔南·迪亚斯[2]还没有找到翡翠，他们却找到了另一

---

[1] 这群人有一个特殊的名称，叫作"旗士"（Bandeirantes），是由旗帜（Bandeira）一词衍生出来的。

[2] 费尔南·迪亚斯（1608—1681），以"翡翠猎手"闻名于世。是圣保罗当时最出名的"旗士"。

样东西：人。在最初的几十年里，这些人唯一的任务就是凶残地捕捉奴隶。对于圣保罗人来说，与其到巴伊亚市场上购买黑奴，还不如骑马追捕土著人，不但更加简单有趣，热闹的围捕还能使他们精神振奋。可他们最终发现，追逐受到惊吓的土著人并不容易，不仅要长途跋涉，还要深入丛林。而到耶稣会士建立的殖民区内抓捕就容易多了，那里印第安人组织有序，而且学会了如何工作。

这种强盗式的捕猎活动显然是非法的，因为国王曾经明确表示土著人是自由居民。安谢塔绝望地指出："对于这种人而言，刀剑才是最好的布道。"单单为了满足自己贪婪的欲望，这些强盗摧毁了耶稣会士历尽艰辛才创造出的殖民成就；他们清空了曾经的居民点，将恐惧散播到安宁的村落，他们不仅掠夺毫无防备的土著居民，甚至连已经皈依基督教的人也不放过。可是圣保罗人经过世世代代的混血融合，如今已经太强大了。无论是法律还是命令，都不能使他们有所畏惧。就算是教皇训谕要反对他们，在这荒山野岭的腹地也起不到任何作用。他们对土著人的劫掠越来越残暴，涉及的地区也越来越多。在德布雷[1]十九世纪初创作的《巴西历史风情之旅》中，我们还能看到一个最恐怖的画面，其中的男女老少全身赤裸，被铁链捆成一排，残暴的捕猎者像驱赶牲畜一样驱赶他们。

即使如此野蛮的行径，在巴西历史上也并非没有功劳。对一夜暴富的追求尽管可鄙，却也是鼓励人们到荒远之地的潜在动力；是它推动了腓尼基人的船队，是它将征服者吸引到新大陆上，也是它——这人性中最糟糕的弱点——将人类从安定与

---

[1] 让·巴普蒂斯特·德布雷（1768—1848），法国画家。

停滞中强拽出来。就这样,那些只想着抢夺掳掠的圣保罗人反倒推动了巴西文明建设的进程,因为他们漫无目的的游窜促进了对巴西地理情况的认识。他们由巴伊亚沿圣弗朗西斯科河逆流而上,又从圣保罗沿巴拉那河与巴拉圭河向米纳斯进发,他们翻山越岭开赴马托格罗索与戈亚斯,甚至原始丛林也留有他们的足迹。在那些不为人知的地方,是他们寻觅开辟出了最初的道路;在他们破坏居民区的同时,却又创造了新的居住地。他们在一些地方留了下来,那里便形成了村落。这些村落就像种子一样,以它们为中心的枝叶,慢慢延伸到了人迹未至的地区。对于耶稣会士的殖民计划,他们进行了残酷的破坏;可他们对于未知区域的好奇探索,又大大加快了移民进程。正如歌德所说,这种力量"常想作恶,反而常将好事做成"[1],这一力量在巴西的建设过程中,也起到了积极的作用。

* * *

同样是这些圣保罗人,最先深入到米纳斯吉拉斯无人居住的峡谷中,并在维利亚斯河里发现了第一批金子。其中一个将这个消息带到了巴伊亚,另一个人将它带到了里约热内卢。在这两个城市与其他许多地方立刻掀起了一股移民热潮,人们竞相赶往这个荒无人烟的地方。庄园主带走了全部奴隶,作坊遭到废弃,士兵擅离职守。在金矿附近,短短几年时间内就形成了许多城市,包括富镇、皇镇、阿尔布克尔克镇,其居民总数达到了十万人。很快地,他们又发现了钻石。巴西在一夕之间

---

[1] 引自歌德《浮士德》中魔鬼梅菲斯特的自我评价。

成了世界上最大的黄金产地,也成了葡萄牙王室最宝贵的财富。从那时起,巴西不仅黄金产量占到全世界的五分之一,还包揽了所有二十四克拉以上钻石的出产。

起初,这个新州府一片混乱。由于在殖民初期,遥远的山谷并未受到政府监管,移民者也未受到法律义务的约束,所以中央政府想要在此确立秩序时遭到了激烈反抗,就像之前耶稣会士所遭遇的那样。为了捍卫自己的权利,圣保罗人抗击着"印博阿巴"[1]与沿海地区的入侵者,并在数次决战之中战胜了国王的权威。诚然,将这些淘金者聚集起来的是贪婪,因为他们不愿同别人分享这从天而降的财富。可在这固执的立场之后还暗藏着一种高尚的心理,那就是民族主义。在最初反抗葡萄牙当局的斗争之中,圣保罗人已经在不经意间表明:巴西土地上的财富只能归巴西人民所有。那些由他们——或者更确切地说,是由他们的奴隶——开采出的金矿,却被运到另一个国家建造巨大的宫殿与修道院,而这个国家远在千里之外,在大海的另一端,在一个他们永远也见不到的地方。这是多么荒谬的事情!这场由淘金者领导的反葡起义,已经可以看作是争取独立斗争的序曲。半个世纪之后,就在同一个地点、同一个城市,受到压制的力量再一次激发出来。正是黄金使人们第一次认识到巴西的富有,从这一刻起,巴西再也不需要依靠宗主国的施舍。它已然是一个自由国家,因为葡萄牙所给予的,它已经百倍奉还。

这场淘金热只持续了不到五十年。金矿的枯竭对葡萄牙而

---

[1] Emboaba 的音译,专指在巴西殖民时代圣保罗人对葡萄牙或巴西其他地区人的称谓。

言是一场巨大的灾难。巴西历史上惯有的情景又再一次出现：宗主国的灾难却恰恰是殖民地的幸运。巴西的黄金来源刚一切断，葡萄牙便遭遇了严重的财政危机，甚至连彭巴尔侯爵也无法控制，并在最后直接导致了对耶稣会士的驱逐及国会的解散。金矿的发现打破了原先的平衡，巴西的居民分布由此得到重新确定。大批居民涌入荒无人烟的内陆地区，后来金矿枯竭了，这些无家可归的淘金者却宁肯留在肥沃的米纳斯吉拉斯，也不愿回到沿海地区。圣保罗的故事再次上演：人们在新的州府定居下来，并且找到了连接外界的媒介——圣弗朗西斯科河。巴西从最初的沿海地区慢慢发展为真正的国家。

对于巴西来说，自我认同比开采金矿更为重要。同法国人的斗争使他们一路向北来到马兰尼昂，而对未知区域的大胆探索与西部人口的大量增长，则让他们依靠自己的力量，征服了亚马孙的峡谷、马托格罗索、戈亚斯、南大河及许多其他的州。在地理范围上，每一个州都相当于一个无所不能的欧洲国家，就同德国、法国、西班牙一样，甚至比它们更大。在那个时期，美国领土才开发出六分之一，而面积相当的巴西却已经勘探到了每一块土地。它小小的宗主国早已不能发号施令，因为如果在辽阔的殖民地上勾勒出它的轮廓，葡萄牙看起来就像巨大毛巾上的一个墨水点。在1750年的《马德里条约》上，西葡双方试图将巴西与西属殖民地的界限确定下来。西班牙不得不愤怒地承认，巴西的边界已经不能限制在《托德西利亚斯条约》规定的范围之内。碍于巴西殖民活动所取得的事实权利，之前条约上的内容宣告无效。就这样，从十八世纪末开始，欧洲与巴西才慢慢意识到，经过这么多年悄无声息的缓慢发展，巴西已成为一个统一强大的国家。它已经脱离了幼年时代，摆脱了经济依赖，并且越来越感受到局促与不公——它要摆脱葡萄牙的压制，寻求自由的发展道路。

  为了从殖民地榨取更多的利润，葡萄牙王室向巴西下达了一系列法令，用以切断它同世界的贸易交流。举例来说，尽管巴西棉花产量丰富，葡萄牙政府却不允许它开展纺织业，强迫巴西从里斯本进口棉织品。这一类的禁令不断增多，以致接近暴政。1775年下达了一条禁止生产肥皂的法令，随后酒精产业也遭到打压，迫使消费者饮用更多葡萄牙生产的酒。任何人若想进入总督府邸，就必须身穿葡萄牙的纺织品。他们甚至禁止这个拥有二百五十万人口的国家种植水稻，禁止在这个哲学与启蒙的时代印刷报刊，禁止巴西人购买外国船只，也禁止外国人居住在里约热内卢或停泊在附近的港口。他们将巴西封闭起来，仿佛它是葡萄牙国王的私人花园。直到十九世纪洪堡[1]探索巴西，希望写出一部传世之作，将巴西真正介绍给世界的时候，葡萄牙方面还秘密下令，要想方设法为难"这位洪堡男爵"。

  这样就不难理解，为何在美国争取独立的战争中，巴西人民会投入如此巨大的热情。尽管英国作为宗主国，比葡萄牙更加明智温和，美国依然通过武力取得了自由。巴西变得愈发商业化，这使得巴西生活最早的组织者——耶稣教士变得越来越不受欢迎。这些早期的殖民者也不得不面对严酷的竞争，最终在彭巴尔侯爵的命令下离开了巴西。但巴西人民依然无法掌控自己的命运；巴西总督只想着葡萄牙的利益，对巴西的独立发展毫不关心。在巴西地下慢慢发展出一个反葡萄牙的团

---

[1] 亚历山大·冯·洪堡（1769—1859），德国自然科学家，自然地理学家。

体。当时，这一组织的目标还只是要葡萄牙政府保障他们的平等权利，认同巴西的贸易自由。巴西人民天性如此，既不激进也不反叛；如果依靠温和精明的手段，统治这里并非难事。可里斯本并不理解巴西的需求，甚至连彭巴尔侯爵也不例外。他试图用启蒙时代的方法引导里斯本，却都徒劳无功；他在某些方面优化了巴西经济，但却未能促进巴西的全面发展。对耶稣会士的驱逐，在他看来是现有问题的缓解剂，却遭到了葡萄牙民众的强烈抗议，无论在精神层面还是物质层面都毫无益处。不仅如此，连殖民者也将原先对于耶稣会士的愤恨统统转嫁到了葡萄牙身上。在米纳斯吉拉斯、巴伊亚和伯南布哥，已经出现过多起抗税事件，只是由于他们彼此缺乏联系，才没有掀起大乱。这些抗税事件大多都是区域性的，仅针对新的税收或压迫，是一时冲动的结果，因此并未对葡萄牙权威造成真正的威胁。直到十八世纪末，才由"米纳斯谋反"的密谋者们组织起一场全国性的反叛运动。这场运动目标清晰，饱含着理想主义。

"米纳斯谋反"是青年人的合谋，因此充满了浪漫主义色彩。在他们大胆的演讲与诗篇中，尽管没有突出的技巧，却展现出那个时代特有的活力与风貌。1788年，一个巴西青年学生团队来到蒙彼利埃大学，在那里热烈地讨论民族解放的必要性，并且希望能与美国驻巴黎大使杰斐逊签订协议，以获得美利坚合众国的援助与支持。尽管没有实际行动，这个想法却未曾消逝。黑金市是当时精神文化最为繁荣的城市，部分学生到达那里之后，马上成立了一个革命团体，由刚刚从科英布拉归来的若泽·阿尔瓦雷斯·马西埃尔和人称"拔牙者"的若阿金·若泽·德·西尔瓦·夏维埃尔担任领袖。这是巴西第一次真正的解放运动,"拔牙者"更成了举世称颂的大英雄。知识分子一直都是密谋行动的中坚力量——医生、诗人、牧师、法官——正是这个激昂的社会群体在同一时间领导了法国大革命。他们喜爱辩论、热爱发言,却在这一次说了太多的话。这些密谋者在激情的感召之下,尚未制定出严密的计划,便认为自己离胜利不远了。他们急切地寻找追随者,却不知一切仅仅停留在理论层面。如此一来,政府便在同谋者中安插了许多间谍,并赶在他们行动之前发动突袭。他们中的绝大部分被判流放非洲;诗人卡劳迪奥·曼努埃尔·达·科斯塔在狱中自尽;唯有"拔牙者"在法官面前毫不讳言,被判处死刑并以最残酷的方式执行。1792年4月21日,"拔牙者"在里约热内卢被行刑。他备受折磨,遗体被分成许多块,曝陈在米纳斯吉拉斯的各个地方"以儆效尤"。可是,解放运动的火种并未扑灭,而是存留于灰烬之中。十八世纪末的巴西,同南美洲的其他国家一样,已经做好了脱离欧洲的准备;它们要做的,只是等待一个恰当的时机。

* * *

一件事情将巴西的独立推迟了二十年。在拿破仑战争中,葡萄牙陷入了最危险的境地:在夹缝中求生存。在拿破仑与英国这两个巨人的鏖战之中,小国理当退居到战争边缘,保持中立地位。但当暴力持续了一个世纪之后,渴望和平的国家已没有了退路。一边是觊觎葡萄牙港口的法国,一面是亟需打破陆地封锁的英国,葡萄牙必须立即做出决定。对于若昂六世来说,这个决定背后的责任实在是太大了。拿破仑控制着陆地,英国则是海上霸主。如果国王无视拿破仑的要求，法国就会入侵里斯本，葡萄牙就会沦陷。如果国王拂逆了英国的意愿，海路就会遭到封锁，他们就会失去巴西。是承受拿破仑军队的硝烟还是面对英国舰队的战火，在这艰难的抉择之前，葡萄牙宫廷也分为了两派，一派支持英国，一派倾向法国。国王迟疑不决，正是在迟疑之中他才第一次意识到：巴西经过三个世纪的发展，已经变得比宫廷还要宝贵；它早已不是一个单纯的殖民地了。他预感到巴西将会比葡萄牙更加富有、更加强大、在世界上占有更高的地位。在判断的天平上，巴西第一次赶上了葡萄牙！

1807年，拿破仑下达最后通牒，要求葡萄牙表明立场，说明是赞同他还是反对他。在这最后一刻，布拉干萨王族做出决定：他们宁愿放弃里斯本和葡萄牙，也不能失去巴西。当朱诺特[1]赶到里斯本港口时，王室成员与一万五千名随行人员已经匆匆登船。所有的贵族、执政官、教士与将军，还有一样最重要的东西——两亿克鲁萨多——都在英国舰队的护送之下渡过了大西洋。正是得益于这场战争，三个世纪以来才第一次有王室成员踏上了巴西的土地，而这个人就是葡萄牙国王！

巴西总督及其管家感受到巨大的惶恐。里约热内卢没有宫殿，也没有足够的房间被褥供庞大的王族与贵宾使用。但民众们却热情洋溢，在狂喜的呼喊中迎接他们的国王，将他唤作"巴西皇帝"。因为直觉告诉他们，既然宗主国逃到这里寻求保护，就不会再将巴西当作低级的殖民地。事实上，国王刚

---

[1] 让·安多歇·朱诺特（1771—1813），拿破仑时期的法国将领。拿破仑的第一个副官、骑兵司令和挚友。

刚抵达巴西,所有的壁垒便统统瓦解。他们首先开放港口,允许同世界各国展开贸易;然后解放工业生产,赋予它以绝对的自由;还开办了一家银行,取名为"巴西银行"。他们还组建了各个部委,筹措起一间皇家印刷厂:此前一直遭到禁言的巴西,终于印出了第一份报纸。随着一系列机构的设立,里约不仅成了真正意义上的首都,同时也成了学术中心、文化博物馆和天然植物园。但直到1815年,巴西才取得了同宗主国完全平等的权利:这对曾经的主仆,如今终于成为兄弟。倘若提早十年,这还是不可想象的事情。国务活动家几个世纪都无法取得的成果,居然用如此短暂的时间便实现了。这都要归功于拿破仑,是他改变了这个世界。得益于这份幸运(也即是葡萄牙巨大的不幸),像美国独立战争那样将一国夷为平地、让人们血流成河的战争放过了这个受到上天眷顾的国家。这个时代的欧洲动荡不安,巴西却可以利用这个机会巩固国界。早在1750年,《托德西利亚斯条约》就已宣告无效。在穿越亚马孙的旅程中,这个新的王国向西扩展了太多太多。他们向南取得了南大河州,向北则占领了圭亚那这一备受争议的地区。当时欧洲各国正为维也纳会议忙碌不堪,若昂六世便抓住这一契机,先是发动突然袭击占领蒙得维的亚,随后又将乌拉圭作为西斯普拉提那州并入巴西,尽管这个格局只持续了一小段时间。十九世纪,巴西的边界已经彻底确定下来。

在葡萄牙王室停留的这段时间,巴西不仅取得了丰厚的政治利益,也收获了巨大的道德优势。自从彭巴尔侯爵将耶稣会士驱逐出去之后,这是葡萄牙精英阶层第一次在巴西首都定居。为了展现自己的优越感,国王专程请来了法国及奥地利的画家与研究人员,由他们负责建造各个机构。从这个时代开始,我们才有了真正属于里约的图画、雕塑以及值得一读的科学与文学作品。自从成为国王的避难所,巴西便再也不是一块蛮荒之地。短短几年之间,它已经成为一个以欧洲文明为蓝本的文化中心,同时也是最光荣显耀的王室所在地。没有什么比奥地利国王的举动更能体现这个年轻国家在世界上的地位了。自拿破仑倒台之后,奥地利便成了欧洲最强大的国家。但即便是奥地利国王,也将巴西王位的继任者佩德罗[1]当作举足轻重的人物,所以他才会将玛丽·路易莎[2]的妹妹、他的女儿利奥波丁娜嫁给佩德罗为妻。为了迎接利奥波丁娜,里约热内卢举行了盛大的庆祝活动。如果若昂六世能顺从自己的心意,他就会永远留在巴西。因为他像所有人一样,很快便发现了巴西的美好与潜力。然而,葡萄牙对此充满妒忌。既然拿破仑已经被放逐到圣赫勒拿岛,欧洲也已经恢复了平静,国王便理所应当立即返回。召唤已经渐渐变成了命令,如果若昂六世不予听从,他很可能会失去祖辈传下来的王位。他不断地将启程日期一推再推,却还是不得不走:1821年,若昂六世返回里斯本。在走之前,他亲自选定了自己在巴西的代理人,也就是王位的继承者——佩德罗王子。

* * *

若昂六世在巴西居住了十二年,足够他明白在新的世纪,巴西已经变得多么强大、自由、独立。在他内心深处一直有个

---

[1] 巴西的佩德罗一世,也即葡萄牙的佩德罗四世,是巴西历史上的第一个皇帝。正是他在依皮朗加河畔的的呼声,宣告了巴西独立。
[2] 玛丽·路易莎(1791—1847),拿破仑的第二位妻子,法兰西皇后。

不祥的预感，担心由两个相隔三千英里的国家所组成的联邦无法永远存在下去。正因为如此，他才会指定佩德罗王子为巴西摄政王，并且建议他在必要情况下，宁可亲自戴上巴西的王冠，也不能让它落在任何一个冒险家手中。就这样，国王的离去加速了巴西寻求独立的民族化进程，而王位的继任者对此非但不反对，反而加以支持。在公然的反叛之后，这个雄心勃勃的年轻人于1822年9月7日宣告巴西独立。在这个过程中，他得到了伟大的爱国主义者若泽·布尼法西奥·德·安德拉德·伊·西尔瓦的帮助，后者是巴西人中第一个政治家，拥有很高的智慧，知道如何利用王位继承人的野心。同年10月12日，摄政王向国家宣誓，保证自己并非专制君主，而是受宪法约束的国王。人们便拥立他为巴西皇帝，世称佩德罗一世。经过几次小规模的战役——敌人一部分是忠诚的葡萄牙军队，一部分是革命运动分子——巴西便获得了平和的外部环境；可若想赢得人民内心的平静，却面临更多困难。巴西独立的情感，因着突然的胜利而飘飘欲仙，却还希望看到更加夺目的荣耀。民族主义者并不认同第一位皇帝就是真正的巴西人，人民也不会谅解佩德罗一世的葡萄牙出身。甚至有人怀疑，待若昂六世死后，他就会将两个国家合二为一。佩德罗一世又过于浪漫而不切实际，怯懦而缺乏勇气。他沉浸在男欢女爱之中，为了讨好情人桑托斯侯爵夫人，甚至不惜牺牲国家利益。这个皇帝实在无法赢得人民的敬重。

在同阿根廷的大战中，巴西又失掉了西斯普拉提那州，从根本上动摇了佩德罗一世的统治。以历史的眼光来看，这场战争为巴西带来了政治优势，因为乌拉圭的独立解决了巴西与阿根廷之间的所有冲突，这两个兄弟国家的友谊也由此建立起来。但是1828年的巴西却只想着拉普拉塔河河口。这个它多年以来所觊觎的目标，如今彻底失去了，巴西皇帝不可能不感到沮丧。1826年，若昂六世驾崩。佩德罗一世拒绝了理当由他继承的葡萄牙王位，清楚地表明了他对巴西利益的考虑。可是这一举动毫无用处——在巴西，佩德罗一世仍然是一个外国人，民族主义因素对他的反抗也越来越强烈。七月的法国革命使他彻底失去了民心，因为法国模式深深吸引了巴西议院。他们按照法国人的样子演讲、辩论、制定法律，他们对法国的模仿简直到了疯狂的地步，以至于巴西重要的政治家都更名为拉法耶特或者本杰明·康斯坦特。要想在共和革命中保住王权，这个不得人心的国王就必须退位。因此，在1831年，佩德罗一世将王位让给了儿子。他对当时的境况有着清晰的认识："我的儿子比我更有优势，因为他是巴西人。"万幸的是，这次禅位再次体现了巴西传统：无论怎样的政治斗争都能以平和的方式解决，而不会有太多的流血牺牲。巴西的第一位君主顺利离境，没有受到任何的追捕与迫害。

* * *

新皇帝佩德罗二世拥有哈布斯堡与布拉干萨血统，在父亲禅位时他只有五岁。作为"幼年皇帝"的监护人，若泽·布尼法西奥在台前幕后教授给他大量政治诡计。在过去的三个世纪，巴西一直处于依附地位，受到葡萄牙的监视。对它来说，议会权力与出版自由过于新鲜，马上便迷倒了所有的人。人们争论不休，政治氛围永远处于高度紧张状态；但他们只是因为热衷政治喜欢辩论，并非真有什么外部诉求。一个党派为建立共和国而努力，另一个党派则想让佩德罗二世早些即位；不仅党派明争暗斗，个人恩怨也掺杂其间。没有一届政府、没有一个党派能够稳固不变。摄政者不断更换，七年之内就换了四届。直到1840年保守党派宣布佩德罗国王已经成人，才获得了一些安宁。1841年7月18日，十五岁的少年国王正式加冕为巴西皇帝。

对于争吵不休的南美政客，外界一直抱着怀疑态度。最明显的例证便是，佩德罗二世即位之后，巴西派特使秘密前往欧洲，希望能给年轻国王找到一位公主为妻，却遭受了冷漠的接待。特使首先来到维也纳的哈布斯堡家族，也是少年皇帝关系最近的亲属。尽管在二十多年前，这个强盛的帝国毫不犹豫地将公主嫁给了佩德罗一世，如今的权臣梅特涅对这一请求的态度却是犹豫而冷淡。由于政局不稳、叛乱频发，南美国家已经无法取得欧洲的信任。1841年，没有一个国家愿意让公主漂洋过海，前往一个比海洋还危险的地方；而即便是级别最低的公主，也对大海那边的王位不感兴趣。特使在维也纳的待客室徒劳无功地游荡了一年，最后不得不满足于找到一个那不勒斯公主。她既不漂亮也不富有，同她未来的国王丈夫相比，她唯一超过他的便是年龄。

可是这一次——就像历史上常常发生的那样——那些职业政客却算错了。这位年轻的君王和平统治了近半个世纪，保住了这个很难维持的地位，并受到了广泛的尊重与爱戴。佩德罗二世天性喜爱思考，他更像是一个被束缚在王位上的学者与藏书家，而不是一名政客或者军人。他是一个真正的人道主义者，生平最大的愿望便是收到曼佐尼、维克多·雨果或巴斯德的来信，而不是在战场上立功奏凯。尽管他长有漂亮的胡须，英俊潇洒受人欢迎,却不愿意抛头露面。他喜欢留在佩德罗波利斯,同他的花草一起;或者前往欧洲,流连于书籍与博物馆之间。他性格温和,行为处世也同他的国家一样:在他任期内的唯一一场战争,还是由于巴拉圭独裁者洛佩斯的挑衅,才被迫应战。巴西得胜之后便立即同邻国言归于好,甚至主动将战利品退回给战败国。巴西皇帝于外独当一面,于内谨言慎行;政治家们高瞻远瞩,总能以国际仲裁或相互协商的形式解决边境冲突;国内经济繁荣发展,与其不断向外扩张,不如维持国内稳定。正因为如此,在佩德罗二世统治的五十年里,巴西获得了世界范围内的尊重和认可。

在这些年里,只有一个问题无法解决,那就是奴隶制度。它关系到整个国家的命脉,如果强令废除,将会造成巨大的损失与牺牲。从一开始,奴隶制度便是巴西工农业发展的基础,如今国内仍没有足够的机器与自由工人来取代那几百万黑色的双手。但是自从美国独立战争之后,奴隶制度已经从社会问题上升为道德问题,成了整个国家的精神重负。巴西于1810年便同英国签订协议,但直到1831年才全面禁止进口黑奴,一同禁止的还有黑奴运输。1871年,为了完善保护法令,又出台了《奴隶子女自由法》,保证奴隶的孩子出生便能获得自由。依靠这两个法令,废除奴隶制度只是一个时间问题,因为奴隶来源已被封锁,随着现有奴隶的死亡,巴西以后将全部都是自由人。可事实上,无论奴隶商人还是农场主都没有将这些法律放在眼里。1846年,奴隶运输已经禁止了十五年,可仍然有50,000奴隶进入巴西。1847年,数字增加到57,000人;1848年,又增加到60,000人。这些"黑色象牙"的商人势力强大,无视一切国际条约,英国不得不装配炮艇抓捕非法运输的船只。年复一年,奴隶问题渐渐成为讨论的焦点,自由团体的态度越来越强硬,要求立即全面废止这项"黑色的罪行"。但种植业的反抗亦日趋激烈,其程度有过之而无不及。他们害怕采取突然措施会给国家带来严重危机,这也并非没有道理,因为十分之九的经济收入都要依靠奴隶完成。

但对国王来说,这个问题却造成了他个人的困扰。作为一个学者和自由主义者,他推崇民主、富有感情。尽管他也带有一点哈布斯堡家族的冷漠,但却无法眼睁睁地看着奴隶受苦。他高调反对所有从事这项肮脏业务的人;无论一个人多么富有,只要他的财产同贩卖奴隶有关,皇帝就拒绝为他封爵授勋。可就是这样一个文雅的人,在他探访欧洲时,尤其是在那些伟大的人文主义者——巴斯德、沙尔科、拉马丁、雨果、瓦格纳、尼采——面前,却遭受着巨大的痛苦;因为只有在他统治的国家里,奴隶依然生活在皮鞭与铁链之下。在很长一段时间里,他都必须克制自己,尽量避开相关话题,这是巴西最明智的人——里约·布朗库子爵——给他的建议。"不要为了奴隶问题大动干戈",里约·布朗库在临死之前仍不忘劝告。他希望能用巴西的方式解决这个问题,也即和平的方式。奴隶问题的后果难以预料;废奴主义者与奴隶主间的冲突十分激烈,皇帝只能尽量从中调解,因为无论偏袒任何一方都可能造成皇权的倾覆。佩德罗二世对于这个问题的态度,尽管私底下人尽皆知,但在1884年前的四十多年里,他都尽力隐藏自己的观点。1885年的临时法令宣布解放所有的奴隶,甚至包括七十岁的老人;巴西又向前迈出了一大步。可是皇帝如今年老多病,留给他的时日已经不多了;而如果想让最后一个奴隶恢复自由,还需要更多的时间。因此,佩德罗二世对废奴主义者的支持便越来越明显；他的女儿伊莎贝拉公主，皇位的法定继承人，也赞同父亲的做法。1888年5月13日，盼望已久的法律终于颁布，规定所有的奴隶立即恢复自由。

年迈的皇帝险些没有看到宏愿的达成。里约热内卢全城欢庆废除奴隶制度时，佩德罗二世却躺在米兰的酒店里，忍受着病痛的折磨。他一直热衷于学习知识，四月份还参观了博物馆，拜访了几位意大利学者。他先后到达卡普里岛、佛罗伦萨和博洛尼亚，并在威尼斯美术学院漫游，仔细欣赏一幅幅美丽的图画；晚上，就到歌剧院听爱莲诺拉·杜丝唱歌，或者接待巴西作曲家卡洛斯·高梅斯[1]。沙尔科与另外三个医生负责照顾他，但是皇帝的病情如此糟糕，已经做好了临终圣事的准备。任何药品与治疗手段都比不上奴隶制废除的消息，电报给了他新的活力，使他在艾丽丝莱班与戛纳迅速康复，几个月后便计划着返回巴西。

这个长着白胡子的老皇帝已经维持了巴西近五十年的和平与繁荣。在他回国之际，整个里约都沸腾了。但是一个街区的声音却无法表明整个国家的态度。事实上，与之前各党派间的斗争相比，废除奴隶制度引起了更大的慌乱，因为经济危机的形势比预计的更严重。许多曾经的奴隶都由乡村来到城市；种植企业突然失去了工人，陷入了困境；曾经的奴隶主们也觉得受到了损害，因为没有拿到补偿或者所得的补偿金不多，不足以弥补失去"黑色象牙"造成的损失。政治家们明白出现了问题，却不知道该怎样解决。自从美国独立之后，巴西共和的火种就一直掩藏在灰烬之中，却在如今这场强劲的风潮中汲取了

---

[1] 安东尼奥·卡洛斯·高梅斯（1836—1896），巴西最重要的歌剧作曲家。

氧料。这次运动并非针对皇帝个人，他善良真诚、支持民主，即使最激进的共和派也没法不尊敬他。可若想保住他的王朝，佩德罗二世却缺少一个最重要的条件——他已经六十五岁了，却没有一个儿子，没有一个男性继承人来接管皇位。他曾有过两个儿子，但都年少夭折，女儿也已经同法国的奥尔良家族成婚。巴西的民族意识越来越强，自然无法认同一个外国血统的亲王。政治叛乱起源于军队，始作俑者人数很少，但如果积极抵抗，应该不难镇压。可是年迈体弱的国王早已厌倦了国事，当他在佩德罗波利斯接到消息时，已经没有了抵抗的欲望。以他这种温和的性情，最不能容忍的便是内战。由于他和他的女婿都没能当机立断，保皇党在一夜之间迅速倒台。帝国的桂冠就这样失去了，几乎没有掀起一点波澜，也没有造成流血牺牲，就像得到它时一样，平和的巴西精神又一次成为真正的道德赢家。在过去的五十年里，佩德罗二世一直尽心为国。新一届政府对他并无敌意，只是希望他能平安撤离前往欧洲。老皇帝高贵冷静地接受了建议，没有丝毫抱怨。1889 年 11 月 17 日，他像自己的父亲与祖父一样，永远离开了美洲大陆。因为这里，再无君王容身的位置。

* * *

从此以后，巴西各州便组成了联邦共和国。可是这种由帝国向共和国的转变并没有引起国内的震动，就像先前由殖民地变成帝国以及最近热图里奥·瓦加斯的崛起一样；国家外在体制的变化并不能决定人民的精神态度，只有民族内在的特点才能铭刻于历史之中。无论巴西的形式如何变化，在本质上都始终如一；不过随着民族品性的不断发展，自我意识也越来越强烈。巴西秉承相同的对内对外政策，坚持互惠互利、以和平手段解决一切争端，因为这是几千万人意志的反映。它从不以自身的建设阻碍世界的发展，反而能够推动世界共同进步。在最近的一百年里，它再也没有拓展过边界，而是对所有邻国心怀友善。它将所有精力都用于国内建设，尤其是在最近十年里，经济不断增长，人口不断增加。它以最稳固的方式，跟上了时代的节奏。巴西受到大自然特殊的眷顾：土地广袤，资源丰富，风景优美，拥有无尽的潜力。可是最初的问题依然存在，需要让人民在各地扎根，而不是集中在人口过剩的地区；需要将新旧事物结合在一起，创造出一种全新的文化。尽管已经过去了四百四十年，巴西的发展却从未停止；这片土地、这个世界对于下一代人的意义，我们根本无法想象。无论谁想描绘现在的巴西，都会不自觉地介绍它的"昨天"；也只有看到了巴西未来的人，才能发现它的真正价值。

经　济

巴西的领土面积不仅在南美无可比拟，甚至比美国还要大。这里不仅土地肥沃，而且尚未耕种；丰富的矿藏非但无人开采，甚至几乎尚未发现。倘若要估计巴西的巨大潜力，一个统计学者恐怕会输给一个异想天开的人。这个有着五千万人口的国家究竟能容纳多少人，五亿、七亿还是九亿？这个问题的答案千差万别，却也正反映了巴西未来的不可限量。谁又知道在一百年或者仅仅几十年之后，它在我们的世界中会占据怎样的地位呢？我们开心地认同詹姆斯·布莱斯[1]的答案："在这个世界上，没有一个由欧洲人统治的大国拥有如此丰饶的土地，能够为人类生存与工业发展提供如此巨大的空间。"

巴西的形状恰似南美洲，就像一架巨大的风琴。在这片国土之上，有高山、平原、森林、海岸，河流四通八达，土壤肥沃富饶。在这里，可以遍历热带、亚热带与温带气候，既有湿润的地方也有干燥的区域，沿海地区还是海洋气候，内陆却能感受到高山气息，有些地方雨水稀少，有些地方暴雨如注。正因为如此，这里才拥有最多样化的植被类型。亚马孙河与拉普拉塔河气势恢宏，是世界上水量最充沛的河流；伊塔提亚亚的山峰高达三千米，足以与阿尔卑斯山并肩屹立。伊瓜苏与塞特

---

[1] 詹姆斯·布莱斯（1838—1922），英国学者、法学家、历史学家、自由政治家。著有《南美：观察与印象》一书。

克达斯大瀑布比尼亚加拉瀑布的能量更大，尽管名气不如后者，却是世界上最重要的水利资源。里约热内卢与圣保罗发展迅猛，论其美丽与奢华，足以与欧洲各大城市一较高下。巴西的景色美丽独特，每看一眼都会有全新的体验；动植物类型丰富多样，几百年来不断给学者们带来新的惊喜：仅仅巴西的鸟类就足以单独编目，而每一次勘探又能补充上百个品种。只有未来才能揭示这里究竟蕴含了多少矿藏。我们只知道这里是世界上最大的铁矿储存地，在未来的几个世纪，仅仅这里的铁矿就足以满足全世界的需求。在这个强大的国家，不可能缺少任何一样地理资源，无论矿产、岩石还是植物。尽管近年来已经对巴西进行了第一次全面勘探，真正的探查与评估却还没有正式展开。巴西不仅国土广袤，而且所有的资源都尚未触碰。对于在许多地方都已疲惫不堪、消耗殆尽的世界来说，巴西正代表着未来最值得期许的希望。

这个国家给人的第一感觉十分有冲击力。太阳、光线、色彩，一切都是那样强烈。天空的蓝色如此耀眼，满眼的绿色如此丰富，土地的红色又如此密集。这里的鸟儿有着五光十色的羽毛，这里的蝴蝶有着彩虹一般的翅膀，即使是最天才的画家，也无法在调色盘中创造出更加耀眼的色彩。无论是在震耳欲聋的雷声中，还是在划破苍穹的电光里，又或是在如瀑布般的大雨下以及骤然形成的丛林中，大自然都发挥到了极致。沉寂了千百年的土地，为了响应一声召唤，释放出了惊人的活力。只要我们想一想，在欧洲建造花园或是耕种田地要花费多少的辛劳、努力、坚持与技巧，我们就不得不感到惊讶，因为在这里反而要控制花草作物的生长，才能避免它们变得过于繁茂。在这里，我们不需要促进它们的生长，反而要抑制它们，避免它们的茂盛干扰了人工种植的其他东西。这片土地上随意生长的作物，就已经提供了大多数食物：香蕉、杧果、木薯、菠萝。而从其他大陆引进的所有蔬菜水果，也都能马上适应这块处女之地。

但现实却充满了悖论。事实上，正是这种极致与繁盛，使得这块土地上所进行的许多实验，最终都演变成了一场经济危机。这些危机都源于生产过剩，似乎已经成为一个必然规律，就是因为这里的发展太快也太容易了。巴西一旦开始生产某样东西，就必须懂得克制自己（将咖啡投入海中和火里就是最近的一个例子）。因此巴西的经济史充满动荡，甚至比其政治史更赋有戏剧性。一般而言，一个国家的经济特点从一开始便隐约固定下来。每个国家就像一名乐手或者画家，即使经过了几个世纪，他们的乐器与色调也不会有太大变化。这个国家是园林之国，那个国家盛产木材与矿石，另一个国家畜牧业发达。生产曲线虽然会上下浮动，总体方向却不会有太大变化。对于巴西，这个规律却并不适用。它不仅一直处于变化之中，而且每次转变都很突然。在这里，每个世纪都有不同的经济特点。仿佛这是一出戏剧，而每一幕都是一种产品的名字：蔗糖、金矿、咖啡、橡胶、棉花或者木材。每一个世纪，更确切地说是每半个世纪，巴西的富饶都会给世界带来新的惊喜。

在历史的最初阶段，也就是十六世纪，是巴西木带动了这里的发展，并赋予它"巴西"的名字。最早的几艘船靠岸之后，欧洲人失望极了。因为在这片大陆之上，他们没有发现任何有价值的东西。巴西对于他们而言，值得称道的唯有自然环境。这里的自然茂盛、猛烈、混乱，还未曾向人类屈服。"既无黄金，也无白银"，这则简短的消息足以从一开始便将新大陆的商业价值压缩为零。别想从这里的土著人身上得到任何东西,他们除了皮肤和头发外一无所有,只会惊奇地望着穿着衣服的白种人。巴西与秘鲁和墨西哥不同。那两个国家都拥有独特的文明形式,而圣十字地赤裸的食人部落连文明的初级阶段也算不上;那里的人们懂得纺织布料,知道如何从土地深处开采金属来制作装饰品,巴西的土著人却连耕作土地蓄养牲畜都不会,更不会建造房子。他们在树上或者水里找到什么就吃什么,除了木薯什么都不会种,如果一个地方的东西吃完了,就迁移到另一个地方去。既然这些人一无所有,水手们自然就什么也得不到;他们绝望地回到船上,抛弃了这片毫无价值的土地,包括那些没用的人们,因为如果让他们像奴隶一样在皮鞭下工作,不出几个星期就会倒地身亡。

最初的几艘帆船给旧世界带来的只有一些有趣的动物、几只小猴子和五颜六色的鹦鹉。欧洲的贵妇将它们关在笼子里,当作奢侈的宠物,所以这块新土地也被称作"鹦鹉之国"。直到第二次航行,航海者们才发现了一种值得进行远途贸易的产品,那就是"巴西木"。将这种木材命名为巴西木,是因为在它的切面处会呈现一种的红色,看上去就像烧红的木炭,可以用来制作颜料。由于当时还没有其他红色颜料问世,市场上对这种异域产品的需求量非常大。

但葡萄牙政府却过于忙碌,没有时间管理巴西木的出口活动。为了撬开印度亲王的宝库,葡萄牙政府集中起了一切军事力量。而巴西木的垄断经营权不仅微不足道,还要耗费更大的精力。可是这项贸易毕竟有利可图。即便算上所有的开销与风险,里斯本的一担木材也只值半个杜卡多[1];而到了法国或者荷

---

[1] 中世纪的一种金币。

兰的市场里，一担木材便要两个半到三个杜卡多。然而对于葡萄牙宫廷而言，为了实现自己伟大的事业，所有利润必须迅速兑现。因此，它将巴西木的垄断权租给了费尔南·德·诺隆亚，以此换得了一笔现金。在新入教的基督徒中，诺隆亚最为富有。他同其他刚刚入教的兄弟一起到巴西避难，在伯南布哥从事巴西木贸易。可是在他的领导之下，这项贸易的规模依然不大，根本不能吸引外国的大代理商入驻，也无法全面推动殖民地的建设进程。单单一种颜料还不足以带动这块遥远的土地。如果巴西想在全球市场占有一席之地，就必须找到利润更高的产品，以更加迅速、广泛的生产替换掉这属于巴西木的时代。

可是巴西——更确切地说，是当时已经得到开发的沿海地区——并没有这种产品。这块土地若想为欧洲经济做出贡献，就必须先接受欧洲的贡献。所有的作物若想繁荣生长，也必须先引进过来。除此之外，还有一样必不可少的肥料，那就是人。从巴西生活的最初一刻开始，殖民者便扮演了最富活力的角色，成了必需品种的必需品。他们引进什么，巴西便生产什么。然而无论是作物还是人力，欧洲向新大陆投入的一切，都收到了千百倍的回报。东方有无尽的财富可以掠取，巴西却给葡萄牙带来了难题——要想在毫无组织的新大陆上殖民，首先要有足够的投资。

葡萄牙人尝试移栽的第一批作物是从佛得角带来的甘蔗。这次尝试立即取得了巨大成功，因为巴西的自然环境为甘蔗生长提供了一切条件。对于一个没有组织的国家来说，甘蔗简直是最理想的作物，因为它的生长丰收几乎不需要人工干预，对经验技术的要求也少之又少。只要将它栽在地上，它便在那里生长；不需要任何照料，它的直径就能达到两英寸。待到成熟之后，只需用最简单的方式就能榨出珍贵的汁液。将两根圆木并排放置，并在上面安装一根横杆。将甘蔗放在两根圆木之间，再找两个奴隶——因为一头牛要花很多钱——推着横杆不停地走，带动圆木不断转动，直到将最后一滴甘蔗汁榨尽。将这种混浊的黏性汁液慢慢加热沸腾，使其中水气蒸腾出来，就会成为糖块。蔗糖渣也能物尽其用，将它同叶子一起焚烧，作为滋养土壤的肥料。这种原始的榨汁方式经过多次改进，很快便有人将蔗糖作坊建在水边，以便用水流代替人力。但是无论采用什么方式，蔗糖生产的过程之简单、利润之丰厚都超过了人们的想象。奴隶们榨出的蔗糖很快就变成了金子。从十字军东征开始，欧洲第一次接触到东方的高雅与文明。他们之所以对东方如此向往，一方面是为了令人振奋的香料，一方面是因为那里的珍馐。随着商业的繁荣发展，斯巴达人朴素单调的饮食已经不能满足欧洲人的胃口，他们开始寻求更丰富的口感与更精致的享受。在那之前，只有蜂蜜才能提供些许甜味，如今已经不能使人满足。自从品尝过蔗糖之后，人们都变成了被宠坏的孩子，对这种美食的需求越来越高。由于直到三百年后的大陆封锁时期才开始从甜菜中提取糖分，此时的欧洲人只有到遥远的大陆寻求这种奢侈的产品。商人们面对不断增长的顾客群体，愿意以任何价格收购。巴西就这样一下子成了全球市场上的重要角色。这种原始的蔗糖生产成本几乎为零，因为土地资源完全免费，种植也丝毫不费力气，作坊里的奴隶又是最廉价的动物。蔗糖生产的利润飞速增长，为巴西——更确切地说，是为葡萄牙——创造了大量财富。蔗糖的产量每天都在增加，在这三个世纪里，巴西的垄断地位从未动摇。要想知道巴西的出口量究竟有多大，我们可以看一个例子——在某几年里，巴西一共出口了价值三百万英镑的蔗糖，比英国在同一时期的出口总值还多。直到十八世纪末，蔗糖的利润才慢慢降下来。因为巴西的产量过高，才最终将"白色黄金"的定价权让给了买方。这是所有殖民地商品的共同命运。无论辣椒还是茶叶，开始的时候都"物以稀为贵"，最终也都因为生产过剩变成了家常便饭。从甜菜中提取糖分的方法给了蔗糖产业最后一击，不过那时它已经出色地完成了在巴西经济史上的任务。最主要的产品衰落了，巴西经济却并未因此停滞不前，因为这里已经发展起了其他产业。从旧世界带来的甘蔗用它们纤细的腰杆支撑着巴西，在三百年的时光里，巴西不断发展壮大，已经能够脱离这一产品的支撑，独自沿着自己的道路前进。

蔗糖生产开始之后，很快便有了第二种出口产品——烟草。从某种意义上讲，它同第一种产品非常相似，同样用于满足欧洲人的恶习。早在哥伦布到达美洲时就看到过土著人吸烟，后来的航海者则将这个习惯带回了祖国。欧洲人最初觉得咀嚼烟草、抽食烟叶或者吸食烟粉都是野蛮人的习惯；水手们嘲笑那些嚼食烟草的人，对他们吐出的肮脏汁水嗤之以鼻。少数吸烟者用烟斗来营造烟雾氛围，也会引来疯子般的嘲笑；而在上层社会，尤其是在宫廷中，吸烟更是绝对禁止。欧洲人迷上烟草并非出于享受或者模仿，而是因为恐惧。在那些最可怕的日子里，瘟疫席卷了欧洲各个城市。那时的人们不会想到细菌感染，但却相信"以毒攻毒"，相信不断地吸烟才是抗击感染的最佳方式。尽管瘟疫结束之后，恐惧也随之消失，可烟草却像白兰地一样，由药品变成了习惯，令人欲罢不能。欧洲对烟草的需求量逐年上升，巴西也成了最大的原产地。这里的烟草如野草般生长，却有着最上乘的质量。烟草同它的兄弟蔗糖一样，一点关心都不需要。只要将烟叶从上面拽下来、晾干卷起之后送到船上，这种一文不值的东西便摇身成为价值连城的商品。

蔗糖、烟草以及同样为了满足欧洲口味但规模稍小一些的可可，是十八世纪之前巴西经济的三大支柱。在欧洲人学会棉纺织技术之后，便又增加了第四大支柱。棉花是巴西的土著作物，生产在亚马孙丛林及其他区域。但是巴西的土著人不像阿兹特克或秘鲁人那样拥有文明，也不懂得任何纺织技术；仅仅在战争时期，他们会将棉花放在箭上，用来点燃敌人的住所，而在马兰尼昂地区，棉花则是一种特殊的货币。开始的时候连欧洲人也不了解棉花的作用；尽管哥伦布曾向西班牙带回过几朵棉花，却没人知道它作为纺织材料的重要性。而巴西的耶稣会士却早在1549年就已经知道棉花的用途，并且开始教授土著村庄纺织技术，这一定是得益于墨西哥的消息。但是直到纺织机器发明以后（1770—1773），随着工业革命的开始，棉花的商业价值才真正凸显出来。

从十八世纪末期开始，棉花的需求量越来越大，出售的价格也越来越高。其中最大的买家就是英国，那里有一百万人从事纺织工业。曾经在亚马孙丛林里自由生长的棉花也被系统化地移植到农田里，十九世纪时的出口量已经达到了巴西出口总额的一半。在这个巴西经济快速变革的时期，是它维持了巴西贸易的平衡，弥补了蔗糖价格下滑所造成的影响。

蔗糖、烟草、可可、棉花，所有这些产品都作为原材料销往国外；若想建立起自由完善的工业结构，巴西还有很长一段路要走。巴西的一切经济活动仅限于种植、收获，仅限于装载所谓的"殖民地产品",仅限于单纯依靠劳动力的初级产业。在这片土地上,人类成为最不可或缺的资源,比所有的自然物质都要宝贵。因此有越来越多的人进口到巴西。这也许是巴西经济史上最重要的特点,因为无论在哪一个历史阶段,经济发展的动力资源都不得不依赖进口——最初的几个世纪是人力,十九世纪时变成了煤炭,现在则是石油。在历史初期,人们自然倾向于寻求最廉价的能源。殖民者们先是希望将土著人变为奴隶。然而由于他们纤弱的身体构造,根本无法承受繁重的劳动,耶稣会士们又不断向宫廷呼吁,请求对土著人口进行保护。因此从1549年开始,非洲的"黑色象牙"便不断运往巴西。那些恐怖的货船被称为"灵柩",因为船上的黑人们手脚被缚,有一半人都会在途中丧生。每一个月甚至每一个星期,都会有一批黑人被运往巴西,他们是活着的原材料。通过这种血腥的运输方式,三个世纪里巴西至少进口了三百万黑人,占到了新大陆进口总数的十分之三。确切的数字我们无法知晓(也有人说一共进口了四百多万黑奴),因为在1890年,鲁伊·巴尔博萨[1]为了废除这一恶行,下令烧毁了所有与奴隶制相关的档案。

很长一段时间内,奴隶贸易在巴西尽管并不荣耀,但却十分有利可图。由伦敦与里斯本出资,船主与商人的收入都能得到保障,因为对奴隶的需求在不断增长。在巴伊亚的集市上,一个黑人奴隶最早的价格在五十到三百千雷斯之间,而一个土著奴隶的价格则从四千雷斯到七十千雷斯不等。尽管黑奴的价格相对较高,里面却包含了运输费用、奴隶中途死亡的损失、

---

1 鲁伊·巴尔博萨(1849—1923),巴西作家、法学家、政治家。

奴隶猎人、中间商贩与船长的利润以及葡萄牙从中抽取的税收。在这项黑色贸易之中，每个人头要交三千到三千五百雷斯的税，由海关直接缴给葡萄牙国王。而对于庄园主来说，黑奴就像镰刀一样不可或缺。一个健壮的黑人奴隶，只要时不时用鞭子抽打几下，一天就能工作十二小时；除此之外，对黑奴的投资还有其他收益，因为即便在他们短暂休息的时候，还可以通过生儿育女来增加主人的财产。购买于十六世纪的一对黑奴夫妇，可以在这两三个世纪中为主人的家族生养一大批奴隶。这些黑奴代表着巴西发展的动力。由于巴西地域广袤，土地本身并没有什么价值，黑人的数量便成了财富的坐标。就像封建时代的俄国一样，庄园主的财产并不取决于他拥有的土地，而是在于他拥有多少"灵魂"。一直到十九世纪后期，巴西经济都依赖于不断增加的黑人奴隶。葡萄牙人仅仅充当了商人、家仆与监工的角色，起着指导与监视的作用，而真正支撑着殖民地生产的，却是一个个黑色的臂膀。

这种黑白主仆之间的严格划分一直是殖民地的严重威胁，如果不是内陆地区的殖民成就，势必会影响到巴西的完整与统一。历史初期，这片广袤的土地尚缺少一种稳定的平衡。在第一个世纪与第二个世纪的大部分时间里，巴西的所有活力都集中在北部，那里也吸引了大量人口。与现在的观点不同，对于那时的世界而言，巴西热带才代表着真正的财富。殖民初期的一切经济活动都集中在那里，以便满足欧洲对于殖民地产品的贪欲。巴伊亚、累西腓、奥林达都由单纯的落脚点发展成为真正的城市；在内陆地区还只有棚屋与木制教堂的时候，那里就建造起了豪华的教堂和宫殿。欧洲的船只在那里不停地装卸，作为货物的黑奴源源不断地抵达；那里建立起了最初的办事处，十分之九的殖民地产品都由那里出口；作坊与农场也集中在那里，以便享受到最便捷的交通。无论在1600年、1650年还是1700年，如果有人在欧洲提起巴西，那么他一定指的是巴西北部，是那里的沿海城市，是那些因蔗糖、可可、烟草、贸易而举世闻名的地方。由于群山遮蔽，内陆地区对船员与商人来说仍是一个谜。那时的欧洲没有一个人，甚至连葡萄牙国王也不知道，原来巴西腹地也在缓慢发展，虽然从商业角度看利润不高，但却比沿海更加稳定。这是耶稣会士的巨大功勋。土著居民在他们的指导之下，有条不紊地推动着巴西的殖民化进程。在那个时代的税收官与中间商眼中，只有立竿见影的利润才能转化成财富。然而耶稣会士已经清楚地预见到，巴西的经济不能完全依赖不稳定的商品垄断，也不能依靠单纯的奴隶劳作。一个国家要想发展，必须首先学会耕种土地，将它当作自己的一部分。而只要看看巴西初期的一无所有与如今的举世瞩目，就能知道这项事业究竟有多么伟大。正是这最原始的农业与畜牧业，才能成为民族经济的稳定基础；也正是由于游牧部落得到了教化、学会了劳作，才能够形成真正的巴西民族。

这项事业完全是从零开始。当诺布莱加与安谢塔到达巴西的时候，看到的只有无人耕种的土地与不懂劳作的野人，却缺少一种将两者整合起来的力量。这里一无所有，一切都要从旧世界引进，包括所有的牲畜、牛羊、工具、作物以及种子。只有在这之后，才能以无尽的耐心教育这些天真的人们，教授他们如何耕种收获，如何饲养牲畜，如何建造棚舍。在传授基督教义之前，先要教会他们如何劳动；在灌输宗教理念之前，先要能使他们愿意工作。耶稣会士原本怀着崇高的精神纲领，但到达巴西之后，却变成了一项谦逊烦劳的任务。只有这些有着自律精神、愿意毕生效忠于理想的人才能完成这番事业：通过耕种土地来教化世人。他们从欧洲带来了书籍、药品、工具、作物、牲畜，但促进巴西发展的最活跃的动力却来自他们本身。巴西的一切都发展迅速，这些最初的村庄与居民点也不例外；耶稣会士们很快就可以在信中自豪地宣称，他们已经建立起了人与土地的联系，实现了白人与土著人的融合，培养出了新一代的混血人种。神父们相信他们已经取得成功；圣保罗作为第一个城市和第一个省份，已经拥有不少居民；在远离海岸的地方，有越来越多的村庄向内陆延伸。可是真正征服这块土地的时候，却并不如耶稣会士所料想的那般和平安定，而是采用了另外一种方式。

历史，倘若要实现某种思想，通常不会按照人为设定的计划，而是要遵循自己的道路。这一次也是一样。耶稣会士在这里培养了一代新人，希望由他们来耕耘这片国土。可是这批混血儿们却贪婪地越过了教士定下的界限。在他们的血液中还蕴藏着印第安人对游牧生活的爱好，还保留着殖民者们未曾驯服的野性。为什么我们要亲自耕作，而不是由别人来干？这些半土著人很快便成为土著人们最大的威胁。耶稣会士曾经保护印第安人免受奴役之苦，可他们的儿子却成了最可怕的奴隶贩子；耶稣会士曾希望将圣保罗变成纯洁的精神圣地，可是圣保罗人却变成了新一代的征服者，成了耶稣会士与殖民活动的仇敌。他们组成了好战的部队，就像非洲的黑奴猎手一样不断行进，破坏沿途的村庄，搜寻可用的奴隶。他们不仅抓捕丛林里的土著人，甚至连居民点中的也不放过。圣保罗人就用这种更加快速、野蛮、暴力的方式，完成了耶稣会士向周围推进的目标。在每一次破坏性的行动之后，都会有一些圣保罗人留在道路交汇处，在那里建立居民点甚至城市，用以接纳强盗般的部队以及成千上万的奴隶。南方的肥沃土地上开始有了人类与家畜的踪迹。这些比沿海居民更贪图安逸的人渐渐成了内陆的牧民、成了腹地开发者，成了真正拥有祖国的人。这是人们第一次大规模地迁往内陆地区，对巴西的平衡与统一起到了重要作用。而这次迁徙活动却要部分归功于圣保罗人的贪婪。善行与恶意在这番事业上并肩协力，虽然乍看之下十分矛盾，却在事实上深化了巴西的融合。十七世纪时，内陆的种植与畜牧业已经足以同北部相抗衡。热带的产业兴起得快，衰落得也快，永远摆脱不了全球市场的影响。而巴西则越来越意识到，它不能单纯地生产殖民地商品，而应全面发展国民经济；它要按照自己的意愿组织生产，而不是听从宗主国的指挥。

* * *

十八世纪初，巴西已经十分富庶。随着葡萄牙帝国的衰落，由非洲开始，葡属殖民地都渐渐落到了英国与荷兰手中。巴西对于葡萄牙的重要性与日俱增。正如编年史家所说的那样，当印度贸易带来的财富数不胜数，里斯本的黄金时代也渐渐远去了。自十七世纪开始，巴西便为葡萄牙带来了利润。人们早已忘却了在最初的岁月里，巴西总督要为每一个克鲁萨多写信恳请，诺布莱加则要乞求里斯本为新入教的信徒施舍一些旧的衣物。巴西人是优秀的供应者，他们为葡萄牙船只装满价值连城的商品，用自己的酬劳供养葡萄牙宫廷的官员，收税官们也为葡萄牙国库增添了大量财富。巴西人同样也是优秀的消费者，一些"蔗糖大王"的财产与信誉甚至超过真正的国王，而对于葡萄牙所生产的红酒、布匹、书籍，在其所有的殖民地之中，也再找不到更好的销售地。巴西就这样平静地成为广袤富饶的殖民地，它几乎不需要葡萄牙的流血牺牲，不会给宗主国造成任何困扰，也不需要太多的资本投入。无论在里约热内卢、巴伊亚还是伯南布哥，都不需要强大的驻军维持秩序。尽管巴西的人口不断增加，但除去几次小骚乱之外，从未有过正式的反叛。这里与印度或非洲不同，无须建造昂贵的堡垒，也不用送来巨额的投资；它能够用自己的力量捍卫自己。

我们无法想象出一个比巴西更舒适的殖民地。这里的经济增长平稳安定，国内发展温和内敛，在世界上丝毫不引人注目。巴西的一切如此平静，产品又如此单调，在仓库里只有大包大包的蔗糖与烟草，自然不能激发出欧洲人的好奇心与想象力。墨西哥的征服、印加的黄金、波托西的白银、印度洋的珍珠、美洲农场主与印第安人的争斗以及加勒比海上的抗争，这一切成为浪漫的诗人与编年史家写作的动力，吸引了年轻人不羁的思想，赐予了他们冒险的欲望。而巴西在两个世纪的漫长岁月里，从未赢得世界的关注。但是这种低调的隔绝却正是巴西的幸运。巴西之所以能够平稳发展，最主要的原因便是它的财富，它的黄金、钻石，直到十八世纪初才被发现。如果这些金子在十六世纪、十七世纪便为人所知，那些大国一定会为此产生激烈的争吵；征服者们会从秘鲁、委内瑞拉以及智利出发，偷偷潜入到巴西境内；这里就会变成万恶的战场，就会被奴役、被撕裂。而直到1710年，巴西才突然成为世界上最富有的黄金储备国。冒险家与征服者的时代已经过去了，维列盖格农、沃尔特·罗里、科尔特斯和皮萨罗们也都同那个野蛮的时代一样，永远不会回来。曾经少数几个意志坚定的冒险者，仅靠四五艘船只就能征服整个国家,如今永远成为了历史。1700年,巴西已经成为一个强大的统一体,拥有自己的城市、要塞、港口。而比这些更有决定意义的是,民族团体也已经渐渐形成。它就像一支看不见的军队,愿为捍卫巴西流尽最后一滴血,为抵抗外国入侵牺牲最后一个人。即便是对于宗主国,他们也不愿意缴纳赋税。如今,他们只需要两样东西——时间,以及更多的人。对于富有耐心的国家而言,时间会使它变得更加强大。

米纳斯吉拉斯金矿的发现并不单单是巴西与葡萄牙的国内事务,它更是一个世界性的事件,影响了整个时代的经济形势。根据维尔纳·桑巴特[1]的观点,在十八世纪末期,如果不是巴西金源对欧洲经济命脉的强烈刺激与渗透,就不会有欧洲资本主义工业的迅猛发展。直到那时,巴西还只是个默默无闻的国家。可它骤然抛向市场的黄金的数量,在那个时代几乎无法想象。按照罗伯托·西蒙森[2]的计算(这个结果十分可信),在1852年发现加利福尼亚的金矿之前,美洲其他地方所出产的黄金总和都抵不上米纳斯吉拉斯山谷这半个世纪的开采数量。墨西哥与秘鲁的黄金点燃了十六世纪的狂热,使全球的货币总值增加了一到两倍(伟大的孟德斯鸠在著作《西班牙的财富》中描绘了这一情景)。可是这些金子只占到巴西——这个一直受到歧视的殖民地——献给宗主国的五分之一,甚至十分之一。依靠着这些金子,废墟中的里斯本才得以重建;依靠着上

---

1 维尔纳·桑巴特(1863—1941),德国社会学家、思想家、经济学家。
2 罗伯托·西蒙森(1889—1948),巴西工程师、实业家、政治家、历史学家。

缴给国王的"五一税",巨大的玛芙拉修道院才能够建立。英国工业的迅速崛起正是得益于这金色的肥料;欧洲的商业与转型也正是由于这突然的暴富,才获得了即刻的动力。只用了短短五十年,巴西便成为"旧世界"的宝库,成为欧洲最富有也最值得嫉妒的殖民地。在那一瞬间,仿佛殖民者的所有梦想都得到满足,仿佛他们终于找到了传说中的"黄金国"。

* * *

黄金的故事从开端、发展到结尾都如此富有戏剧性,所以最好使用戏剧的形式描绘它的每一场、每一幕以及每一段情景。

第一幕开始于1700年前不久,在米纳斯吉拉斯的山谷中。那时的米纳斯吉拉斯还没有成为一个州府,只是一片无人居住的土地。一天,从圣保罗的一个小居民点陶巴特出发,几个人骑着马或驴子朝远方的小山前进。维利亚斯河也流经那里,在山谷中留下曲曲折折的印记。与无数其他的圣保罗人一样,这些人的行程十分随意,既没有固定的路线也没有确切的目标。他们只是希望带回一些有用的东西:或者奴隶,或者牲畜,又或者是贵金属。接着便是出人意料的发现:他们中的一个人,不知道是已经得到密报还是仅仅出于偶然,竟在河沙中发现了几粒黄金。他将这些金沙装在瓶子里,带到了里约热内卢。就像历史上常常发生的那样,这种神奇的金属带有令人嫉妒的色彩,只要看上一眼,就会引起狂热的迁徙。从巴伊亚,从里约热内卢,从圣保罗,成千上万的人匆忙赶往那里。他们或骑着马和驴子,或徒步行走,或乘坐圣弗朗西斯科河上的船只。这时,舞台监督需要在台上增添大量演员——水手抛弃了轮船,士兵逃离了营地,商人丢掉了买卖,牧师离开了神坛,而那些黑色的群体则是赶往郊野的奴隶。起初,这表面看来的幸运差点酿成史无前例的灾祸。蔗糖作坊废弃了,烟草生产也停止了,因为它们的负责人离开了这里,带走了奴隶。他们期待在米纳斯吉拉斯,只用一周甚至一天的时间,就能得到耐心劳作一年的财富。船只不再装卸货物,往来欧洲的交通也中断了。一切都陷入停滞,中央政府不得不下达法令,禁止劳动力向内陆转移。就在沿海地区因为人口撤离而面临灾难的时候,内陆地区却因为移民的突然到来而遭受到与米达斯王相同的厄运:尽管拥有金质的餐具,却不得不忍受饥饿。这里有充足的金沙与金块,可却没有面包玉米,也没有牛奶干酪。在这片荒芜的土地上,没有水果、牲畜、粮食,无法养活这几万乃至十几万的移民。所幸的是,商人们也付出了十倍的努力,因为他们预计这里的货物能卖到五倍甚至十倍价格,还可以用纯金作为交换。通过水路与陆路,运往这片荒野的食品与工具越来越多。人们开辟出了公路,利用起了圣弗朗西斯科河。这条夹杂着泥沙的河流此前一直做着平静的白日梦,几个月中都不会有一条船只经过,如今却成了最繁忙的河道。由奴隶推动的船只在河中来来往往,牛拉着车子在地上不断穿梭,而梦寐以求的金子则在小皮革袋中旅行。这项狂热的活动突然侵袭了这个平静的、几乎在睡梦中的国家。

然而,淘金热一直都是恶性的高烧。它刺激着神经,燃烧着血液,使眼神变得贪婪,让意识变得浑浊。短短一段时间,便出现了血腥的争斗。圣保罗的发现者抗击着后来的外乡人,一个人辛苦得来的财富会被另一个人用匕首夺走。然而在悲剧之中还混杂着荒诞可笑的因素。那些昨天还在乞讨的人们，如今却穿着奢侈可笑的服装卖弄；掘金者刚刚获得的财富，又在赌场上一输而空。第一幕的结尾十分有戏剧性：在狂热地挖掘了成千上万个地方之后，居然发现了比黄金更为珍贵的东西——钻石。

第二幕。一个新的主角登上舞台：这是代表葡萄牙权利的巴西总督。他视察了新发现的州府，以便保障国王能从中抽取五分之一的黄金。为了维护这里的秩序，在他身后站着成队的士兵和凶猛的骑士。他建立起了一个铸币厂，规定开采的黄金必须如数上缴铸造金币，以此保证严格的税收。尽管这些乌合之众不愿交税，但他们的反抗遭到了镇压。就这样，冒险者的无序活动慢慢变成了皇权下的稳定产业。在黄金产地渐渐发展起数个广阔的城市：富镇、皇镇与阿尔布克尔克镇。这些城市迅速建起了棚屋与泥房，为十多万人提供了庇护；在当时，无论纽约或是北美的任何一个城市无法匹敌。对于这些城市的生活状况，我们已经无从得知，甚至那个时代的世界也只有一个模糊的概念。葡萄牙决定保护自己的财富，下令禁止任何外国人靠近金矿，甚至一个钟点都不行。从某种意义上说，整个地区都被钢铁包围起来；在每个十字路口都设置了关卡，随处都能见到日夜巡防的士兵。没有一个旅行者能够进入这片区域，淘金者在离开前也要接受严格的检查，以防他们私带金沙外逃。一切违反政府规定的行为都将受到严厉的惩罚。关于巴西金矿的消息，一个字也不能透露；寄往国外的信件，一封也不能发出。安东尼尔[1]所写的那本关于巴西财富的书籍，也在

---

[1] 即安德烈奥尼（1649—1716），意大利耶稣会士。安东尼尔是他的笔名。

审查中遭到禁止。只有葡萄牙了解巴西的价值。它使出了一切手段进行监视，避免引起其他国家的贪婪与妒嫉。只有王室与金矿的官员知道哪里能够开采钻石与黄金，也只有他们知道国王究竟从中获取多大的利益。葡萄牙在那一个世纪中所得到的利润，直到今天也很难估计。但是我们可以肯定这绝对是笔巨大的财富，因为五分之一的金子都流向了空荡的国库，而所有二十四克拉以上的钻石也都直接归政府所有，突然暴富的殖民地还从宗主国购买了大批商品，还有奴隶进口的高昂税收——为了尽快开采出黄金钻石，奴隶的进口数量也成倍增长。葡萄牙这才发现，当它失去印度与非洲统治权的时候，恰恰是这块土地——《葡国魂》从未为它歌唱，乞丐流氓才是真正的殖民者——成了它最宝贵的殖民地。

这出黄金悲喜剧的第三幕持续了近七十年，并渐渐转向了悲剧。第一个场景是既相同又不同的富镇。说它相同，指的是自然风光，是荒芜的深色山丘与流经峡谷的河流。说它不同，指的是这座城市，是那些高大的白色教堂与伫立在山巅的雕塑。在总统府邸周围建起了奢侈的别苑，这里的居民富有而受人尊敬，却不再是乐天的挥霍者。这里少了一样能够给街道、酒馆、商业带来活力的东西，少了一样能够点燃人们的眼睛、使气氛活跃起来的东西，这样东西就是黄金。河水仍在流动，依旧荡起泡沫，依旧将沙子冲积到河岸旁边。可是这里的沙子，无论经过怎样的冲洗筛滤，都只是无用的沙子而不是闪光的黄金。曾经只要派遣几十个奴隶在这里淘金，就能够一夜暴富。如今，这样的日子已经过去；维利亚斯河中淤积的金子，也已经消耗殆尽。若要开采山下的金子，则需要更高的技术与繁重的工作，那是这个国家、这个时代都不具备的条件。

于是，转变出现了：富镇变得日益贫穷。昔日的淘金者穷苦而又悲伤，他们带着驴子、黑奴及少许家当离开了这里；四散在山峦各处的奴隶窝棚，也都在风雨之下冲毁坍塌。骑兵们撤离了，因为这里已经没有值得守卫的东西；政府也没有工作需要处理，甚至连牢狱都已经空置，因为富镇已经没有值得偷抢的居民。黄金的闹剧已经散场。

第四幕有两个场景同时上演：一个在葡萄牙，另一个在巴西。第一个场景开场于里斯本的皇宫。宫廷议会正在召开。在国库报告中，议院们听到了可怕的消息：从巴西运来的黄金越来越少，国库的亏空越来越大。由于无法得到资助，彭巴尔侯爵建立的工业联盟已经濒临破产；开端宏大的里斯本重建工程也已经陷入停滞。既然无法从巴西获得黄金，那么钱从哪里来？这其中的损失又如何才能弥补？葡萄牙驱逐了耶稣会士，没收了他们不值一文的财产。在《葡国魂》的理想之国消失之后，"黄金国"的美梦也破灭了。世人总是为黄金迷惑，它许人幸福，却一个字也不予兑现。葡萄牙又退回到原先的模样，成为一个平静的小国。而正是因为这平静的美好，它才值得喜爱。

另一个场景发生在米纳斯吉拉斯，同第一个场景完全不同。淘金者们带着骡马、奴隶和全部家当从荒凉的山上下来，发现了一块肥沃的土地。他们就此停留，建立起小的居民点与城市；船只在圣弗朗西斯科河上来来往往；商品运输繁忙。在这块曾经无人耕作的土地上，建立起了新的州府，各种产业如火如荼。葡萄牙的灾难成了巴西的幸运：为了代替消失的黄金，他们找到了更加珍贵的东西——一块能够开花结果的崭新土地。

*　*　*

从人口统计学的观点来看，这场米纳斯吉拉斯的淘金热是向内陆地区的第一次大迁徙，对巴西的经济发展与民族形成都具有决定性意义。如果不是这种持续不断的迁徙，在如此广袤的国土上很难保持国民的同一性。在巴西，从南大河州到亚马孙地区，各地的方言几乎没有差异；从大西洋沿岸到几乎无人到达的戈亚斯，每个地方都保持着同样的习俗；尽管气候不同职业不同，这里的人民却拥有相同的特质。这里的人与土地的关系不像欧洲，人民不用被束缚在自己的土地之上，而是像世界上所有的大国一样可以自由迁移。尤其是在巴西，土地尚且没有主人，每个人都可以随意占领，每个人都是这里的开拓者与流浪者。他们不像欧洲的农民，无须为传统所禁锢；他们愿意背井离乡，乐于抓住每一个机遇。因此，巴西经济史上的重大变迁，不只是从一个垄断商品到另一个垄断商品（也就是所谓的产品周期），也同样反映了不同地域的变化。从这种意义上说，我们不仅可以使用商品的名称，也可以使用不同的区域来命名每一个历史阶段。木材时代、蔗糖时代与棉花时代发展了北部，创造了巴伊亚、累西腓、奥林达、塞阿腊与马兰尼昂。米纳斯吉拉斯则建立于黄金之上。里约热内卢的兴盛得益于国王的避难。"咖啡帝国"则推动了圣保罗的崛起。而昙花一现的橡胶产业促成了马瑙斯与贝伦的迅速繁荣。在下一个时代，在钢铁冶炼的时代中，哪一个城市将迅速崛起，如今还是一个未知之谜。

这种寻找经济支点的过程如今仍在进行，因为巴西人天性热爱迁移，而外来人口的融入又使得这种倾向愈发强烈。先是非洲移民，继而是欧洲移民，他们不断促进着巴西的扩展，缩小着社会等级间的隔离程度，并将民族精神置于地域差异之上。无论在哪里都常常听说某人来自巴伊亚或南大河，可是如果仔细调查，就会发现他们的父母其实出生于另一个州府。得益于这种混合与迁移，巴西统一的奇迹才能持续到今天。如今，随着通讯技术的日益发达，广播报纸作用的日益增加，维持国家的统一也更加容易。尽管西属南美领土面积不及巴西，人口也没有巴西多，却由于各州府的区别统治，分裂成为阿根廷、智利、秘鲁与委内瑞拉，它们分别讲不同的方言，奉行不同的习俗，拥有不同的人口构成。而巴西中央政府则从一开始便奠定了统一的基础，因为无论民族还是经济层面，"统一"一旦赢得人心，便能立于不败之地。

* * *

倘若列出宗主国与殖民地、葡萄牙与巴西之间的收支平衡表，就会看到十九世纪初期之前，收支关系一直在不断移动。从1500年到1600年，是巴西在接受葡萄牙的给予。宗主国需要排遣船队、官员、士兵、商品、商人及殖民者，并且那里的白人数量也是殖民地的十倍。1700年左右，收支开始向巴西偏移。到了1800年，情况已经完全不同。九万一千平方公里的葡萄牙同八百五十万平方公里的巴西相比，是那样的微不足道。在巴西，仅仅黑奴的数量就比葡萄牙总人口还多；而在经济层面上，日渐衰落的宗主国更无法同新大陆相比。凭借着国内的黄金钻石，凭借着棉花、烟草与蔗糖，凭借着牲畜、矿石以及丰富的劳动力，巴西的经济不断增长，已经不需要任何援助。母亲已经不再养育儿子，而是由儿子供养母亲。在里斯本地震期间，巴西至少向葡萄牙提供了三百万克鲁萨多用于重建；而葡萄牙的所有富裕人家，若不是在巴西拥有产业，就是同那里的城市港口有贸易往来。对于这小小的卢济塔尼亚故乡而言，巴西就是一个世界。

然而巴西越是强健有力，葡萄牙就越害怕它会变得过于强大而脱离宗主国的保护。巴西已经有了自己的思想，可是葡萄牙却还将它当作小孩，企图控制它的行为，阻止它的独立。那时的美国早已实现了区域自治，巴西却不能生产织物，只能从葡萄牙进口；也不能建造船只，以保证葡萄牙商人的利润。对于学者、技师与实业家来说，在巴西根本没有用武之地。这里不能印刷书籍，不能出版报纸；随着耶稣会士被驱逐出境，最后一个传播教化的人也离开了。葡萄牙必须遏制巴西的经济独立，切断它同世界市场的联系，使它继续扮演奴隶与殖民地的角色。因此，如果巴西越不独立、不开化、不团结，对葡萄牙而言就越好。所有争取独立的运动都遭到残酷的镇压。葡萄牙驻巴西的军队早已无须抗击外国入侵，因为本土军队会完成这个任务；而葡萄牙军队的真正使命是与殖民地对抗，捍卫国王的经济领地。

然而历史又上演了同样的剧目：谨慎与理智数年不得的目标，依靠暴力便可以一蹴而就。恰恰是欧洲的独裁者拿破仑解放了这个南美国家。凭借着迅捷的法国部队，他迫使葡萄牙国王匆忙离开里斯本，也迫使他第一次来到巴西——这个为他建造了王宫别院，为他的家族、他的帝国效忠了几百年的地方。对于这个殖民地来说，这还是第一次——到达这里的不是收税官或者警察，而是布拉干萨家族的后代，是国王若昂六世，以及所有的贵族、僧侣与王室成员。

十九世纪，巴西已经不再被看作殖民地。若昂六世不得不承认这个孩子已经长大。是它向自己伸出了援手，安慰了这个不幸的避难者。在"联合王国"的称号之下，巴西开始同葡萄牙分庭抗礼。而在这十二年中，联合王国的首都也从特茹河畔迁到了巴伊亚的瓜纳巴拉。巴西与世界贸易之间的壁垒迅速消除，充斥着特许与禁令的时代也随之终结。自1808年开始，外国船只可以在此停泊交易，而无须向里斯本国库缴税。巴西终于可以自由发言、写作、思考，终于在经济发展之余开始了文明启蒙，而在之前这些都是严令禁止的。在荷兰人的短暂占领之后，巴西第一次迎来了学者、艺术家以及有名望的技师，以便推动民族文化的发展。这里创建了许多全新的机构：图书馆、博物馆、大学、艺术协会以及科技学院。巴西终于能够在全球文化界自由展现自己的价值。

然而，人们一旦尝到自由的滋味就会爱上它，在得到完全无限的自由之前就不会罢手。即便是同海外"旧世界"的松弛联系，也让巴西感到无比煎熬。直到1822年成为帝国，巴西才开始了真正的独立。或者更确切地说，直到那时，巴西才开始具备了独立的条件，因为它的独立仅限于政治层面；而在经济层面，巴西对英国与其他工业国的依赖程度比对葡萄牙更甚。里斯本的禁令一度阻碍了巴西经济的发展，使它未能投入到十八世纪末改造世界的工业革命中去。在巴西独立之前，其殖民地商品出口一直处于优势地位，因为这里拥有奴隶，劳动力价格低廉。在经济层面，巴西依然是美洲的龙头老大。直到宣布独立之后，巴西的出口总额依旧在美国之上，有几年中甚至与英国不相上下。可是在十九世纪，世界上出现了一种新的经济要素——机器。在利物浦与曼彻斯特,只需一台蒸汽机与十几个工人,就能抵得过上百个,甚至上千个奴隶创造的价值。从那之后,手工生产便再也不能同机器工业相抗衡,就像赤裸的土著人无法用弓箭战胜大炮一样。在一个飞速发展的时代,这种落后是致命的,而另一个不利条件则加剧了这种情况。尽管巴西拥有世界上最丰富的矿藏品种,却恰恰缺少十九世纪最具决定性的能源——煤炭。

在这个关键时刻,几乎所有的机械与交通工具都要依靠煤炭驱动;可在巴西广袤的国土之上,居然连一个煤矿都找不到。每公斤煤炭都要从远方进口,用巨额的蔗糖做交换,而蔗糖的价格却在不断下跌。因此所有的交通方式都变得十分昂贵。不仅如此,由于群山遮挡,铁路建造也十分落后,而且进程缓慢。在欧洲与北美,工业生产与运输速度逐年加快,已经提高了百倍千倍;可是巴西的土地却不肯出产煤矿,连绵的山脉制造了巨大的困难,蜿蜒的河流也仿佛在同新世纪作对。结果很快显露出来:每过五年巴西就会落后一大步。尤其是在北部地区,由于交通不够发达,已经陷入了不可避免的衰退。在这个时期的美国,从东向西、由南向北都建起了密集的铁路网络;可在几乎同等大小的巴西,十分之九的地区都不得不依靠步行。在密西西比河、哈得孙河与圣洛伦索河上,蒸汽机船川流不息;但在亚马孙河与圣弗朗西斯科河上,却连一根烟囱也很难见到。在那个时代的欧洲与美国,煤炭、工厂、商业中心、钢铁工业、城镇、港口齐心协力,抓紧每分每秒工作生产,全国产能也在逐年提高;而巴西在进入十九世纪很长一段时间之后,依然像在十八世纪、十七世纪甚至十六世纪那样停滞不前,只能生产单一的原材料,在世界市场中没有任何发言权。

就这样，经济贸易衰退了，巴西也从美洲国家的龙头老大掉到了第二或者第三的位置。十九世纪初期巴西的经济状况有些自相矛盾。尽管巴西是世界上铁矿石最多的国家，可它的所有机械工具却必须依赖进口。尽管这里棉产量十分丰富，可棉织品却必须从英国购买。尽管这里有着无尽的森林资源，可它却连一张纸都生产不出。所有无法通过原始手工生产方式获得的产品，都必须从国外进口。巴西同之前一样，必须有充足的资本才能组织起工业生产，才能拯救这个国家。可自从金矿枯竭之后，巴西资金缺乏，所有的铁路、工厂以及大型企业都必须由英国、法国或比利时建立，仿佛巴西仍是一个殖民地，不得不受到全世界的盘剥。在那个时代，以丰富能源为支撑的生产活力是国民经济的决定性因素；而巴西却仍然保留着古老的生产方式与贸易手段，几乎完全陷入衰退之中。巴西经济又一次跌入谷底。

可是这个国家却有着无尽的潜力，能够通过迅速转型化解掉每一场危机。这也是巴西发展中的特点，一旦主要出口产品陷入困难，马上会有另一种商品取而代之，并且更加有利可图。正是通过这种方式，巴西屡次创造经济奇迹：十七世纪时蔗糖产业迅速崛起，十八世纪发现了钻石与黄金，而十九世纪的救世主则是咖啡。在继"白色黄金"与"金色黄金"之后，它开启了"棕色黄金"的时代，之后又短暂地被"红色黄金"橡胶所取代。巴西凭借咖啡取得了举世无双的胜利，在十九世纪与二十世纪前半期，一直处于垄断地位：最古老的因素再一次登上历史舞台——土地的肥沃、种植的简便与生产过程的原始，正是这些特点在生产过程中发挥了巨大作用。咖啡不能用机器种植，只有在这一产品的生产过程中，奴隶的价值才会高于机器的飞轮。就像蔗糖、可可、烟草一样,咖啡也能给人带来极致的享受;它其实正是蔗糖与烟草的补充品,因为在宴饮之后,这三样东西是最理想的搭配。

每次都是土地、肥沃的土地将巴西从危机中解救出来。老牌国家原有的美食,在这片土地上会变得越发美味;在巴西以外的任何一个地方,咖啡都不会如此茂盛香醇。早在几个世纪之前,这种产品及功效已经为人所知。咖啡于1730年移栽至亚马孙区域,又于1762年引进到里约热内卢,可在那时它被看作是奢侈品,在国民经济中所占比重不大。在十九世纪初的统计表格中,咖啡的产量远在棉花、皮革、可可、蔗糖以及烟草之下。其实正如它的两个哥哥烟草与蔗糖一样,是欧美人对这种商品的习惯创造了不断增长的需求,刺激了咖啡的种植与生产。十九世纪下半叶,咖啡的生产与销售大大增加,巴西也成为全世界的供应商。它需要不断加大生产力度才能满足需求;成千上万乃至上百万劳动者因此涌向圣保罗;桑托斯建造起了最大的港口与仓库,在繁忙时节,一天就会有三十条蒸汽机船前来运载咖啡。在几十年的时间里,咖啡出口为巴西经济带来稳定。我们可以来看一组巨大的数字:从1821年到1900年的八十年间,巴西出口的咖啡总价值为170,835,000英镑;而到今天为止的出口总额,则达到了二十亿。仅此一项就弥补了巴西大部分的进口与开销。但在另一方面,这也使得巴西经济越来越依赖于咖啡价格,甚至巴西的货币价值都要视咖啡的市场行情而定。一旦咖啡价格下跌,巴西币也随之贬值。

然而咖啡价格下跌最终变得无法避免。巨大的需求量促使种植园主不断扩大种植面积,而市场又缺少有效的经济计划来制止这种过度生产,危机便接二连三地发生。为了避免引发更大的灾祸，政府不得不出面干预，一会儿收购部分产品，一会儿对新建农场苛以重税，一会儿又将购得的咖啡倒入海中，以阻止其价格下跌。然而危机却一直潜藏着。1925年一袋咖啡的价格是5英镑，1936年便降到了1.5英镑；与此同时，巴西币的贬值则更加严重。可对于国内经济平衡与财政稳定而言，咖啡时代的终结却是一件好事，因为巴西的盛衰终于不用维系在咖啡起伏不定的价格上面。经济危机又一次成为巴西的优势，它让巴西及时认识到孤注一掷的危险，使它的经济发展愈发平衡。

* * *

有一段时间，似乎在巴西经济之王咖啡的身旁，还有一个觊觎王位的强劲对手，那就是橡胶。它确实有理由为自己的篡位辩护，因为它并非咖啡那样初来乍到的移民，而是这个国家的土著。出产橡胶的乔木Hevea brasiliensis[1]原产于巴西亚马孙地区。早在欧洲人发现它珍贵的汁液之前，那里就有三千万棵橡胶树。土著人有时将橡胶液作为防水材料，涂在船帆或器皿之上。1736年，这一消息首次由康达米尼记录下来，当时他正在亚马孙区域旅行。可是这种黏性物质并不能用于工业，因为温度稍高或稍低都会破坏它的性能。十九世纪初期，只有少量用原始工艺制成的橡胶产品出口到美国。直到1839年，查尔斯·古德耶尔发现橡胶在经过硫黄处理之后，便可以对温度不那么敏感。这是一个决定性的转折，橡胶摇身变成了"五巨头"之一，成了现代社会最不可或缺的资源，其重要性堪比煤

---

[1] 即三叶橡胶树，亦称巴西橡胶树。

炭、石油、木材以及钢铁。人们需要它来制作管道、鞋底以及其他成千上万种产品；而在发明了自行车与汽车之后，橡胶的重要性更是与日俱增。

一直到十九世纪末，巴西始终垄断着橡胶原料的生产。三叶橡胶树只在亚马孙丛林才有，这是巴西得天独厚的优势，它也因此享有定价权。为了捍卫自己的垄断地位，巴西连一棵橡胶树也不许出口。它一定记得，在从法属圭亚那引进了几株咖啡之后，它便一举挫败了这个最危险的敌人。像米纳斯吉拉斯发现黄金时一样，亚马孙原始森林立即掀起一股"热潮"，而在此之前，这里还仅仅是蚊子与昆虫的乐园。随着"红色黄金"时代的来临，大批移民再次涌入到一个无人居住的地区。由于突然遭到洪水侵袭，塞阿腊有七万人不得不背井离乡，受聘于——或者更确切地说，是将自己卖给几间公司，从贝伦登船沿河而上，开赴荒凉的丛林。这些区域遭到了疯狂的开发，甚至改变了当地的法令与监管，米纳斯吉拉斯的故事又再度上演。尽管割胶工人并非奴隶，却在实际上遭受着奴役。因为他们签订了劳动合同，不得不束缚在原始森林这"绿色的坟茔"中；而企业家又贪心不足，除了橡胶本身的利润之外，他们还以四五倍高的价格向工人出售生活必需品。如果有人想要了解这段时期的恐怖细节，可以去读费雷拉·德·卡斯特罗的现实主义杰作[1]，里面详细描绘了这可耻的时代。割胶工人的工作极

---

[1] 全名若泽·玛丽亚·费雷拉·德·卡斯特罗（1898—1974），葡萄牙作家，十二岁时移民巴西。这里指的是他于1930年发表的小说《荒野》，主人公阿尔佩托是一个二十六岁的葡萄牙法律系学生，由于政见不同被迫移民至巴西贝伦。在同他的舅舅生活了一段时间之后，他到亚马孙丛林成为一名割胶工人。

其悲惨：他们居住在简陋的棚屋里，同一切人类文明相隔绝；他们要先用镰刀开辟道路才能找到橡胶树，然后割开树体为树木"放血"；每一天，他们都要顶着烈日往返数次，将得到的乳液煮沸。尽管在几个月的劳作之后，他们已经精疲力竭，被疾病折磨的虚弱不堪，可是在罪恶的计算之下，他们依然亏欠着老板，因为后者将把他们带到此地的费用也包含在内，并对他们的食品花费大加盘剥。如果这些不幸的人们想要逃离这个美其名曰"劳工合同"的牢笼，就会被全副武装的安保人员像奴隶一样抓捕回来。从此以后，这些人只能戴着镣铐工作。

然而，正是由于这种可耻的劳动剥削，正是得益于巴西的垄断地位与全球对橡胶日益增长的需求，利润也高到惊人的程度。十八世纪时富镇与皇镇的身影似乎又回来了，迅速积累的财富又一次在蛮荒之地建起了奢侈的城镇。不仅贝伦富裕起来，千里之外还出现了一座新兴的城市——马瑙斯，它的奢侈与浮华足以将里约、圣保罗和巴伊亚通通踩在脚下。这里建起了柏油马路、银行以及拥有电灯的宫殿，这里有宏伟的商业机构与私人别墅，这里还有巴西最大最奢华的剧院，它建造在原始丛林之中，其费用高达千万美元。每个人都在金钱的海洋中遨游。一康托巴西币相当于两百美元，可他们花起来却仿佛那只是一先令；巨大的蒸汽机船载着巴黎伦敦最精致的货物，越来越频繁地光顾着亚马孙河上游区域。每个人都从事着与橡胶有关的买卖，每个人都因此获利。可是橡胶树却在为此流血，成百上千的割胶工人则暴毙在这森林深处的"绿色坟茔"中。靠着"液态黄金"，整整一代人都富裕起来，就像他们在米纳斯吉拉斯峡谷中的祖先一样。国家无疑也从中获利，橡胶出口的迅速飞跃，已经慢慢逼近咖啡。而汽车时代的到来，更是提供了无限可能。短短十年之后，马瑙斯已经成为巴西乃至全世界最富裕的城市。

然而，这个气球的爆炸却比它上升得还快。只要一个不怀好意的人就能将它刺破。这是一个英国青年，他巧妙地运用行贿的手段，避开了对携带橡胶树种离境的禁令，足足带了七万克种子回英国。它们起先种在邱园[1]中，后来最早的植株便移植到了锡兰、新加坡、苏门答腊和爪哇岛。至此巴西便失去了垄断地位，国内橡胶生产也不断下滑。马来半岛的橡胶种植整齐有序，上千棵树木像士兵一般排成一线，割胶工人的工作也比原始森林中更快更便捷，因为无须事先开辟稠密的树林。原始即兴的生产又一次成为现代化高级组织的受害者。

橡胶生产的衰落十分迅速，就像一场雪崩。在 1900 年，巴西尚且生产了 26,750 吨橡胶，而亚洲只生产了区区 4 吨。到了 1910 年，巴西仍以 42,000 吨的优势占据首位，此时亚洲的产量为 8,200 吨。可是到了 1941 年，巴西 37,000 吨的产量已经无法与亚洲的 71,000 吨相抗争。从此之后，衰退日益严重。1938 年，巴西的橡胶产量仅为 16,400 吨，而马来半岛则生产了 36,500 吨，荷兰殖民地 300,000 吨，印度尼西亚 58,000 吨，锡兰 52,000 吨。而即使这可怜的 16,400 吨橡胶，价格也只有最初的几分之一。马瑙斯的剧院再不能像从前那样接待欧洲的顶级剧团，财富消失了，"红色黄金"的美梦也结束了。这是又一个时代的终结，但它已完成了自己的秘密使命：它唤醒了一个沉睡的州府，赋予它生机与活力，并在商业与交流中建立起了它与整个国家之间的紧密联系。

---

[1] 即英国皇家植物园。

* * *

十九世纪末期,巴西发展的内部规律又一次体现出来,那就是:它很容易受到主产品利润的诱惑,永远都需要一场危机才能完成转型,而其发展过程中这些循环往复的危机总是能够变成优势。巴西最后一次大转型并非遵循世界市场的意愿,而是出于它自己的意志,因为在1888年的法令中,巴西彻底废除了奴隶制。

这条法令刚刚颁布便对国民经济造成了巨大冲击,其影响之大不亚于帝国制度的覆灭。大批黑人沉醉在自由之中,离开乡村向大城市涌去。那些只有靠着免费劳工才能盈利的行业,如今都歇业了;失去了奴隶的农场主,也都丧失了一大半财产;不仅如此,咖啡原先的耕作与种植就不足以同现代化的生产方式相抗衡,如今更是陷入危机。最初的呼喊再一次回响:巴西需要更多的劳动力!劳动力、居民,不惜一切代价!政府不能像以前那样被动冷漠、放任自流,而要设法吸引欧亚移民,系统地推进移民进程。在咖啡时代之前,巴西的移民仅限于耕种土地。1817年,若昂六世通过欧洲中介调来2,000名瑞士殖民者,他们随后建起了一块名为新弗里堡的殖民区;到了1825年,南大河州来了几个德国人,慢慢地在巴西南方聚集了120,000名德国移民,并在圣卡塔琳娜和巴拉那地区发展起了德国殖民中心。但是所有这些移民活动都由移民者主动发起,或者由私人机构负责。直到出现了这种规模巨大且有利可图的新产品,而又缺少奴隶进行耕作,巴西——尤其是圣保罗——才决定以更大的规模推动移民,为缺少资金的移民者提供路费,为所有有志于耕种的人提供土地。在那段时间，每年的资助费用就高达一万康托。可是只要巴西打开国门，便有大批移民涌入。1890年，巴西移民人数从66,000上升到107,000，1891年，移民人数打破历史最高纪录，达到了216,760。从此之后，尽管移民人数有所波动，但却一直居高不下。直到最近由于移民条件限制，移民人数才开始每年下降约20,000人。

在最近的五十年中，欧洲移民总数达到了四五百万。他们为巴西带来了极大的活力，并在文明及种族层面上提供了巨大优势。在近三百年中，由于不断引进黑人奴隶，巴西人种面临着肤色不断加深，不断非洲化、野蛮化的威胁。而在不识字的奴隶影响之外引入欧洲因素，则能够在总体上提升巴西的文明程度。意大利人、德国人、斯拉夫人和日本人不仅从他们的祖国带来了工作的活力与热情，同时也带来了文明社会的标准与期望。他们能读会写，拥有科学技能。巴西人已经习惯了有奴隶的日子，炎热的气候也消耗了他们的力量；而移民们则拥有更快的工作节奏。他们本能地寻找同祖国气候最相近的地区，以便保持自己原先的生活方式，因此南方的南大河州、圣卡塔琳娜州和巴拉那州成了这一时期——"活黄金"时代——最活跃的地区。对于圣保罗州、南大河州、圣卡塔琳娜州和巴拉那州的各个城市来说，移民就是米纳斯吉拉斯的黄金，就是圣保罗的咖啡。他们代表着决定性的动力，也是一如既往的活跃力量，他们创造了新的居民点和就业机会，他们创造了工业也促进了文明。正是由于他们来自世界各地——意大利、德国、斯拉夫、日本、亚美尼亚——巴西才能如此完美地保留它最古老的方法：相互融合、互惠互利。正是得益于这种同化的力量，新的元素才能如此之快地融入其中。新一代人已经能够自然而然地相互合作，彼此享有同样的权利，以便实现巴西最古老的理想：建立一个统一的国家，拥有统一的语言及统一的思想。

* * *

最近五十年里移民所带来的进步，正是对废除奴隶制这一善行的奖赏。二十世纪初期，共有四五百万欧洲移民。他们带给巴西的幸运，不仅是最大的，而且是双重的。因为不仅有如此之多强健的劳动力，就连他们到达的时刻也恰到好处。如果这些移民到得再早一些，如果这些意大利人与德国人再早到一个世纪，那时巴西的葡萄牙文明还十分脆弱，外国的语言与风俗就会侵占掉这些地区，巴西的一大片国土就会彻底地意大利化或者德国化。而这些移民到达巴西时，世界主义依旧盛行；倘若推迟到我们这个时代，他们就会受到极端民族主义的影响，拒绝学习新的语言或接受新的风俗。他们会偏执地将自己束缚在故国的意识形态之上，从而对巴西的语言思想不屑一顾。正如巴西黄金发现得不早不晚，才能推动经济发展而无损于民族统一；又像拯救了巴西的咖啡时代，恰恰开始于巴西经济衰退的灾难之中；欧洲的大量移民只有在那个时刻到来，才能为巴西发展发挥最大的作用。他们非但没有使巴西外国化，反倒加强了巴西原有的民族因素，使它变得更加特别也更加多样。

* * *

即便到了二十世纪，巴西的内部规律仍然适用：它依旧需要通过危机来实现转型。幸运的是，这一次危机并不在巴西内部，而是在大洋彼岸：欧洲的两次战争为巴西经济重组提供了动力。第一次世界大战使巴西意识到，将所有产能都投入到一种出口产品中，却不发展自身的工业，是件多么危险的事情。咖啡出口停止了，也就中断了巴西经济的命脉，整个国家都不知道该将商品销往何处。与此同时，由于航海风险上升加之战时物价飞涨，许多生活必需品也都无法进口。巴西的贸易平衡完全依赖于大量稳定的咖啡输出，却丝毫未曾注意到国内贸易。如今咖啡贸易遭受重大摆动，迫使巴西着手调整，恢复发展部分工业。这次发展一经推动便展现出充足的活力。在最近的几年里，不幸的欧洲一直生活在对战争的恐惧之中，其一切生产也都在为军事服务。原先需要从欧洲进口的一大批工业或手工产品，如今都可以在巴西生产，并且获得了一定的自治权。如果一个人离开几年之后再回到巴西，一定会倍感惊奇。因为曾经的外国商品都已被国产商品所替代，并且在短短几年之内，巴西便摆脱了对外国技术人员及领导者的依赖。正是由于这些变化，在第二次世界大战中巴西才没有遭受到像第一次世界大战时那样的冲击。这一次，咖啡及其他农产品的价格下跌依旧无法避免，但是它对圣保罗的影响远远不及金矿枯竭对米纳斯吉拉斯或者橡胶危机对亚马孙的影响。巴西工业已经习得英国古谚的智慧，明白不能将所有的鸡蛋放在一个篮子里。如今的工业基础比原先更稳固，因为它不再依靠一个单一的垄断商品或者中心商品，也不用再束缚于世界市场的波动之中。贸易平衡得到保证，因为一个部门的损失能够从飞速的工业增长里得到弥补。曾经需要从德国或者其他封锁国家进口的产品，也越来越多地使用当地原料在巴西国内生产。拿破仑战争直接决定了巴西的独立,希特勒战争则推动了巴西工业发展。正是因为它知道如何保证政治独立,才能在接下来的几个世纪捍卫经济独立。

* * *

立足现在展望未来总是件危险的事情。如今,巴西拥有广袤的国土、五千万人口和人类最伟大的殖民成就,可它的发展却刚刚开始。在其发展过程中会遭遇种种困难,如今还没有完全克服;即便它已经取得了巨大成就,有些问题依旧十分棘手。若想公正地评价这项成就,就必须考虑到它曾经遇到并仍将遇到的诸多困难。若要评价一个人或是一个民族的意志力,最好的标准就是看他在物质与精神层面究竟越过了多少障碍。

巴西要想发挥出自己的全部潜力,必须克服两个主要困难,其中一个比较明显,另一个却很难看得出来。隐蔽的危险一直潜藏于国民的健康之中,对此巴西政府并没有忽略或轻视。在巴西这个和平的国家也存在着一些血腥的敌人,它们每年夺去的生命数量不亚于战乱国家的一场战役。他们必须不断地同成千上万的小东西作战,同根本看不见的微生物作战,同蚊子以及其他传播疾病的媒介作战。

其中最主要的敌人依旧是肺结核,每年都有二十万人因此丧生。巴西人由于体格较弱,极易受到这种"白色瘟疫"的感染。肺结核在北部尤为严重,因为那里的居民依旧处于营养不良,或者说营养缺陷的状态,而这种情况却发生在一个粮食充足的国家。巴西政府已经着手与这一病症及其传染源对抗,并且会逐年加大抗击力度。然而,如果药品与现代科技不能治愈这种困扰了人类数十年的病症，巴西就无法打败这个危险的敌人。正如梅毒之所以渐渐失势，并且可能很快灭绝，也是由于埃尔利希疗法的作用。

巴西的第二个敌人是疟疾，它几乎天生便适应北部气候。由于甘比亚疟蚊的意外入侵，这个敌人的势力愈发巩固。1930年，来自达喀尔的几只甘比亚疟蚊悄悄进入巴西，就像所有的水果、作物、动物以及人类一样，很快便适应这里并开始大量繁殖。

第三个敌人是麻风病，在人们还没有找到迅速根治它的方法之前，只能用隔离的方法对其加以控制。所有类型的疾病，即使并不致命，也会对生产力造成巨大损害。尤其是在北方地区，由于气候原因，其生产力已经比欧洲和北美相差许多。尽管从数据上来说，巴西拥有四五千万人口，可是其生产活动远远比不上同等数量的美国人、日本人或者欧洲人，因为那些地方拥有更为健康的人口和更加适宜的气候。有相当数量的巴西人并未参与经济活动，也不生产任何东西；根据统计数据，巴西无业以及无固定职业的人口大约有两千五百万（西蒙森[1]：《国民经济及生活水平》），而他们的生活水平极其低下，尤其是在赤道附近地区，有时的饮食条件甚至比奴隶时期还差。无论是在经济层面还是健康角度，如何将亚马孙丛林以及内陆边远地区的居民融入国民生活中，仍然是政府所面临的重要问题。若想彻底解决这个问题，至少需要几十年的时间。

在巴西，作为生产推动力的人口并没有得到有效利用，土地以及地下资源也很少得到开发。在这种情况下，巴西的困难

---

[1] 即罗伯托·西蒙森。

是显性的，并不像疾病那样留在暗处。而这种困难的根源在于人口与交通发展的不平衡。我们不能被圣保罗和里约的有序文明所迷惑。那里有无数的摩天大楼与数以万计的汽车；可是只要从海滩向内陆行进两个小时，现代化的柏油马路就会为糟糕的路况所取代。一场暴雨之后，几天都无法通车。内陆地区由此开始，里面几乎没有任何文明。一旦远离了主干道，无论向左还是向右都将是一场冒险。铁路连领土的肌肤都未曾刺入；再加上巴西有三种轨距标准，轨道之间很难相互连通。不仅如此，巴西的火车既慢又不实用，如果从里约向愉港、巴伊亚或者贝伦出发，乘船的速度会比火车还快。巴西境内大河（如圣弗朗西斯科河或甘河）稀缺，不能满足航行需求。再加上航空资源缺乏，巴西的大部分领土只能依靠个人远征才能到达。这个巨人依旧承受着血液循环系统的折磨：血液无法运送到整个机体，许多重要部分完全处于萎缩状态。因此大量珍贵的资源依旧沉寂在地下，等待着开发与利用。如今已经知道这些资源的确切位置，可是如果没有可能的运输方式，即便开采出来也毫无用处。有铁的地方却没有铁路或轮船，不能将煤炭运送过去；那些适宜牲畜成长繁殖的地方，也没有办法得到牲畜。这是真正的恶性循环。生产无法快速发展是因为没有公路；公路也不能在一朝一夕建成，因为其建造养护都耗资巨大，而崎岖荒芜的地区车辆稀少，根本无法得到足够的回报。若想发展汽车这种新的交通方式，还有一个更严重的问题，因为二十世纪的巴西缺乏燃料，土壤之中没有石油，就像它在十九世纪缺少煤炭一样。除了酒精之外的汽车燃料，全部都要依赖进口。为了快速解决交通难题，必须有大量资本投入，而巴西并不具有这个条件。巴西资金一贯紧缺，即便公共部门的贷款利率都达到了8%，私人借贷的利率更高得多。千雷斯的贬值屡次发生。对南美金融市场的不信任慢慢演化成一种本能，使得北美与欧洲大资本家的投资过于谨慎；而在另一个方面，最近几年里政府也十分保守，不愿将关系到经济命脉的行业全部交到外国资本家手中。所有这些因素都放缓了巴西的工业化进程，使其无法同欧洲与北美相提并论。欧洲的资本活动如此频繁草率，而巴西却落后了几十年。若想加快这个国家、这个世界的发展速度，必须拥有两个条件：一是雄厚的资本积累，二是持续的人口流动。然而由于最近两次世界大战以及相应的意识形态问题，人口流动遇到了巨大困难，规模也受到很大影响。美国银行滞留了大量资本，却无法获得利息；欧洲有限的土地上则聚集了过多人口，使他们的精神状态过于拥堵，不断产生突如其来的政治疯癫；而巴西则患上了贫血症，缺少足够的人口建设如此广阔的土地。旧世界的良药也能缓解新世界的病痛，那就是在两者之间进行了一次大规模输血，将欧美的人口与资本耐心谨慎地输往巴西。

从新大陆发现的第一天开始，巴西一直面临着巨大的困难，然而这块应许之地上的可能性永远比困难大得多。正是因为这里的潜能没有完全发挥出来，它才能成为巴西乃至全人类的巨大贮备。除了制约其经济发展的一系列因素之外，巴西身旁还有一位真正的魔术师，那就是现代科技。我们了解现代科技的力量，却无法预计它今后的成就。

几年之后的今天，如果有人回到巴西，就能惊喜地看到科技的成就，看它如何将这里变得更加团结、自主、有序。这里的祖祖辈辈都曾受梅毒侵扰，人们谈起它就像说到感冒一样自然，可是得益于埃尔利希的发明，梅毒如今几乎灭绝。可以确信在不久之后，卫生学也能减少其他疾病的传播。以里约热内卢为例，几十年前还是黄热病最可怕的高发地区，如今已经成为卫生层面上最安全的城市。我们期待着科技有朝一日也能够解放北部，那里的瘴气与自然灾害仍在危害人类的健康，那里人们的劳动能力依旧受到高烧与营养不良的威胁，真希望他们也能过上积极高效的生活。五年前，从里约到贝洛·奥里藏特[1]尚且要花费十六个小时，如今乘坐飞机只要一个半小时；如果要从里约前往亚马孙丛林的心脏马瑙斯，现在只需要两天时间，之前却需要二十天；半天到达阿根廷，两天半到美国，两天到欧洲，所有这些数字只在今天才可能实现；而在明天，航空技术又会将这些数字压缩一半。巴西地域广大，各处相距甚远，这个造成经济困境的主要问题在理论层面已经解决，实际上也在逐步改善。谁又知道在短时间之内是否又会发明出新的飞行器械或者其他根本想象不到的产品，从而将所有的交通难题一并解决。即便是另一个看似无法解决的难题——热带气候会降低个人的工作能力，影响居民的健康与活力——也在科技的帮助下慢慢消解。尽管如今只有少数奢侈的地方才拥有空调设备，但在不远的将来，它们一定像寒带国家的暖气一样普遍。无论谁看到巴西已经取得的成就以及仍在做出的努力，都会相信对它而言，战胜一切困难不过是时间问题。甚至时间也不再是一成不变的标准，而会在机器与人类智慧的推动下加速前进。热图利奥·瓦加斯执政期间一年将会比佩德罗二世时期十年的产量还多，甚至能抵得上若昂六世时期整整一个世纪的

---

[1] 即 Belo Horizonte，葡萄牙文意为"美丽地平线"，为米纳斯吉拉斯州府所在地。

产量。只消看一眼这里城市的发展之快，各种组织的迅速成长以及潜能的高效转化，就会感到这里的一小时要比欧洲长，而之前的感受却恰恰相反。无论从哪个窗口探望出去，都能看到建设中的房屋；无论在远方还是近处，都能看到崭新的住宅；而比这些更重要的是这里日益增长的创业精神与欢乐气氛。巴西那些不为人知的潜在活力都汇合成为一股新的力量：对自我价值的认知。很长时间以来，无论是文明还是进步，无论是生产还是工作，巴西都习惯于落在欧洲之后。它是如此谦逊，在它的目光中还带有殖民地的怯懦，仿佛大洋彼岸的旧世界比它更有经验、更有智慧也更加美好。然而欧洲却被愚蠢的民族主义和帝国主义蒙住了双眼，又一次偏离了正常的轨道，也使巴西的新一代人愈发独立。戈比诺嘲弄地写道"巴西人做梦都想住在巴黎"的那个时代已经远去。如今，没有一个巴西人，甚至没有一个来到巴西的移民愿意再回到旧世界去。而他们想要完全依靠自身发展的野心，也反映了他们的乐观主义态度与全新的冒险精神。巴西已经学会了从未来的角度思考问题。如果他们想要筹建某个部委，比如现在的劳动部及战争部，就会建得比巴黎、伦敦、柏林的任何一个部委都大。如果他们计划建造一座城市，就会按照现在的五倍或者十倍人口来规划。对于新的意志而言，任何事情都能够实现。在长时间的犹疑与谦逊之后，巴西已经学会考虑自身的广袤，学会计算无尽的可能，仿佛马上就能成为现实。巴西明白疆域就是力量，并且能产生更大的力量；真正构建一国财富的并非黄金或资本，而是土地以及土地上的劳作。何况巴西的国土面积与整个旧世界一样大，哪个国家能比它拥有更多未曾利用的土地呢？疆域并非只是物质，还是精神力量，它能扩展人们的视野与灵魂，赋予这里勇气与信心，使他们敢于开拓进取；疆域广大的地方不仅拥有时间，而且拥有未来。凡是居住在巴西的人，都能听到未来翅膀的强劲风声。

文化

"他们非常善良"

马丁·阿方索·德·索萨，
1531年，刚刚到达里约

四百年来，在巴西这个大熔炉中，大众不断吸收着新的物质，经受着混合与铸炼。这个过程结束了吗？这数千万人口是否已经有了自己的形态与全新的本质？如今，我们是否能够准确地命名巴西民族，准确地命名巴西人以及巴西精神？关于种族，巴西最天才的洞察者尤克里德斯·达·库尼亚曾断然否定："在人类学意义上，并不存在一种巴西人。"如今，种族一词被明显夸大了，如果有人要用这个模棱两可的词汇，大约是指几千年来某个团体血缘与历史的总合。但对一个纯粹的巴西人而言，所有的记忆都沉寂在无意识的原始岁月中；若要探寻巴西历史，就必须在梦中回想他们来自三大洲的祖先，回想欧洲的帝国、非洲的村落以及美洲的丛林。巴西民族的形成并非只是对自然环境的适应，也不只是对一个国家精神条件的认同，反而更像是一次大输血。除了刚来不久的移民之外，巴西的大部分民众都是互不相同的混血儿。似乎来自欧洲、非洲、美洲的血统还不够丰富，在这三种血统的婚配之外，还有不同混血儿之间的结合。最早到达巴西的欧洲人是十六世纪的葡萄牙人，他们并非一个纯粹的种族，而是伊比利亚人、罗马人、哥

特人、腓尼基人、犹太人和摩尔人共同的后代。这里的土著居民也由两种不同的人种构成，即图皮人（Tupi）与塔穆伊奥斯（Tamoios）人。这里的黑人更是来自非洲各地。所有这些因素交织、融汇，并且不断接受新的血液，获得新的活力。这里的移民不仅来自欧洲各国，而且来自亚洲日本。他们充满血性与活力，在巴西大地上繁衍生息，养育无数混血儿。这里能够见到任何肤色。走在里约的大街上，一个小时之内见到的混血类型，比在其他城市一年看到的还多。尽管象棋有千万种棋局，每一盘都不尽相同，可若与这里的混血成就相比，也会显得单调无趣。毕竟，无穷无尽的大自然已为这项事业付出了四百年的光阴。

即使象棋中的每一步互不相同，但象棋终归是象棋，只能在有限的棋盘上遵循既定的规则。出于同样的道理，巴西人也都生活在同一片国土之上，需要适应同样的气候环境、同样的语言与宗教教义；正因为如此，他们在个性之外还拥有许多共同点；而随着时间的推移，这些共同点也变得越来越显而易见。他们就像激流之中的鹅卵石，靠得愈近便摩擦得愈加光滑；这千万条生命共同生活、彼此交融，使每一脉源流都日益模糊，而共通之处则逐渐显现。巴西民族就这样不断融合、不断同化，这个过程仍在继续，而其最终形态也尚未确定。然而，尽管阶级职业有所不同，巴西人已经拥有清晰的烙印与民族特征。

倘若要在国内寻找巴西特点的源头，一定会迷失其中，因为巴西最重要的特点便是缺乏历史，或者说历史过于短暂。巴西文明与欧洲文明不同，没有扎根于神化时代的传统；它也不像秘鲁与墨西哥，没有发源于本土的史前文明。尽管最近几年里，巴西依靠自身努力与不断融合，已经取得了巨大成就，但其文明中的建设性因素却全部来自欧洲。对巴西的几千万居民来说，无论宗教习俗还是生活方式，没有一样来源于这片土地。这里的一切文明价值都来自海外，来自各式各样的船只，来自古老的葡萄牙帆船与现代的蒸汽机船；即便最有雄心的爱国事业，也未能发现土著人和食人族对巴西文明做出过重要贡献。我们找不到史前时期的巴西诗歌，找不到起源于此的原始宗教，也找不到古老的巴西歌谣；这里没有流传至今的民间传说，甚至没有最朴素的艺术迹象。在其他国家的民族博物馆里，都自豪地陈列着几千年前匿名的艺术创作与文字样本；可在巴西的博物馆中却没有一件类似的展品。一切想要推翻这一结论的研究终归徒劳，而那些将桑巴或者马孔巴舞乐归于巴西的人都忽略了一个事实：将舞蹈与旋律带到这里的是手脚被缚的黑人。巴西土地中发掘的艺术品极少。即便是马拉若岛上的彩绘陶器，也并非由巴西人制作；很可能是秘鲁人沿亚马孙河顺流而下，来到马拉若岛并在此定居。我们不得不接受如下事实：在文化层面上，巴西建筑没有任何特色；在殖民时代之前，即十六世纪或十七世纪，巴西没有任何造型艺术；即便巴伊亚与奥林达最美丽的教堂装饰，即便是镀金的祭台或是雕花的桌椅，也显然是耶稣会或葡萄牙风格的产物，甚至无法同果阿或宗主国区分。若要追溯欧洲人到达前的历史，就会陷入一片虚无。一切如今称为巴西的东西，都无法用它自己的传统来解释，而必须以欧洲为原型，在特定的气候、土壤以及人口条件下进行转化。

如今，巴西特色已经不会再与葡萄牙相混淆，但是两者的亲缘关系依旧能够显现。没有人能否认这种关系。葡萄牙给予巴西三样重要的东西：语言、宗教以及习俗，它们直接决定了一个民族的形成。正是在这样的框架中，建设起了新的国家，发展出了新的内容。在另一轮太阳之下，在另一个维度的国土之上，在日益密集的外来血液中，这个过程已经无法避免；因为这是机体自身的成长，任何皇权军备都无法阻止。更何况这两个国家的思维本就南辕北辙：葡萄牙作为一个老牌帝国，总是梦想着无法重现的往日辉煌；而巴西的目光则一直向着未来。宗主国以辉煌的方式穷尽了一切可能；而它此前的殖民地却还没有发挥自己的潜力。两国人的分歧与其说是人种差异，不如说是代际差异。如今的巴西与葡萄牙紧密相连，它们原本就没有陌生过。最明显的证据就是它们拥有同一种语言。在拼写与词汇方面，欧洲葡萄牙语与巴西葡萄牙语几乎完全一样；如果想要判断一部作品是出自巴西诗人还是葡萄牙诗人之手，耳朵就必须能够区分两者之间极其微小的差别。从另一方面来说，由早期传教士记录的塔穆尼奥斯语或者图皮语词汇则极少进入现代巴西语中。仅在葡萄牙语的讲话方式上，巴西人讲得更加"巴西"，而这就是巴西人与卢济塔尼亚人的全部区别。更有趣的是，在巴西八百五十万平方公里的土地上，各地的口音都几乎一样。巴西人与葡萄牙人能够相互理解，因为他们有着相同的词汇与句型，只在语调与文学表达方面才有差别。而这种差别起初很小，现在则慢慢扩大，其程度就像美式英语与英式英语一样，同一种语言随着时间的推移，慢慢变成独立的个体。相隔数千英里的两个国家，气候条件、生存状况都不相同，加上新的社会关系与组织团体的影响，差别便在四百年中逐步显现。巴西由此成为一个新的民族，尽管发展缓慢，但同欧洲人或美国人相比，巴西人无论外形还是内心，都更加纤细娇弱。"高大威猛、强壮有力",这些特点在巴西人身上几乎看不到。同样,他们也很少残忍暴虐、情绪激昂,所有的粗犷、傲慢也都与他们无关。巴西人天生敏感、热爱和平、喜爱思考,有时甚至有些懒散忧郁。早在1585年,安谢塔与卡尔丁神父就感受到这一点,他们如是描述这片土地:"懒散、拖沓,还有一些忧郁。"即使他们的外在行为也十分温和,很少有人高声喧哗或者向另一个人怒吼。令外国人感到惊奇的是:越是在人群密集的地方,便越能感受到这种安静。无论是在佩尼亚的大型聚会上,还是在向帕盖达岛运送朝圣者的渡船中,小小的空间内都聚集了数千人,其中不乏儿童,却听不到喧嚣,也看不到打闹。民众在自娱自乐时也十分平静内敛;正因为缺少力量与野蛮,他们才能享受到平静的欢愉。在巴西,高声喧嚣或是疯狂舞动都属于不合习俗的愉悦,而为期四天的狂欢节则为他们压抑的本能打开了一扇安全的阀门。然而,即使在这看似无拘无束的四天里,即使所有的民众都仿佛被蜘蛛蛰到一般,也看不到过分的行为与卑鄙的行径,所有的外国人甚至妇女都敢于在喧闹的街道上行走。巴西人一贯保持着天生的优雅与善良。不同阶级的人们真诚坦荡、礼貌相待,使得近些年来野蛮的欧洲人惊叹不已。我们在街上看到两个男人相互拥抱,会以为他们是分离多年的兄弟朋友,可是在下一个路口便又能看到两个人以同样的方式表达问候,这时我们才明白,拥抱是巴西人的普遍习俗,是他们最真诚的表达。在这里,礼貌是人际交往的基础,而欧洲似乎早已忘记了这一点。在这里,路边交谈的人们都会将帽子拿在手上,只要有人寻求帮助,就会得到热情的回应;上层社会的礼节——拜访、回访、交换名片——依旧得到严格的遵守。在这里,所有的外国人都会得到热情的接待与殷勤的照顾；不幸的是，面对这种最自然的人文关怀，欧洲人竟然还会疑心重重。我们向朋友或新到的移民询问，这种热情会不会只是出于客套，这种和睦会不会是我们的幻觉。但是所有人都会一致赞叹，巴西人最本质的特点就是善良。像最早到达巴西的探险者一样，我们询问的每一个人都在重复相同的答案："他们非常善良。"在这里从未听说过有人虐待动物，这里没有斗牛也没有斗鸡，也从未听说过宗教裁判所。巴西人反对一切暴行，根据统计，巴西的杀人案件极少经过事先谋划，几乎都是由于偶然的情欲驱使、出于醋意或者受到冒犯才酿成悲剧。因为狡猾算计、邪恶奸诈引发的犯罪也十分罕见。如果一个巴西人拿起刀，那他一定十分紧张激动；当我参观圣保罗监狱时，没有看到一个真正的恶徒或是可以由犯罪学定义的罪犯。那里的囚犯都十分平和，有着温柔的目光；他们因为一时冲动误入歧途，甚至不清楚究竟做了什么。但是从总体上看，一切暴力、野蛮、残忍都与巴西格格不入，而这一点也得到了所有移民的认可。巴西人善良高尚，他们拥有南欧人的天真与热情，却更加清晰普遍。在我来到巴西的这几个月中，看到的每一个人，无论贫富贵贱，都热情和善；在我走过的每一个地方，都能看到不同国家、种族、阶级之间那种罕见的信任。有时，处于好奇，我也会去贫民窟走走，到那些黑色的区域看看。贫民窟就建在里约城中的山坡之上，好似摇摇欲坠的鸟巢。我感到一点不安，还有些不好的预感，毕竟我是出于好奇才到那里，想看看底层人民的生活方式，看看那些暴露在路人眼中的破败房屋与逼仄街道，也看看那些穷苦的人；我就像一个不速之客，想要窥视别人的家庭，探究他们的隐私。开始的时候，我承认，我以为这里会像欧洲无产者的街区，人们会以愤怒的眼神望着我，或者在我背后恶语相加。可是对于这些善良的居民来说，一个外国人不辞辛劳爬上山坡，就应像客人甚至朋友那样受到欢迎；一个拿着水罐的黑人看到我，他笑了笑，向我展露出一口洁白的牙齿，并帮助我登上光滑的台阶；那些正在为孩子哺乳的妇女看到我，也丝毫不会感到慌乱。我们在这里相遇，就像在汽车轮船上一样，无论坐在前面的是黑人、白人还是混血儿，你总能收获相同的热情。无论在大人还是儿童身上，我从未见到种族间的隔阂。黑人小孩同白人小孩一同玩耍，混血儿童同黑人儿童手挽着手走在大街上，有色人种在任何地方都不会受到限制。无论在军队、公司、集市、工厂还是在办公室、交易所，人们都能友好协作，而不在乎出身与肤色。日本人同黑人成婚，混血儿又与白人结为夫妇；"混血"一词在这里并非辱骂，也不包含任何贬义。种族敌视与阶级仇恨这对欧洲毒果，在这里根本无法生根。

巴西人极度文雅、坦诚公正，拥有善良的品性，反抗残忍与暴力。但与此同时，巴西人的情感也十分充裕，甚至有些过于敏感。每个巴西人都有一种十分独特而易碎的自尊心。正因为他们彬彬有礼、态度谦逊，所以才会将每一个微小的、无意的不礼貌理解为冒犯。面对冒犯，他们不会像西班牙人、意大利人或者英国人那样诉诸武力，反而能够隐忍不发。我们常常听到这样的故事：曾经有一个黑人、白人或者混血女仆，她干净整洁而又忠厚沉着，从不会有丝毫抱怨。一天她突然消失了，她的主人却并不知道——也永远不会知道她离开的原因。也许在前一天夜里，主人因为不快而指责了她，而一句小小的指责、一次大声的训话就能将她刺伤。她再也不会回来、不会抱怨也无须解释。她静静地收拾好行装，就此不告而别。巴西人天性如此，不喜欢辩解也不需要辩解，不会抱怨也不会生气。他们只会通过隐藏来捍卫自己，而在这里，这种无声的愤怒也随处可见。如果一次邀请没有得到礼貌的回应，没有人会发第二次；如果顾客犹豫不决，店主决不会说服他购买商品，因为这种隐秘的骄傲，这种微妙的荣誉感已经延伸到社会底层。即使在最富裕的城市，在伦敦或是巴黎，又或者在南欧的各个国家，我们常常能够见到乞丐；可是在这个真正"衣不蔽体"的国家里，却几乎没有人乞讨。这并非由于法律的约束，而是因为他们过度敏感，即使最礼貌的拒绝都不失为一种冒犯。

在我看来，这种敏感可算作是巴西民众最主要的特点。他们很容易满足，不需要暴力刺激，也不需要贪图名利。正因为如此，那些旨在彼此竞争的体育项目才没有得到过分重视。而这里的气候更适合休憩享受，所以人们不会像欧洲青年那般野蛮争斗。在我们的国家，在那些所谓的文明国度，人们会为打破纪录而歇斯底里，而这里的民众却并不在乎。歌德第一次去意大利便对南欧国家称赞不已，因为那里的人民并不追求物质或者精神目的，而是注重平静祥和的愉悦享受。他们并没有太多追求，也就不会急不可耐。在下班之后甚至工作间隙，他们会泡杯咖啡聊聊天，将胡子修理整齐，将皮鞋打理干净，在火炉旁享受家庭的温暖。而对大多数人来说，这就足够了。世界上所有的幸福舒适都与这种平静安宁连在一起，而这样的国家也十分便于管理。正因为如此，葡萄牙只需要很少的军队，政府也无须施以高压就能保持和平稳定。由于这种与世无争的态度，阶级与派别间的仇恨也少得多。

在我看来，这种无欲无求的态度堪称巴西最美的德行，但它却在一定程度上阻碍了经济发展与科技成就。同欧洲与北美的工作效率相比,巴西显得十分落后。早在四百年前,安谢塔便指出了气候对巴西发展的不利影响。但是并不能将工作效率低下归于懒散。巴西人本身是出色的劳动者。他们心灵手巧,理解力强,能够胜任一切工作。德国移民为巴西带来了新的工业,其中许多都十分复杂;但是对于巴西劳工的技能态度,所有人都交口称赞。他们能够适应全新的生产方式,妇女们展示出了灵巧的手工技艺,学徒们则对科技有着浓厚的兴趣。说巴西劳工层次低是很不公平的。圣保罗的工人能够适应欧洲的组织模式与当地的气候条件,生产出同其他地方一样的产品。在里约热内卢,我常常见到鞋匠或者裁缝在他们的小作坊里工作很晚;建筑工地上的场景也震撼了我,因为在这里的烈日之下,即便捡起一顶帽子都要耗费不少气力,可是那些搬运工人却一刻也不曾停歇。巴西人的能力、品质以及个人效率绝对不比任何人差,他们只是缺少欧美人的贪婪,不愿那样急功近利,他们只是缺少改善生活的动力。对于大多数混血儿来说,尤其是在热带地区,工作并非为了储蓄,而是为了不忍饥挨饿。在这样一个国家里,世界永远是美丽的,大自然为人们提供了一切生存条件,树上的果实可以随意摘取,人们不需要担心冬天的到来。他们当然也不懂得节约,无论金钱还是时间。为什么要在今天做完所有的工作,而不能等到明天?为什么要在这样一个天堂般的世界生活得如此紧张?在这里,时间具有很大的弹性,所有的表演、会议都会比约定推迟十五分钟;如果能够适应这一点,就永远不会迟到。在这里,生活本身比时间更重要。我听许多人说过,领完工资便旷工是这里的普遍现象。他们勤勤恳恳地完成了一周的工作,得到的这些微薄工资足以勉强维持两天的花销。那为什么还要工作呢？尽管这些工资无法使他变得富有，却能够让他享受两天的舒适生活。也许只有看到这里优厚的自然条件，我们才能理解这一点。在欧洲那片伤感无趣的国土之上，只有劳动才能将人们从悲伤里解救出来。这里的植物如此繁盛，物产如此丰富，能够许人以美好幸福，所以这里的人们也不像欧洲人，没有那般强烈的致富欲望。在巴西人眼中，财富并非来自勤劳节俭，也非由于竭尽全力。金钱就像梦幻，只能从天而降。而在巴西，彩票便是上天。对于这些外表平静的人来说，彩票是少有的能唤醒激情的东西，是千百万人平日的希望。摇奖每天都在进行。无论是酒吧、咖啡馆还是在路上，巴西的任何一个地方都有人推销彩票。无论是理发师的助手、擦鞋匠、普通职员还是军人，所有人都将自己周薪中所剩不多的钱投入其中。每天下午固定时间，开奖地点就会聚集一大批人。家家户户都将收音机打开，全城民众的注意力都集中在了这一个一个报出的数字上。上层社会的人则在赌场试试运气，几乎每一个海滨浴场与高级宾馆都配有赌博场地。不仅如此，巴西人还在欧洲的乐透、纸牌与轮盘之外，发明出了"动物赌博"。尽管受到巴西政府的严令禁止，"动物赌博"还是风靡全国，成为最受欢迎的赌博方式。

"动物赌博"有着独特的历史渊源，能够清晰地反映出巴西人对命运的激情。里约动物园园长抱怨游客太少。他十分了解自己的同胞，想到了一个绝佳的办法。每一天，他都会在动物园中随机选择一种动物，今天是狗熊，明天是驴子，后天则是大象。

每位游客的门票上都印有一种动物，如果恰好同当天选出的动物一样，就能得到门票价格二十倍或二十五倍的奖金。这项举动取得了预期的效果：动物园中人头攒动，但是游客们并非为了参观动物，而是为了得到奖金。他们渐渐认识到动物园路途遥远，很难坚持每天都去。于是他们便按照动物园的规则，开始了私人赌博。在小酒馆的柜台之后以及街边的转角兴起了许多小银行，由它们收取费用并支付奖金。警察禁止这项赌博之后，这些小银行仍能秘密地发布博彩结果。为了不使警方找到任何蛛丝马迹，一切赌博活动只能暗中进行。银行家并不向顾客提供收据，但是每次都会履行职责。这种赌博方式，也许正是由于遭到禁止，才能渗透到社会的方方面面。里约的孩子们刚刚在学校里学会数数，就知道每种动物对应的数字；而他们对参赌动物的了解程度，也远远超过了字母表。所有的机构、法令都无法遏制"动物赌博"。一个人在晚上梦到了一个数字，如果不能用它购买"动物彩票"，那还有什么意义呢？法律永远无法抑制民众的真正意愿，而巴西人所缺乏的野心，也只能在一夜暴富的梦想中得到弥补。

诚然，巴西还未释放出土地的全部价值，个人的智慧与能力也未能得到完全发挥。但是考虑到这里的气候弊端与人民纤弱的身体条件，总体来看，巴西产量依然相当可观。而根据近几年的观察，我们也不能断言缺乏雄心、随遇而安就是错误缺憾。过度的活力会冲昏人们的头脑，将他们卷入战争。个人生活同这种活力孰轻孰重？倘若压榨出每个人的全部力量，又是否会像注射毒品一般使人心智耗散？这些疑惑已经超越了巴西问题的范畴。

在冰冷的商业统计数据之外，还有一种无形的财富：那就是沉静祥和、未受摧残的人类。

对生存方式的知足是巴西下层民众的共同特点。这个阶层人口众多，我们至今也不知道他们的准确数量与生存环境。生活在大城市的人几乎看不到他们。他们不像一无所有的欧洲人或者美国人，不会聚集在工厂或者作坊里；我们也不能以无产阶级来称呼这几百万人，因为他们四散于巴西各地，彼此之间并无联系。亚马孙地区的混血儿，丛林深处的割胶工人，农场中的畜牧者以及树林里的印第安人，他们都居住在难以企及的地方，从来不曾聚集起来，而他们的存在也不为外国人（以及大城市的巴西人）所知晓。我们只是隐约知道，这几百万底层人口大都是有色人种，他们的生活水平一直在生存线附近徘徊。他们多是土著人与黑人的混血后代。几百年来，他们的生活方式几乎从未改变，也从未享受到科技的影响。他们大多对居所没有讲究，只在随便一个地方用竹子建造小屋，涂上黏土，盖上茅草。一扇玻璃窗户便是莫大的奢侈，而除了床和桌子之外，小房子里几乎没有任何家具。这些窝棚由主人亲手建造，不需要支付租金；这里并非城市，土地一文不值，更不会有人为几尺土地征收费用。由于气候使然，这里的着装不外乎一条亚麻布裤子，一件衬衣和一件外套。自然为人们免费提供了香蕉、木薯、菠萝以及椰子；饲养几只鸡、一头猪也是很容易的事情。这样便保障了基本生活。无论是正式职工还是临时工人，都能省下一些零钱购买香烟，或者满足其他一些小之又小的需求。在巴西尤其是巴西北部，下层民众的生活条件已经脱离了时代。贫穷侵袭了每个地方，民众由于营养不良而十分虚弱，甚至连正常的活动都无法完成。领导者很早便认识到这种状况，一直想方设法对抗贫穷。但是在马托格罗索与阿克里，在那些连铁路公路都无法到达的内陆地区，瓦加斯的最低工资法依旧无法实行。那里有上百万得不到庇护的人们，他们既得不到合法稳定的工作，也不能在文化方面有所依傍；如果要使他们融入国民生活，至少还要再等几十年。就像巴西未经利用的自然资源一样，这里数千万的人口，无论作为生产者还是消费者，也都没有发挥出应有的作用，没有转为劳动的力量。然而，他们同样是未来的巨大储备，是这个大国的重要潜能。

　　这些四散各处的流民大都不识字，生活水平也非常低下，几乎无法为巴西文明做出贡献。位于他们之上的是一个新的阶级，即小市民中产阶级或乡村中产阶级，包括工人、商人、手工业者以及其他许多从业人员，其影响也越来越大。他们是纯粹的理性主义阶级，鲜明地体现出巴西人民的个人意志；他们不再单纯依附于殖民地传统，而是充分发掘其创造才能。想要了解这个阶层十分困难，因为他们行事低调，从不张扬。这个阶层的民众生活简单，丝毫不惹人注意。我想说的是，他们之所以无声无息，是因为像曾经的欧洲人一样，这个阶层的人将四分之三的财产都用于家庭目的。多层公寓才刚刚进入里约与圣保罗，而在除这两个城市之外的其他地方，每个家庭都拥有独栋的房子。它们就像一个个外壳，包裹着人类的精华。通常情况下，一栋房子只有一层，或者至多两层，总共三到六个房间，外面没有任何装饰，里面也只有几件简单家具。除了三四百个上层社会的家庭之外，整个国家都见不到一幅有价值的画，看不到一本昂贵的书，甚至看不到一件平庸的艺术品。那些欧洲小市民借以安慰自己的东西，这里一样也没有，而巴西引人注目的恰恰是它的朴实。既然房子专为家庭建造，就不必奢华醒目。除了电灯、收音机以及浴室之外，这里的房间同殖民时期别无二致，生活方式也沿袭着那时的传统。上世纪的父权制度在欧洲已经成为历史，在这里却占据着重要地位；正是由于传统的影响，家庭生活与父权准则的联系才没有中断。像北美古老的州府一样，在这里，殖民时代的极端观点依旧发挥着作用；我们父辈的父辈的生活，其实也正是他们现在的生活。家庭仍然是真正的中心，一切都由家庭起始，又最终归于家庭。家庭成员共同生活，相互帮扶；每到周日，亲属便聚集起来，共同规划年轻人的未来道路。一个家庭中，父亲依然是绝对的主人。他有着一切权力与威严，将家人的服从当作理所当然的事情；尤其在农村地区，子女依然像上世纪那样亲吻父亲的手背来表达尊重。男性权威依旧无可置疑；尽管同几十年前相比，女子已经拥有更多自由，却仍需整日局限于家庭事务当中。男人依然享有特权。市民阶层的妇女几乎从不独自在街上行走，甚至在其他女友的陪伴下也不行。如果别人看到她没有丈夫陪同，就会生出许多闲言碎语。因此，入夜之后，这里就像意大利与西班牙一样，成为只有男人的城市；男人们占据了咖啡馆，在大马路上散步；即使在大城市里，夫人小姐们也不能看夜场电影，除非有父亲兄长的陪伴。自由解放与女性主义还没有找到生根的土壤；即使极少数拥有工作、脱离了家庭束缚的妇女，也依然保留着传统的孤僻与羞涩。少女则面临更多禁忌。男女之间的交往，如果不是以婚姻为目的，即便最天真的交往，至今也很难见到。因此"Flirt[1]"一词也就无法译成葡语。一般而言，为了避免麻烦，巴西人结婚很早；步入婚姻的少女通常只有十七八岁，或者还不到这个年龄。人们依然期待着早生贵子、多子多福，而不会对此感到畏惧。在这里，妇女、

---

[1] 英语，意为调情。

房屋、家庭依然密不可分；如果不是在慈善聚会上，妇女永远不会占据主要地位；而除了佩德罗一世的情妇桑托斯侯爵夫人之外，也还没有第二个女人参与到政治之中。欧洲人与美国人可以狂妄地认为这是落后的表现，但是这里有无数默默无闻的家庭，他们幸福地生活在不大的居所里，以健康规范的方式储备了国民力量。尽管中产阶级生活得十分保守，却愿意学习，热爱进步。在这肥沃的土壤之上兴起了一代新人，他们同古老的贵族家庭一起，成了国家的领导者。从某种程度上说，热图里奥·瓦加斯就是中产阶级的儿子。他来自腹地，是新一代人的杰出代表。他们力量强大、渴求进步，却并没有忘记传统。

中产阶级已经渗透到整个国家。他们的影响日益强大，代表了崭新的巴西。在他们之上还保留着一个古老的阶级，我们姑且称之为"贵族阶级"。虽然在新兴的民主国家中，这个称呼也许不太恰当。这些人一部分来自殖民时代，另一部分则是葡萄牙人的后裔，他们的祖先随着若昂六世一同来到巴西。这些家庭来往甚密，有一些是真正的贵族，另一些则不是，因为没有足够的时间来形成贵族阶级。经过数代人的发展，较高的生活水平与文化层次便成为他们唯一的共同点。他们全都曾经游历欧洲，得到过欧洲教师的指导；他们大多十分富有，在政府机关担任要职；从第一帝国时期开始，这些家族的成员一直仰仗着欧洲精神；而他们的目标便是向世界展示文明进步的巴西。这些家族产生了一代伟大的政治家，比如里约·布朗库子爵、鲁伊·巴尔博萨以及若阿金·纳布科[1]。幸运的是，在

1　若阿金·纳布科（1849—1910），巴西政治家、外交家、历史学家、法学家、记者。巴西文学院的创始人之一。

美洲唯一的帝国中,他们知道怎样结合美国的民主理想与欧洲的自由精神,以和平谨慎的方式处理巴西政治,通过调解、仲裁以及国际协约达成目的。迄今为止,尽管行政与军事职能渐渐落到了新兴阶层,但贵族阶级依然独占着外交活动。他们在文化层面上产生了普遍的影响,但是并不喜爱炫耀。他们都居住在漂亮的房子里,拥有古老迷人的花园,但是这些房子远远不及宫殿的奢华,且大部分都聚集在贵族聚居的街区:比如蒂茹卡、拉兰杰拉斯或者帕伊散杜大街[1]。贵族阶级在生活方式上遵循传统,喜欢收集国内的历史遗物。他们同时具有民族局限性与精神普遍性,更代表了一种崇高的文化,超越了所有其他的南美国家。不仅如此,他们对艺术与自由的爱好还会使我们想到奥地利。这些古老的家族——在这里,一百年便称得上古老——并没有在文化上被富裕的新兴贵族所打压,因为他们本身大都非常富有,而在这里资历的差别也不如欧洲那样重要。巴西人不懂得排外,这是一个优势。无论在种族问题还是社会问题上,巴西都在不断地吸收同化。在这里,一切的传统历史都十分短暂,不足以扼杀刚刚兴起的巴西形态。

巴西对世界文明的贡献与吸收都依赖于后面两个阶级,因为下层人民与世隔绝而又不认识字,尚未参与到巴西文明的形成之中。为了正确评价这项活动,我们不能忘记这里的精神生活仅仅开展了一百年,而在之前的三百年里,所有的文化活动都会受到压制。直到1800年,这里尚且不能印刷报纸与文学作品;书籍不仅珍贵罕见,而且毫无用处,因为那时一百个人

---

[1] 蒂茹卡为里约热内卢北部街区,拉兰杰拉斯为里约南部街区,帕伊散杜大街位于里约南部的弗拉门戈街区之内。

中只有一个懂得读写，甚至可能连一个都不到。最开始，负责教化的还是耶稣会士，他们很自然地将宗教学习置于综合教育之前，丝毫不顾及时代的发展潮流。1759年，耶稣会士遭到驱逐，公共教育随即变成一片空白。无论中央政府还是各个州府，没有一个人想到兴办学校。1772年，彭巴尔侯爵下达一道指令，规定对食品饮料增加新的赋税用以兴办小学，却最终成为一纸空文。1808年，葡萄牙宫廷迁至巴西，这里才出现了第一座公共图书馆。为了给居住的城市增添一些人文光芒，国王聘请了专家学者，建起了高等学府与艺术院校。然而，这样做不过是装点门面，并没有起到实质效果。广大民众依旧处于蒙昧之中，既不会读写也不会计算。直到第一帝国建立之后的1823年，巴西才开始计划在每个城镇都修建一所公立学校，在每个州府都修建一所中学，并在最合适的地方修建几所大学。就这样又过了四年，直到1827年才出台了一条法令，规定每一个大居民点都至少有一所小学。这是巴西向前迈进的第一步，其速度之慢堪比蜗牛。1872年，巴西人口已经超过了一千万，而在校儿童却只有139,000人。现在已经到了1938年，政府却依然没有意识到要建立委员会来消除文盲。

几个世纪以来，文学与诗歌一直缺少合适的土壤，那就是本土大众。直到今天，写作对于巴西人来说依然是纯粹的牺牲，他只能为了文学理想而努力，却不能期许任何金钱上的酬劳。因为如若不是为记者政客服务，就只能是对牛弹琴。大众由于不识字，无法阅读他们的文章，而贵族作为文化阶层的代表，则认为巴西作品无足轻重，所有的书籍都应当从巴黎购买。直到最近几十年，由于中产阶级处于上升阶段，其文化程度也在不断提高，情况才有所改变。我们激动地看到，像其他长期受到压制的国家一样，巴西文学一出现便立即跻身世界文学之列。在这里开办了越来越多的书店，书籍的印刷与装帧技术也日渐提高；文学乃至科学书籍都达到了很高的版次，会让十年前的人们感到不可思议，而巴西的图书销量也超过了葡萄牙。欧洲的青年因政治体育分散了注意力，而在巴西，人文艺术却处于整个国家的兴趣中心。作为葡萄牙人的后代，巴西人天资聪颖、能说会道，能够感知语言之美。在巴西的信件与交谈中，语言之美无处不在，而在演讲之中，这种美感更是令人赞叹不已。巴西人热爱阅读，我们看到的所有工人、司机，在闲暇时间几乎都捧着一份报纸；我们看到的所有学生，几乎都拿有一本图书。他们是巴西全新的一代，并不像欧洲人那样对文学习以为常。在欧洲，文学作为一份遗产，已经存在了数百年，但在这里，文学却是他们自己的成就。通过对世界文学与民族文学的发现，他们得到了欢愉与骄傲。可以毫不夸张地说，同其他任何国家相比，南美的人文创作可以得到更多尊重。由于图书价格低廉，现代文学的传播也更加迅速广泛。巴西人天生喜爱优美的文学样式，因此在民族文学中，诗歌长期居于首要地位。由史诗《乌拉圭》[1]与《马莉莉亚》[2]开始，巴西拥有了自己的诗歌创作，展现出了卓越的风格特点。在这里，诗歌能够成为潮流。这里的公共花园就像巴黎的蒙索公园或者卢森堡公园一样，修建了许多民族诗人的塑像，甚至在世的诗人（如卡

---

1 《乌拉圭》由巴济里奥·达·伽马写于1769年，由1377个无韵诗行组成。
2 《马莉莉亚》全名为《马莉莉亚·德·迪尔塞乌》，作者是托马斯·安东尼奥·贡扎加，于1792年出版于里斯本。人们以此命名了巴西的马莉莉亚市。

图卢·达·巴伊西奥·西阿伦斯[1])也能享受同样的待遇。而广大民众则会收集印有诗人头像的银币,借此表达他们的敬意。巴西是少有的仍然尊敬诗歌的国家,巴西文学院中有一大批诗人,他们为语言增添了迷人的色彩。

在散文、小说方面,巴西若想脱离欧洲模式,还需要更多时间。即使若泽·德·阿伦卡尔[2]的《瓜拉尼》与《善良的印第安人》也仿照了夏多布里昂的《阿达拉》以及费尼莫尔·库柏的《皮袜子故事集》。在阿伦卡尔的作品中,只有外在主题与历史色彩是巴西式的,人物心理与艺术特色则来自国外。

直到十九世纪下半叶,才出现了两个真正的代表人物——马查多·德·阿西斯以及尤克里德斯·达·库尼亚,巴西由此跻身于世界文坛之上。对于巴西来说,马查多·德·阿西斯就像英国的狄更斯或者法国的都德,能够用现实主义的手法刻画自己的祖国与人民。他是一个天生的讲述者。在他的作品中,温和的幽默与怀疑主义结合在一起,能够给予读者以独特的享受。在他最有名的杰作《沉默先生》中,塑造了一个不朽的形象。这个形象对于巴西的意义,就同大卫·科波菲尔对于英国或者塔拉斯孔城的达达兰对于法国的意义一样。凭借简洁的文字与人文视角,马查多·德·阿西斯堪比同时代的欧洲小说家。

与马查多·德·阿西斯不同,尤克里德斯·达·库尼亚并非一位专职作家,而其民族巨著《腹地》的诞生也只是出于偶然。尤克里德斯·达·库尼亚是一名工程师。在军队出动抗击卡努

---

1 卡图卢·达·巴伊西奥·西阿伦斯(1863—1946),巴西诗人、音乐家、作曲家。
2 若泽·德·阿伦卡尔(1829—1877),巴西记者、政治家、律师、演说者、批评家、辩论者、小说家、剧作家。

杜教徒（一个巴伊亚腹地的反叛邪教）时，他作为《圣保罗州报》的记者随同前往。他的这次远征报道写得十分生动，并由此扩展成为一本书。里面有对于这个国家、这里的人民以及民族心理的大量描写，其视角的深刻与敏锐尚且无人企及。在世界文坛中，《腹地》绝对能与劳伦斯的《智慧七柱》相媲美，但却很少为海外所知。这本书的描写恢宏崇高，视角丰富独特，又充满了人道主义精神，一定能在无数的著作之中经久不衰。尽管巴西诗人与小说家已经取得了巨大进步，创造了丰富多彩的文学作品，却没有任何一部能够取得如此之高的艺术成就。

然而，巴西的戏剧发展却十分缓慢。在这里，我从未听说过任何一部引人注目的戏剧名目，不仅如此，戏剧艺术在公共生活中也显得无足轻重。这种情况也在意料之中，因为戏剧是一种特殊的社会产物，反映了特定阶层的精神需要，而这一阶层在巴西还没有得到发展。巴西并没有经历过伊丽莎白时期，也没有体验过路易十四时代，也没有奥地利或西班牙那样大批的戏剧爱好者。直到帝国末期，巴西的戏剧表演还只能从外国引进。由于欧洲与巴西之间路途遥远，只有低级的剧团才愿意前来演出。佩德罗二世统治时期，并没有发展起真正的国家剧院，而欧洲的剧团也只用西班牙语、意大利语或者法语，并不使用葡萄牙语。在如今的巴西，一座大城市已经拥有上百万居民，足以维持一间剧院的运营。但是现在发展戏剧为时已晚，因为电影已经统治了一切。

音乐方面的情况与戏剧类似，这一困境已经持续了数百年：由于缺乏世俗传统，各个阶层都对此感到陌生。这里没有

---

1 《智慧七柱》，另译《沙漠革命记》。

大型乐团，无法演出那些不朽的作品。正因为如此，这里的民众才不知道《马太受难曲》《安魂曲》《贝多芬第九交响曲》以及亨德尔的弥撒曲。里约与圣保罗的剧院仍在上演五十年前的剧目，比如威尔第的意大利歌剧，而普契尼已经是他们最好的选择。像《特里斯坦与伊索尔德》这样的剧目，早在佩德罗二世时期就已上演，可是在之后可能也只上演过两三次。这个国家并不了解真正的现代音乐，尽管已经开始筹建交响乐团，但依然是轻缓舒适的音乐，只能满足大众口味。

正因为如此，卡洛斯·高梅斯的出现才使我们如此吃惊。在这个时代，自学需要真正的勇气与炽烈的热情，而巴西的这位作曲家却赢得了国际声誉。1836年，高梅斯降生于圣保罗的一个城市。十岁时便加入交响乐团。在这样一个国家里，他几乎无法接触到乐谱与演出，也没有一个真正的导师，但是凭借着强大的意志力，他的才能不断提高，二十四岁时便创作出了第一部歌剧《城堡之夜》。1861年，《城堡之夜》在里约热内卢上演，取得了巨大成功。佩德罗二世十分看好这位艺术家，将他送往欧洲学习。在意大利时，高梅斯收到了同乡阿伦卡尔的小说《瓜拉尼》的意大利语译本。作为一个巴西人，他希望通过这部小说将巴西展现给世界，便立即联系了一位脚本作者。1870年，歌剧在斯卡拉歌剧院上演，受到了热烈欢迎。威尔第声称卡洛斯·高梅斯将成为他合格的继任者，而一位音乐史家则将《瓜拉尼》视为"梅耶贝尔时代最好的歌剧"。直到今天，这部歌剧依然不时地在意大利上演。这是歌剧作品中的经典之作，有着如诗的唱词与优美的旋律，能够赋予观众视觉与听觉的极致享受，而灵魂则怎么也听不够。如今透过这部作品，我们依然能够了解高梅斯的巨大成功与殷切希望。然而，正因为《瓜拉尼》颇具浪漫主义时代梅耶贝尔的浮华之风，在我们今天看来，它已经失去了往昔的活力，变成了音乐史上尘封的档案。卡洛斯·高梅斯只是实现了巴西音乐的意大利化，而真正将巴西乐曲融入世界的，则是维拉·罗伯斯[1]。他的旋律十分具表现力及原创性，具有一种与众不同的色彩。这种色彩热烈活泼而又伤感迷幻，反映了巴西不可思议的景色与精神。

这种富有巴西特色的表达方式，在波尔蒂纳里的画中也能看到。他是第一个具有国际影响力的巴西画家。这里风景卓著，有着千变万化的色彩，波尔蒂纳里多么希望将这些色彩付诸笔端，就像高更手中的大洋洲或者塞甘蒂尼的瑞士一样，让世界看到一个风光旖旎的巴西！这里又为建筑艺术提供了多少机遇：在那些飞速发展的城市里，自我意识也愈发强烈，他们不愿遵循欧洲或者北美的模式，而要创造出自己的风格！在这种理念下，人们已经进行了诸多尝试，并且取得了一些成就。

由于专业知识的匮乏，我无法对科技方面做出全面评价。但是在最近几年，巴西人民却担当起经济与历史的重任，取得了令人惊叹的进步。所有关于巴西的古老文献几乎都出自外国人之手。谈起描绘巴西的经典作品，我们会想到十六世纪的法国人安德烈·戴维以及德国人汉斯·斯塔登，或者十七世纪的荷兰学者巴尔留斯，十八世纪的意大利教士安东尼尔，又或者十九世纪的英国作家索西、德国探险者洪堡以及法国画家德布雷。而在近几十年中，巴西人亲自接过了这项事业。他们立足于自身起源的研究，对国家历史有了充足的了解。他们的作品连同各州及中央政府的出版总额，已经足以填满一整间图

1　海托尔·维拉·罗伯斯（1887—1959），巴西著名作曲家。

书馆。在哲学领域需要记载一个有趣的现象，奥古斯特·孔德曾在这里建过一个学校，甚至一个教堂，巴西宪法的绝大部分都采用了他的思想，而这个法国哲学家对巴西现实的影响，比对他的祖国还大。在科技领域，飞行员桑托斯·杜蒙不仅建造了飞机，而且完成了绕埃菲尔铁塔的光荣飞行，他的胆识与能力大大推动了巴西航空事业的发展。尽管对于这次飞行仍有争论，因为不能确定第一个在重型器材上飞行的是他还是怀特兄弟，但是这个问题却表明了他很可能是飞行史上的第一个英雄，即便在最差的情况下，他也是第二个。仅此一项，就足以将他的名字永载史册。而他的人生本身就是一部勇敢开拓的忘我史诗，同科技成就一样，他的人道主义精神也将永世长存。杜蒙曾经向国际联盟写过两封信，请求永远禁止将飞机用于投放炸弹或者服务战争。只要一封这样的信，就能够宣告巴西的人道主义态度，就足以保护他远离不公正的遗忘。

　　结合以上种种因素，就会明白巴西如今的文化活动有多么非同寻常。但是如果将巴西的文化历史看作四百五十年，或者认为参与其中的居民有五千万，我们就会做出错误的计算。巴西从独立到现在，刚刚过去一百年（更精确地说，是一百一十八年），而现代生活的参与人数也仅有七八百万。在各个方面，巴西与欧洲都没有可比性。欧洲拥有更丰富的传统，却没有未来；而巴西尽管历史短暂，前途却不可限量。所有业已完成的只是亟待完成的一部分；许多传统早已赋予欧洲的遗产，在这里还需要重新创造，比如博物馆、图书馆以及公共教育。同有着先进教育体制的美国相比，这里的青年艺术家、作家、学者、学生必须克服百倍的困难，才能得到全面的知识与世界的眼光。在这里，我们有时仍能感到些许局限，又或是与时代追求的差距；巴西的发展尚且配不上它广袤的国土；几乎所有的巴西人都将在欧美的日子视为求学生涯中最重要的时光。巴西依旧需要旧世界的推动，尽管旧世界已经变得如此疯狂。

但是，倘若换个角度，就会发现欧洲人也常常在巴西停留，因为在这里也能学到许多。在这里，时间与空间的概念都与欧洲不同。这里有更加轻松的氛围与更加善良的人群，人与自然的关系更近，时间也更加舒缓，连困难都显得更加轻松，精神自然也无须紧张。这里的生活更加宽厚平和，人们不用像美国一样成为标准化的机器，也不用像欧洲一样变为政客手中的工具。因为这里有更多的空间，人们彼此互不影响；也因为这里拥有未来，气氛更加平静，人也更加温和。这里适合年迈的老人，在看尽了世间纷扰之后，能够置身山水之间，追溯一生的回忆；这里也适合寻梦的青年，在肥沃的处女地上，能够释放出全部力量，建设起伟大的国家。在最近几十年中，到达这里的每一个欧洲人，几乎都没有回去；对于那些曾经生活在大洋彼岸战乱之中的人们，巴西已经成为他们的和平故乡。如果在这场自杀式的战争中，旧世界最终覆灭，我们也一定要记得，有一个新世界正在迅速崛起。和平人道是欧洲未能实现的梦想，却将在巴西成为现实。而这也是我们在悲痛中最好的安慰。

里约热内卢

在近四百年前的 1552 年，多梅·德·索萨刚刚到达里约热内卢。他写下了这样的话："在这里，一切都是上帝的恩泽。"关于里约热内卢，没有人能比这位粗野的开拓者描述得更好。这个城市的美丽，这块土地的风景，几乎无法以言语表达，也不能用相片展示。因为这里的变化过于纷繁，多姿多彩而且难以穷尽。如果一位画家想要展现里约，想要表现它丰富的场景与千万种色彩，即使终其一生也难以完成。由于极端的慷慨任性，自然将一切的美好都集中于此；那些在其他国家分散四处的美景也全部汇集在这小小的空间。这里的大海千变万化：在科巴卡巴纳海滩激荡起绿色的泡沫，在加维亚冲击拦路的岩石，又在尼泰罗伊[1]变成碧蓝的海水，热情地拥抱着海滩与岛屿。这里的山峰也千姿百态：一座山上寸草不生，另一座则植被葱郁；糖面包山险拔陡峭，加维亚山顶峰则宛如平地，而管风琴山又像锯齿一般。尽管山峦形态不同，却如兄弟一样紧密相连。这里有许多湖泊，比如胡德里格·德·弗雷达斯湖与蒂茹卡湖，在它们之中倒映着群山，倒映着风景，也倒映着城市的灯光；这里有从石间飞悬的瀑布，给周围带来阵阵清凉；还有蜿蜒其间的山涧河流，以及各种姿态的水之化身。原始丛林就在城市身边，这里的植被包含着各种色调，有不透风的密林

---

[1] 尼泰罗伊：里约热内卢州的一座海滨城市。

与繁盛的菟丝子。园林都得到了精心的照料，里面种植着树木、干果与热带的灌木；乍看之下似乎随意为之，实际上却是匠心独运。无论在哪里，自然都是那样繁盛和谐，而城市就坐落于自然的中心。这是由高楼与宫殿组成的石质丛林，夹杂着西式风格的公路广场与羊肠小道，装点着黑人的茅屋与宏伟的办公大楼，散落着白色的沙滩与上面的赌场。它集万千功能于一身：既是海滨城市也是商业中心，既是工业城市又是旅游胜地，同时还是移民城市与政治中心。而在它之上，浓重的蓝色伴着日光，仿佛一顶巨大的帐篷；到了晚上，天际之上又点缀着南方的星光。在里约，无论目光投向何处，都能收获无上幸福。

它是世界上最美丽的城市，或许也是最神秘多变的城市。关于这一点，只要看过它一眼，就不会有所怀疑。没有人能完全了解它。大海塑造了海岸绝无仅有的蜿蜒曲线，山脉阻隔了城市中规中矩的自由扩展。曲折的小径在这里随处可见，每条道路都会在奇怪的地方中断，我们也总是迷失方向。每当我们以为到达了终点，才会发现这是另一个起点；每当我们离开码头探寻城市的中心，总会出人意料地到达另一个码头。每条路上都有新鲜的事物，总能偶遇一座山丘，或是殖民时期遗落的小广场；总能看到一个市场或是长满了棕榈树的小路；又或者看到一个花园，一个"贫民窟"。一个熟悉的地方，即使经过了上百次，如果因为粗心踏进岔路，也会发现另一个世界；我们仿佛置身于转盘之上，每一秒都能看到不同的事物。由于城市惊人的发展速度，每一年甚至每个月都会发生天翻地覆的变化。一个人如果离开里约几年，需要很长时间才能重新适应。如果我们想看城市中心的古老街区，即使登上山岗也无法如愿；因为在它们曾经所在的地方，十几层的高楼已经拔地而起。曾经遮挡视线的岩石已经开辟成为隧道，曾经还是大海的地方建起了机场；三个月前的沙滩变成了别墅。这一切的变化速度简直像梦一样。无论在哪里，都充斥着色彩、灯光与活力；从不重复也没有计划，一切却都和谐一致。在其他的大城市里，徒步行走没有任何乐趣，在这里却能获得巨大满足。无论我们在哪里，都能享受视觉的愉悦。如果我们拜访一位朋友，在交谈中由六楼的窗子向外望去，便会惊讶于景色的壮丽，仿佛我们从未见到过瓜纳巴拉海湾，从未看到过那些星罗棋布的岛屿与航行的轮船。而在这栋房子深处还有一个房间，尽管那里看不到大海，却能看到科尔科瓦多山上的耶稣像以及浓重的群山剪影。公路的光带不断延伸，一直到我们的视线之外。而如果我们从阳台探身出去，便能看到下面的黑人街区，那里有低矮的茅屋与多彩的灯光。倘若我们想要进城，就必须先翻过一座山；每次我们乘车出行，都不得不恳请司机停下，以免错过这迷人的美景。如果我们想到市郊游玩，看看那里五颜六色的商铺，就会突然身处封建时代的宫殿，还有历时百年的古老花园。如果我们乘电车到圣特雷莎山上同大自然亲密接触，也能在大片的住宅区中，骤然发现十八世纪的水渠。只要一刻钟的时间，我们便能从海滩来到山顶，只要五分钟，我们便能由奢华世界走到贫穷的茅屋；如果再过五分钟，我们便又能回到车水马龙的街道，回到豪华的咖啡馆，回到川流不息的世界。这里的一切都相互混淆：贫穷与富贵，新生与古老，自然与人文，茅屋与高楼，黑人与白人，马车与汽车，沙滩与岩石，沥青与植物。可是一切都闪耀着夺目的光芒，一切都那样美丽，一切都相互融合，一切都撩人心魄。我们无法看到城市的全景，因为它拥有上百种风貌。无论我们站在哪个方向、哪个高度、哪个视角，看到的城市都千差万别；内外不同，高下不同，在山顶、海面、路上、空中、船里、屋内、窗前，看到的都有所不同。里约归来不看城：人们居住在单调的道路上，生活早已安排得当，没有任何惊喜。如果离开了这座城市，一切都将变得平淡无奇。如果离开了这醉人的色彩，离开这真正的天堂，一切都将陷入永久的阴霾。

在里约，每个人都能得偿所愿。倘若能住在蒂卡茹的山丘上，住在环绕着花园的别墅里，财富也变得更加诱人。而同其他的大城市相比，穷人的生活也更加轻松。大海是免费的浴场，自然有免费的风光。生活必需品花费很少，人们都十分善良。生活中充满了小小的惊喜，能够让人保持快乐的心境。空气中有一种轻松柔和的氛围，能够使人不再争强好胜，也会使人缺少激情与热望。这里无可比拟的风景能够给人以神秘的安慰。一到晚上，星光与灯光交相辉映；而在白天，灵动的色彩则炽热明亮；黄昏拂晓，云霞缭绕，或有芳香的温热，或有磅礴的骤雨——这个城市永远魅力无穷。你认识它越久，就越会爱上这里；但是认识它越久，也就越无法描绘。

* * *

进入里约港

天还未亮，旅客们便站在甲板上，举着望远镜与照相机，急切地盼望着进港的一刻。无论曾经体验过多少次，也没有人愿意错过这壮丽的风景。同前几天一样，眼前依旧是一片蔚蓝的海水，平静却也单调乏味。但是我们感到接近了海岸，尽管眼前一无所有，却知道它就在附近，因为空气已经起了变化，它温和地吹拂着我们的双手与脸颊，将我们置身于莫名的芳香中。这是热带地区独有的气息，它来自内陆地区广袤的森林，来自植物的气味与鲜花的桂冠，它让我们感到疲劳，却又觉得无比迷醉。

现在，我们终于能够看到遥远的轮廓，连绵的山脉仿佛一朵巨大的云彩，朦胧地飘浮在地平线上。随着我们渐渐靠近，轮廓也变得更加清晰。群山张开双臂，护卫着瓜纳巴拉海湾。这是世界上最大的海湾，由许多不同的港口组成。它如此广阔，能够容得下世界上所有的船只。在它巨大的外壳中，镶嵌着不计其数的岛屿，它们形状不同、色彩多变，如珍珠一般熠熠生辉。然而，在这水晶般的海面上，灰暗的岛屿却更引人注目。有些岛屿就像游鲸，能够看到光滑的脊背；有些岛屿则像鳄鱼，狭长的身上布满岩石。有些岛屿拥有住宅，另一些则成为要塞，还有一些像漂浮的花园。好奇的人们手握望远镜，正为岛屿的变化惊叹不已；视野下方又出现了清晰的山峦，同样也是千变万化、形态各异。一座山上寸草不生，另一个则长满了棕榈林；一边还是悬崖峭壁，另一边却环绕着别墅花园。大自然就像一位大胆的雕刻家，将所有的形态都放在一起，正因为如此，人们才发挥丰富的想象，为每一个峰峦赋予不同的名字。这里有寡妇山、驼峰山[1]；有上帝之指，也有沉睡巨人；有两兄弟，还有糖面包。其中属糖面包山最为醒目，它伫立在

---

[1] 即 Morro Corcovado，因形状像拱起的驼峰而得名。一般音译为科尔科瓦多山。或因其上有巴西地标耶稣像而称为耶稣山。

海港的入口处，像纽约的自由女神像一样，是里约古老永恒的标志。而驼峰山则耸立在崇高的山峦之上。它是巨人家族的首领，承载着巨大的耶稣像（每到夜晚，灯光会将它照亮）。它是里约热内卢的主宰，能够为城市带来福音。

经过一连串岛屿之后，我们终于望到了城市。然而，它并非一次展现全部风貌。这里不是那不勒斯，不是阿尔及尔，也不是马赛。它们仿佛置于环形剧院的中心，只要登上石阶便能一览无余。而里约热内卢则像一把扇子，必须一点一点慢慢展开。正因为如此，进入里约港才会如此富有戏剧性，美好的风光才能络绎不绝。海岸旁的港口为群山隔断。山峦就像扇骨，将风景连在一起，又将它们一一分割，最后才展示出迷人的风光：海岸旁有一条长长的大道，旁边房屋别墅林立，还有浪花的冲刷。我们能够分辨，一间豪华酒店立于山腰上，还有几所别墅隐藏在树林中。但是我们错了！这只是科巴卡巴纳海滩，世界上最美丽的海滩；这只是刚刚兴起的郊野，而并非我们所说的城市。糖面包山阻挡了我们的视野，只有在绕过它之后，才能看到海湾中的城市，看到它面朝大海的白色沙滩，也看到它背后消散的绿色山峦。海岸边有许多崭新的花园，还有刚刚填海建成的机场。我们以为很快便能靠岸，期待终于得到满足。但是我们又错了。我们看到的只是波塔弗戈以及弗拉门戈港口；轮船还要继续前行，经过科布拉[1]岛和它的海上工事，经过菲斯卡尔岛[2]和上面的哥特式宫殿（就在佩德罗二世去世前不久，还在这里举行了最后一场舞会）。直到现在，我们才

1　即 Ilha das Cobras，意译为蛇岛。
2　即 Ilha Fiscal，意译为税岛。

看到了高耸入天的摩天大楼；直到现在，我们才看到了可以停靠的码头；直到现在，我们才终于来到了南美，来到了巴西，来到了世界上最美的城市。

进入里约港整整花了一个小时，这是一次无与伦比的经历；它所造成的巨大冲击，只有纽约港才比得上。可是纽约的问候却更加强硬有力：白色的物体像雪一样层层累积，就仿佛是北欧的峡湾。曼哈顿的问候则更加富有英雄气概，体现了已经崛起的北美意志，是各种力量的集中爆发。而在远方的客人面前，里约热内卢却一点也不强硬。它张开自己温柔的双臂，给予他们以热情的拥抱。它吸引着他人好奇的目光，同时也愿意为这些目光付出。这里的一切都十分和谐：城市、大海、森林、山峦，所有这些都和谐地交融在一起；即使是这里的摩天大楼、停泊的轮船以及多彩的霓虹广告，也没能破坏这美丽的画面。甚至和谐也有着不同的形式。里约热内卢，从山上看来是一个城市，从海上看来却是另一个；然而到处都是和谐的景象，所有细节都组成了完美的整体。里约是化为城市的自然，也是宛如自然的城市。它以宽广的胸怀迎接客人，也知道如何将客人留下；从到达这里的一刻起，他们的目光再也不会劳累，他们的心灵再也不会疲乏；因为这里，是世界上独一无二的城市。

如果乘飞机到来，得到的印象将更加迅速也更加震撼。我们将一下看到城市的全貌，看到它坐落于群山间，看到它融于周围的景色中。我们将从山上掠过，突然看到那宽广的海湾，看到它湛蓝的贝壳中裹挟的珍珠。我们会看到相互交错的笔直线条、沙滩组成的狭长光带、别墅幻化出的白色鹅卵石，还有蔚蓝的天空与海面的倒影。这时，飞机划过了一道弧线，群山仿佛消失了。这个满是白色房屋的城市似乎变成了一道石墙，正在向我们致意。我们又看到了海边的繁华街道，看到了沙滩的海滨浴场；似乎生活正在那里等着我们，而色彩则使我们感到眩晕。飞机开始持续下降，一次、两次、三次，一次比一次更低，几乎碰到了圣本托修道院的屋顶。轮子开始嘎吱作响——我们到达了世界上最美丽的地方。

* * *

古老的里约

如果我们想要了解一座城市、一件艺术品或是一个人，就必须了解它的过去，了解它的历史和发展历程。因此，我每到一座新的城市，都会追寻它的源头，试图通过过去了解现在。而在里约热内卢，最自然的便是找寻城堡山。这是一个具有历史意义的山丘。大约四百年前，葡萄牙人击败法国人，在此立下城市的基石。然而，我的寻找一无所获。这座历史的山丘已经被清理一空，连一块石头也不曾留下。曾经的古迹夷为平地，并修建起宽阔的街道。这是多么奇怪的现象！古老的里约消失了，崭新的里约却建立在另一片区域，同十六世纪的地点完全不同。那些如今铺满沥青的地方，曾经只是肮脏的沼泽与荒凉的峡谷，蜿蜒流淌着涓细的河流。最早的殖民者将居所建在群山之中。由山丘开始，居民慢慢向沼泽大海夺取领土，使山谷中的土壤慢慢干燥，将纤细的河道填平或者开凿成运河，并在海湾附近修建堤岸。随后，他们又推倒了阻碍交通的山丘。就这样，城市在三百年中彻底更换了面目，在这种缺乏耐心的变革之下，几乎所有古迹都沦为了牺牲品。

然而，损失并不大。因为在十六世纪、十七世纪以及十八世纪的大部分时间里，巴伊亚才是巴西的首都；而里约则十分贫穷渺小，无法建造奢侈的宫殿与艺术品。直到十九世纪，葡萄牙王室在此定居，却并没有与之相当的庇护所。同巴伊亚相反，里约的古迹均源于殖民末期，一百五十年的房子已经十分古老。而海关附近的几条街道还保持着最初的模样，能够使我们了解殖民时代的形式与风貌。这些道路都保有葡萄牙特色，十分谦逊简朴，给人以舒适的感觉。道路两旁是曾经的建筑，大都只有一到两层，粉刷成不同的色彩。建筑上没有任何装饰，只有阳台上漂亮的围栏。它们曾经拥有不同的职能，如今则全部用于商业用途。在第一层的商店、仓库，可以看到摆放整齐的货品。不知有多少次，在看到这些道路之前，便闻到了它们的气息。因为这些小路靠近码头，是殖民时代唯一的遗存；它们尚未遭到改造，还散发着海鱼、水果与蔬菜的气息。在路易斯·埃德蒙德《总督时代的里约》中有对于这些街道的精彩描写。但即使我们未曾读过这本书，也不难想象在那样一个时代，甚至没有最基本的卫生制度，人与牲畜拥挤在狭窄的街道，会产生怎样令人窒息的恶臭。而即使是殖民时期不多的公共建筑，也都是匆匆建成并且造价低廉，既没有规划也没有野心，至多是葡萄牙建筑的廉价翻版。"古老的里约"消失了，感到悲伤的只有几位老人，而他们真正伤感的，却是自己的韶光不再。事实上，里约并未在拆建中损失什么。殖民时期的建筑，唯有教堂值得保存，尤其是光荣山圣母堂与圣方济各堂，还有带着美妙拱顶的水渠以及作为时代见证的一条条羊肠小道。圣本托堂及修道院构成了最宏伟的纪念，是里约历史永恒的见证者。

圣本笃堂建于山峰之上，与周围世界相隔绝，才能在几个世纪的改造中幸免于难。这座教堂始建于1589年，是里约十六世纪仅存的大型建筑。而一件十六世纪的艺术品对于新世界的意义，就仿佛是我们的帕提侬神庙或者金字塔。它独立于山巅之上环视四周，身旁并没有高层建筑阻隔视线，在这繁华嘈杂的大都市中，它代表了美丽与安宁的奇迹。只有在这座山上，时间才会静止；只有在这座山上，古老的历史才能抵挡改革的激情。这里依然保留着崎岖的山路，三百年前的朝圣者便由此攀缘朝拜。就在同一个平台上，古人曾看到葡萄牙的帆船抛锚靠岸；而在今天，也能看到庄严徐行的远洋轮船。

从外表上看，圣本笃堂平平无奇：这是一个宽敞朴实的建筑，配有已经过时的圆塔。修道院呈长方形，似乎更像一个堡垒；而在战争时期，它也确实发挥过作用。在进去之前，我们并未抱有太大期望。可是刚刚穿过雕花的大门，还没有进入内室，我们便感受到深深的震撼。一秒之前，我们还站在里约的艳阳下，如今却身处蜜色的光晕中。这么朦胧的亮光仿佛傍晚的薄雾，令人昏昏欲睡。我们辨不出物体的轮廓，空间与形体都消融在明亮的雾霭里。我们这时才明白，光芒竟来自四壁的黄金。然而，这并非贵金属夺目的色彩，而是柔和的，甚至可以说是静谧的。它为柱子和墙壁都镀上了一层流光。所有的线条都充满柔情，日光也透过天窗，混合交融出流动的色彩，就仿佛稀薄的云雾，在广阔的殿堂中氤氲缭绕。

眼睛渐渐适应了这里，便能看到更多的细节。在我们的教堂里，精美的立柱、天花板及装饰都由石头、金属或者大理石制成，但这里却采用巴西的木材。木材表面镀上了一层极细的金子，以精巧的工艺装点了木材的曲线，使巴洛克风格的卷曲显得更加柔和也更加令人惊叹。尽管在恢宏与独创性上，圣本托堂比不上欧洲的大教堂；但是在镶金工艺上，这里的作品却无人能及。他们以全新的方式驾驭了材料，创造了和谐完美的金色黄昏，着实令人难以忘怀。而这种温和也同样体现在修道院中，体现在它宽阔的长廊与石质的路面、木质的黑色大门以及布置整齐的图书馆与修道院的回廊。我们走在凉爽的长廊里，两侧厚重的墙壁隔开了外界的喧嚣，仿佛徜徉在另一个时空。我们忘记了正处于热带国家，在赤道南侧的另一片天空之下。我们完全能够相信，这是德国或瑞士的本笃会修道院，这是藏书家最古老的避难所。然而，我们突然走近一扇窗户，外面的景色又将我们唤回：这里有摩天大楼与宏伟的宫殿，街上的车辆川流不息，大片的房屋不断延展，群山守卫中的正是一个现代化都市。在它之下，海湾拥抱着船只与岛屿，热带海洋闪烁着光芒。在里约的每一处地方，即使是最偏僻的角落，也能看到城市与风景的交汇、瞬间与永恒的结合。

在圣安东尼奥山上，还有另一个修道院。它同圣本托修道院一起，保存了里约过去的岁月。是它的高贵见证了时间与文化的更迭。尽管殖民时代卑微的一切仍在消解，城市也在渴求着不断转变，而这一缕金黄却永远闪耀着迷人的光辉。

* * *

城市漫步

里约·布朗库大道是里约的主干道。它是，或者更加准确地说，曾经是这座城市的骄傲。大约四百年前，里约便渴望同欧洲的大城市一样，在中心地带修建一条雄伟的大道。同其他城市一样，里约梦想成为巴黎，也为奥斯曼大道所吸引。这条巴黎的完美街道，大胆地穿过了杂乱的古老道路。但在那时，里约的这一行为却显得十分胆大妄为。它竟完全采用欧洲标准，计划修建一条宽三十三米的大道。里约的长者早已习惯狭窄阴暗的街道，面对这样的宽度都在不断摇头，认为实在过于鲁莽。然而计划依然得到执行。这条大道上修起了一座豪华剧院，与巴黎歌剧院十分相像。这里还建起了国家图书馆、艺术学院和一间奢侈的酒店。不久之后，为了彰显文化中心的地位，又在这里修起了几栋六层建筑，高傲地俯视着古老的宫殿屋顶。宽阔的人行道铺满了黑白的石块，路基则铺上了沥青。路旁的商铺迫不及待地修建起华丽的门面，一切都依照着最现代的样式。这条道路成了宏伟的主干道。巴西人也能够自豪地宣称，这条道路足以与欧洲最知名的道路媲美。

然而，在美洲这块不断进步的大陆上，本不应按照欧洲的标准思考。在这里，一切都发展得更快，但也衰败得更快。美洲的时空有着另一种维度。由于城市的飞速发展，这里的交通也更加密集；里约·布朗库大道已经显得过于狭窄，甚至成了汽车的羁绊。在这个充满了噪声与人群的街道上，车辆只能缓慢行驶；除此之外，左右两旁的建筑也在不断重修，脚手架占据了相当的路面。1910年的奢侈建筑已经不再奢侈，彼时华丽的酒店也必须拆除，在同一个地方，一栋三十二层的建筑拔地而起。曾经那些六层的房屋，或者在原有的基础上向上扩建，或者干脆推倒重建。三十年前巨大宏伟的一切，如今都显得十分渺小。由于空间限制，市政剧院无法扩大规模；艺术学院与图书馆也失去了往日的风采。正如巴黎市的中心街道、柏林的弗里德里希大街以及伦敦的摄政街一样，奢侈的店铺也由繁华的区域迁往宁静的地方。这条街道已经沦为单纯的交通要道，毫无特色与艺术价值。为了迎合这个时代，它失去了昔日的特点，却依然落到了时代之后。

为了满足日益加快的发展节奏，里约需要更多宽阔街道；除去不断拥堵的主干道之外，还需要修建新的大道。里约野心勃勃，决定从各个方向实施这一计划。他们推平了山丘，开凿出隧道，开辟出宽阔的连接通道，并在山坡上浇铸水泥。政府及时预见到高层建筑对城市作用有限，并不断推进城郊的发展。那些通向蒂茹卡与梅耶尔的古老要道——卡利奥卡、卡台蒂与拉兰杰拉斯大街——如今与其说是让车辆通行，倒不如说是困住车辆。从新的街区驾车前往市中心，至少要花费一个半小时。城市需要更多的空间，必须不惜一切代价，而最简单的方式，莫过于向大海索要。在一个绵延数英里的海湾旁边，里约通过填海赢得了二百乃至五百米宽的狭长地带。这大大增加了城市的面积，却无损于大海的广袤。这些宽阔的海滨大道，如今已经加上了画框，装饰着树木与花园。道路本就充满着变幻，加之海上陆地的靓丽风景，更是给里约增添了新的色彩，也弥补了古老浪漫的缺失。它们仿佛一本书的页边。在上帝之手打开的每一页上，都展现出新的风景，使我们永不厌倦。大海有五到六个港口，其独特的轮廓深入城市内部，每一个转弯都展现出不同的风景。我们只能将里约比作一把彩绘的扇子，每一根扇骨都含有部分风景；但只有展开整个扇子，才能看到美景的全貌。

如果乘坐汽车路过海边——或者走上几小时，徒步走遍海滨大道，便能经过六七个甚至八个完全不同的城市。在里约·布朗库大道的左边，所有的道路都交汇于一个港口，交汇于一片商业区域。那里停泊着巨大的跨洋巨轮，游船也从那儿出发驶向岛屿。那里有丰富的果蔬市场，还有机场、码头、船坞以及海军营地。政府建筑也聚集在一起：这些十多层的崭新建筑，每一栋都十分现代化。根据里约的大胆计划，在这个大国中几乎所有管理部门都集中于一个街区。尽管里约的港口、商业区与管理部门比其他国家更多姿多彩并富有现代感，但却未曾丧失国际化的特点。在我们的漫步中，并未看到真正的里约之美。里约之美并不在于事物的功用或者历史价值，而是在于让所有的矛盾都能够和谐共存。

　　海滨大道几乎与里约·布朗库大道首尾相连。它就像一串珍贵的项链，到了夜晚，数千枚珍珠便闪烁起耀眼的光芒。巴黎广场作为它的起始点，并非随意选用了法国的首都；当拱门灯光亮起的时候，巴黎的建筑师们一定想起了协和广场。在巴黎广场上，能够看到海湾、岛屿与海边的群山；都市的奢侈与自然的慷慨相互交融。碧海与房屋间有条宽阔的林荫大道；在它之上，赤橙蓝绿的各种车辆接连而行，仿佛暴躁的野兽。然而，我们却无须像在许多道路上那样为它们的迅急怒吼感到惊惶。在这里，我们的眼睛能够得到休憩，能够凝视我们喜欢的事物。在这里，能够看到一排排的宫殿宾馆，海湾镶嵌着尼泰罗伊的白色花边，包围着许多游船与巨轮，还有古老高贵的光荣圣母堂，正伫立于某个风景如画的山丘之上。

　　我们似乎已经相信，这第一眼便可以饱览全景，实际上却还有更多的风光等待着我们。在巴黎广场之后，道路开始变得狭窄，也越来越靠近大海。然后便到了弗拉门戈广场。这里昔日的古老住宅都只有一到两层，四周环绕着花园，谦逊地面朝海湾。但是这里视野开阔，还有阵阵清风吹过，拥有巨大的价值。如今，这里已经修建起十几层的建筑，也种植了高大的棕榈树；这些树可以越过老建筑的屋顶，而现在却只能达到新建筑的胸口。海湾的景色变得越发狭窄，因为在它的正前方，糖面包山也高耸云间。一块巨大的岩石之上，装饰着夜晚光芒的皇冠，所有进入海湾的船只都在它的监视之下小心前行。再转一个弯，我们便来到了波塔弗戈港口。这里没有广阔的风景，我们似乎到了一个群山环绕的湖面。这是里约风景独有的秘密。由于山峦形状各异，无论从哪个角度，都能看到不同的剪影。在波塔弗戈看来陡峭的地方，在弗拉门戈方向便十分平坦。同一块岩石上，某一面布满了植被，另一面却寸草不生，第三个侧面甚至盖上了高高的房子。同样地，由于海湾曲折迂回，从每一个转弯看去，也都会呈现不同的风貌。在这个多样化的城市中，即使同一座山峰同一片海洋，由于视角不同，也能不断给人以新的惊喜。

我们继续前行，意外地到达了另一个海湾——红沙海滩。它隐藏于两山间狭窄的咽喉处，离城中的居民区如此之远，令我花了几周时间才找到这里。突然之间，风景全然不同。城市消失了，瓜纳巴拉湾的景色也隐匿不见。这里没有别墅，没有车辆也没有人群，有的只是浪潮、岩石、海滩以及寂静。仿佛已经到达了道路的尽头、城市的边缘。

但这只是另一个起点，是里约众多惊喜中的一个。只需再经过两条道路，穿过一条山中的隧道，便骤然到达了科巴卡巴纳海滩。它或许是世界上最美的海滩，其景色比尼斯与迈阿密更胜一筹。简直令人难以置信，我们从里约出发又到达里约，仅用五分钟便来到一片全新的海滩，体验到了不同的氛围与温度，仿佛已经旅行了几个小时。弗拉门戈的大海和这儿完全不同，那里的海湾近乎封闭，海水囚禁其中。大海受到压制与弱化，失去了掀起狂浪的力量；尽管水面依旧宽广，却看不到明显的涨潮与落潮。但是在科巴卡巴纳，来自大西洋的强风却突然包围了我们，让我们最直接地感受到，这里与千里之外的欧洲非洲仅仅隔着一望无际的大海。这里的海浪碧绿激荡，仿佛波塞冬坚固的城墙，正拖着白色的鬃尾，冲击着明亮广阔的沙滩。浪潮的怒吼在耳畔低语，波涛猛烈撞击着海岸，大西洋的呼吸竟如此密集，它撞碎了水花，抛撒出碘与盐。在这片沙滩上，空气中的臭氧含量如此之多，让习惯了温热空气的人无法适应；在这轰鸣的海岸之上，空气也满是潮湿的感觉。但是多么凉爽啊！只要五分钟的路程，气温便骤降了四五度。这座城市拥有数百个秘密，只有久居于此的人才能够了解，其中之一便是温度的变化。从一个转角到另一个转角，温度的差异便十分巨大。即便在同一个街区，后面的道路或许很热，而前面的道路却很凉爽，左边的街道微风阵阵，右边的街道却十分潮闷；这仅仅取决于海风的角度或是山峦的遮挡。例如科巴卡巴拉的起点莱默，虽然它离大西洋大道只有一公里之遥，面对的也是同一片大海，但是它却并不像后者那么时髦和受喜爱。而科巴卡巴纳则是一块奢侈的海滩，这里有豪华的酒店与酒吧（其中一个还配有吉卜赛乐队），有赌场与宽阔的花园，还有自己独特的，换而言之，一些非巴西风格的习俗。只有在科巴卡巴纳，我们才能像在欧洲的度假村一样，看到穿裤子的女孩儿与不穿外套的男子。这条大道上的酒吧饭店都配有露天的桌椅。这里没有商务与运输车，因为这片海滩唯一的目的便是奢侈、享乐、散步、健身，便是欣赏各种色彩、享受身心的愉悦。简而言之，这里就是奢侈的海滨浴场。在这片巨大的海滩上，有时能聚集起数十万人却并不显得拥挤。我们甚至会有这样的印象，觉得这片海滩并不属于里约，觉得这里同尼斯一样，本是附着于忙碌大城市的休闲区，只为了给富人与游客提供享受，后来才慢慢成为这座城市的一部分。但这里同尼斯相比，却更加壮丽恢宏。事实上，在二十年前，这里还只有黄沙之上的几间小屋。直到发现了这里空气、阳光与海水的可贵之处，直到发明了汽车，科巴卡巴纳地区才以惊人的速度发展起来。如今从里约到科巴卡巴纳就像维也纳到普拉特、巴黎到布洛涅一样方便，而之前却算得上一次郊游甚至旅行。如果说科巴卡巴纳不是里约的心脏，那便是里约的肺叶。而在其所有的美丽之中，有一样十分具有象征意义：倘若我们在科巴卡巴纳海滩上面朝大海，里约便当真在我们身后，因为这条大道越过大海正对欧洲。正如三十年前的里约·布朗库大道一样，大西洋大道代表了新的欧洲风情，使得外国游客更喜欢住在这里而不是真正的里约。因为他们只是里约的客人，而在这里却像他们自己的家。

在下一个转弯之后，我们仿佛乘着魔法的翅膀来到瑞士。距海滩几百米的地方有一湾湖泊，它坐落于群山之间，叫作胡德里格·德·弗雷达斯湖。在它平坦的岸边，一座全新的城市飞速兴起。群山监视着这片湖泊，每到夜晚，水面就像一面黑色的镜子，倒映着山峦深色的轮廓。这片湖泊身处于都市之中，黑人浪漫的棚屋无忧无虑地凝望着它。但是我们只向那里看了一眼，便又匆匆上路。我们还要走遍另一个漫长的海滩，走过伊帕内玛与莱布隆。那里有崭新的房屋与大道上年轻的棕榈树。之后才是开凿于岩石之中的尼迈耶大道。同蓝色海岸上的道路一样,尼迈耶大道离海岸很近。随着向前推移,道路越来越陡峭,岩石也越来越密集。倘若朝下方的海面看去,会显得更加危险恐怖。然而,道路右侧的山上却布满了香蕉树与棕榈树,让我们感到安全与平静。在充满变化的旅程中,我们来到了如阿。这里有一座山丘,能够供我们休憩,景色也十分开阔。幕布揭开,显露出港口与礁石,岛屿与远山也展示出全景。城市渐渐隐藏于舞台之后,我们来到了乡村地区。但是乡村还能存在多久呢?一年还是十年?这是值得探讨的问题,因为就在不远处的蒂茹卡沙滩,土地已经划分出不同的区域。在大海之前,在掩埋我们双脚的白沙之上,很快就会建造起成排的房屋。但是谁又知道,哪里才是里约的终点,哪里才是城市的尽头?

在这里绕了一圈,我们又来到了另一个世界。汽车沿着陡峭的公路蜿蜒上升,大约过了十五分钟,我们便深陷丛林。这里看不到一栋真正的房屋,但却有许多窝棚。在香蕉树的遮掩中,居住着谦卑的人们。我们原本只想再花费一小时游览里约市区,但是在这一刻,却感觉已经离开了千里之遥。突然之间,一个转弯,我们向下看去,城市又再次出现。从现在的方向看去,城市完全改变了模样:我们认得出它,又认不出它。无论我们选择哪条路,无论驶向"中国风景""帝王高台"还是返回古老高贵的蒂茹卡,风景都在不断变换。若想记录下这迷人的风景,至少要耗费十几卷胶片。就这样,我们回到了城市,却不知道出发与归来的方向。即便在里约待上几星期,也依然没有方向感。我们驶向了一条大道,在棕榈树的簇拥下经过了共和广场。在这一两个小时中,我们环游的并非一座城市,而是一个世界。在嘈杂的店铺与人流之中,我们还有一些眩晕。里约的道路中，有的会使我们想到马赛的卡尼般丽街，有的则像那不勒斯的陡峭山路；无数的咖啡馆顾客云集，就像是罗马或者巴塞罗那；贴着巨幅海报的电影院与摩天大楼，则将我们带到了纽约。这一刻，我们仿佛处于世界各地，但这些风景却又和谐地统一到了一处，这就是里约。

* * *

小　路

　　宽阔的街道体现了里约崭新的一面。它们是专为汽车设计的现代化道路，论起美丽与雄伟，世界上没有几条路能比得上。相对于它们的繁华，我却更喜欢不知通往何方的小路，它们时时诱惑着我。这里有着南方的自然风光，虽然更加贫穷、原始、谦逊，却能给人以更浪漫的印象。正是这些贫穷的小路，反而充满了各种色彩与生活风情，使我永远也看不够。一切都那样自然，并未刻意吸引外国人的注意。这里没有如画的风景与建筑，却正是随机与混乱才显得更加迷人。外出散步是我之前的一项爱好，在里约却成了一个毛病。不知有多少次，我只想出门散步十五分钟，可却由于好奇的牵引，从一条路绕到另一条路，过了四个小时才返回住所。我已经记不起行走的路线，也记不起任何一条道路的名字，但在这座城市中，它们不断带给我新的惊喜，而我也从未感到浪费时间。

　　在里约的小路散步就是追溯过去。我仿佛回到了殖民时代，周围的一切都触手可及。这里没有汽车也没有信号灯，人们能够自由行走；除了令人舒适的阴凉之外，无须追寻任何东西。即便最华丽的道路也不宽阔。在奥维朵尔这条古老的商业街上,依旧能够看到当时的场景。正如布宜诺斯艾利斯的"佛罗里达街"一样,这里禁止车辆穿行——甚至本来也就无法穿行,因为这里平日行人太多,几乎每个里约人都从这里经过。这条路上的行人如此之多,甚至连一寸路面都看不到。由于没有汽车噪音的侵扰,拥挤也有着无尽的乐趣。在这条街道的左右两侧,能够看到其他道路;无须询问它们的名字,因为不可能全都记得。这些道路又长又窄、彼此交错;有时也能见到一条宽阔的大道,上面行使着超载的电车或是鸣笛的汽车。我们无法通过建筑区分它们。这些道路上的建筑大多只有两层,表面没有任何装饰,底层的商铺也没有木门或玻璃门遮挡。正因为如此,我们可以直接看到商铺内部,每一项生意都成了一张风俗画。这里有一个鞋匠坐在墙角和三个学徒一起镶钉皮革;在那边的菜市场里,成把的香蕉挂在门上,洋葱在地上滚来滚去,西瓜番茄堆起一座座小山。在它旁边是一间药店,上百个药瓶闪闪发光,再往前走有一间酒坊。黑人理发师正在顾客脸上涂肥皂沫,编织工人正在修理椅子的基座。这里有一个家具工人,那里有一个切肉的屠夫。在院子里,女人们在洗晒衣服;赌坊悬挂起数百张彩票,诱惑人们放手一搏。公务员敞开着房门,正在公证书上写字。这里的每一个人都在工作,而只有看到工作的人们,才能看到他们真实的生活。我们能看到他们的居住状态,看到作坊背后简陋的铁床,因为两者之间只隔了一张门帘;我们还能看到他们的饮食,看到他们人生的分分秒秒。在这里,一切还都未被秘密所遮盖,一切也都还未曾机械化、标准化。在巴西,有多少东西仍旧依靠手工制作;这种在欧洲美国慢慢消失的技能,却可以在巴西的漫步中轻易学到。一切都毫无遮掩，一切都多彩多姿。这里有一个黑人，那里有一个白人，远处则有一个混血人，每个人都穿着鲜亮的衣服，妇女的裙子也五颜六色。所有的一切都闪耀着密集的色彩，比太阳的光辉更耀眼夺目。而这里有多少间咖啡馆呢？谁又能够数得清呢？咖啡馆存在于每个转角，顾客直到深夜仍络绎不绝。到了夜晚，房屋都暗淡下来，咖啡馆却闪烁着灿烂的光芒，仿佛明亮的洞穴。因为在这个城市里，生活从来不会中断。电车在其中不断穿行，早上五点钟，第一批游泳者便来到了海滩。在这数以千计的小路上，有多少行人，又有多少孩子。他们彼此肤色不同，但是凭借平和的善意与完美的和谐，一切混乱与嘈杂都得到抵消——这正是巴西的特点。无论我们身处何地，即使最贫穷荒芜的区域，都能感受到相同的友好。即使在逼仄的窝棚里，即使在岩石与丛林中，也能感受到他们天生的节俭与温和。

有时，也能看到一些新的东西。这里有一个殖民时代的广场，周围的宫殿十分豪华，旁边还有巨大的封闭式花园。那边有一个丰富的市场，能让人想起梵高或者塞尚的画。再往前走，会意外地看到一个港口，码头上系着一支破旧的渔船，空气中充满了水藻的气味。接着，我看见一个从未见过的公园；而在另一个方向，在雄伟建筑的阴影里，还有几间破落的棚屋或是一座古老的教堂。有些小路戛然而止，倘若想要继续前行，就必须从岩石之上翻越过去。我曾想去郊野参加聚会，却来到了一个奢侈的街区；而想去火车站时，又来到了一所皇家公园。一切都没有定论，总能给我新的惊喜，让我永远也不会厌倦。漂泊、游荡、发现，这在巴黎最后体会的愉悦，如今又重在这里降临，并且更加富有吸引力。

*　*　*

矛盾的艺术

　　一座有趣的城市，必然包含巨大的矛盾。单纯的现代化单调无味，一味的落后则令人不适，贫穷的城市充满悲伤，奢侈的地方又过于乏味。一座城市拥有的层面越多、包容的矛盾越丰富，就越具有吸引力。里约便是这样。这里有许多相互对立的极端情况，却又总能彼此包容。这里的财富不具有煽动性。封建庄园按照独特的品位建造，外表丝毫不引人注目。它们分散在丛林之间，四周环绕着美丽的花园，家具也都因循殖民时期的样式。这里的建筑没有城市的奢华，反而同自然紧紧相依，既让我们觉得和谐有序，又不显得过于浮夸，甚至需要费心寻找才能看到它们。但如果有幸成为其中的访客，就一定会惊喜不断，因为在房间的任何角落，都能够看到怡人的美景。花园的人工湖倒映着中式的凉亭，开放的露台上铺着葡萄牙的瓷砖，让我们在享受花草柔美的同时远离强烈的阳光。这里的一切都恰到好处，因为财富都为古老的家族所掌控。他们遵循文化与传统，接受过良好的教育，所选的艺术品大都是殖民时期巴西本土的书籍与画作。因此，这里看不到堆积如山而又不加选择的作品，不会令人产生不快的印象。也正是在这些封建庄园中，我们理解了巴西文明的古老起源。然而，从这里出门仅仅两步，便能来到属于贫民的街区。它们共享同一片墨绿的丛林，沐浴同一轮太阳的光辉，彼此之间却互不影响。从某种程度上讲，由于大自然的整合力量，这座城市的矛盾尽管未曾消解，却得到了弱化。而矛盾之间未曾间断的互惠影响也成了里约独有的特色。摩天大楼与低矮棚屋，奢华大道与羊肠小路，低平的沙滩与高耸的山峰，并非相互敌对，而是相互补充。社会生活包容了所有矛盾。在一家冷饮店里，冰激凌的价格同纽约一样高，而在旁边的另一家店铺，甚至就在同一栋建筑里，几分钱就能买到一个。我们可以乘坐豪华轿车，也能够同工人一起乘坐电车。里约的一切都没有敌意，这里的每一个人——从擦鞋匠到贵族——都拥有相同的礼节，能够将各个阶层融为一体。其他国家由于怀疑仇视而分离的事物，在这里能够自由融合。在大街上能够看到各个种族——黑人穿着红色外套，白人穿着工作服，印第安人有着沉重的眼神与黑直的头发，而来自各个国家与种族的混血儿更是为这里添加了千百种色彩！这里并非纽约或者其他城市，不同的人种并非分布在不同的城区——这里是黑人，那里是白人，这边是混血儿，那边是意大利人、爱尔兰人、日本人。在里约，所有人住在一起。各种脸庞出现在街道上，组成了一幅不断变幻的图画。这是一门怎样的艺术，竟能弱化矛盾而又不摧毁它们，竟能保持多样性而又不施以强力！

但愿里约能将这门艺术保留下来！但愿它永远不会屈服于笔直的大道与清晰的路口，不会受制于现代化教条的规律，不会为了单调对称便牺牲了最无与伦比的特色：那些惊喜，那些梦幻，那些棱角，还有最重要的，那些矛盾——它们存在于新生与古老、城市与自然、贫穷与富庶、工作与休闲之间，也存在于这里独一无二的和谐之中！

* * *

一些可能消失的事物

在里约，有一些独一无二的事物。它们使城市变得多姿多彩、富有风情，却面临着消失的危险，尤其是城市中心的贫穷区域——"贫民窟"。它们还能存在多少年呢？巴西人不愿意提及"贫民窟"。在这个干净的城市里，卫生服务堪称表率；曾经大为肆虐的黄热病，也在几年之内彻底消除。因此，无论从社会还是卫生角度来看，"贫民窟"都是一种落后。可是它们却构成了万花筒中的独特色彩；在这些星星点点的碎片中，至少应为城市保留一块，因为它代表了文明社会人类的最初形态。

"贫民窟"拥有自己的历史。贫苦的人们依靠微薄的薪水，支付不起城内昂贵的租金。他们每天从郊外来到工作的地方，夜晚再返回住所，却要负担交通费用。因此，他们便在城里的山上建造房屋，或者更确切地说，是建造窝棚。这里没有道路，土地也没有主人。这样的窝棚不需要设计，只需将几根竹竿插入地下，在竹子的空隙里糊上泥土。将地面修理平整，再在外边铺上茅草，一个棚屋就建成了。这里不需要玻璃窗户，只需利用随意捡拾的锌板。入口至多装饰着几片箱子的木板，再挂一张旧袋子作为门帘。棚屋就像他们的祖先几百年前在非洲建造的一样。屋内家具很少，只有一张主人亲手制作的桌子，一张床与几条长凳。墙上贴着从杂志上剪下的彩色图案。居所中也没有任何现代化的设备。水源需要从山下的平原沿着土路石阶运送上来。运水的妇女儿童接连不断，他们将这种珍贵的液体放在头顶的容器中——这并非昂贵的陶罐，而是破旧的油桶。

夜晚没有电力照明，只有闪烁的小煤油灯。这里道路陡峭，由于行走着各种的动物，台阶石梯往往又滑又脏。这里有饥饿的猫与山羊，有长着疥疮的狗，还有瘦骨嶙峋的母鸡。用过的污水也顺着小路不断流下。这些场景似乎将我们带到了非洲或者波利尼西亚的村庄，但离奢侈的海滩大道却只有五分钟的路程。我们看到了最原始的生存方式。倘若在欧洲或者美国，这样的生存状态简直无法想象。但很奇怪，这种场景却并不令人厌恶苦恼，因为同我们居住舒适的无产者相比，这里的居民更加幸福。他们居住在自己的房子里，完全可以随心所欲，夜晚充满了欢声笑语，他们便是自己的主人。如果为了开辟公路或是建设社区，土地所有人强迫他们离开，他们也会平静地搬到其他地方。没人能够夺走他们的房屋。由于这些棚屋全都建在山顶，建在最隐蔽的角落，他们也能看到最美丽的风光，同豪华别墅不相上下。富庶的大自然在他们的土地上装点了棕榈树与香蕉树。里约的醉人风景不断给人以热情的安慰，痛苦与忧伤都无处藏身。我无数次地登上湿滑的台阶与泥泞的小路，去拜访那些谦卑的人们。我看到的每个人都善良亲切，每个人都乐观向上。如果没有了"贫民窟"，里约会失去无与伦比的一部分。这些原始的棚屋建在石间山上，提醒着我们有多么奢侈。我几乎无法想象，在加维亚或其他山顶，这样的窝棚会消失不见。

正如汉堡、马赛这些欧洲的大城市一样，在文明野心（或者也是道德野心）的支配下，里约的另一样特色也会很快消亡。那些难以启齿的街道便是红灯区，是爱情市场，也是里约的吉原[1]。真希望最后一刻能有一位画家将这些道路绘制出来，

---

[1] 日本江户时代公开允许的妓院集中地。

记录下夜晚红橙黄绿的朦胧灯光以及摇曳逃离的斑驳影像。它们的命运彼此束缚，构成一种神秘的东方场景，我一生中还从未见过。从一扇窗到另一扇窗，或者更确切地说，从一个门到另一个门，能看到一千或者一千五百个女人，她们全都在栅栏之后，仿佛来自异域的动物。这些女人来自不同的种族，有着不同的年龄、肤色以及出生地。在塞内加尔的黑人旁边是一些法国人，岁月在她们脸上留下深深的皱纹，甚至连脂粉也无法掩盖。这里还有娇小的巴西混血儿与肥胖的克罗地亚人。她们全都等待着挑选，任凭顾客排队从窗前走过，像检查商品一样打量她们。每个女人身后都有一盏彩灯，赋予房间以奇幻的色彩。在半明半暗中，明亮的床铺显得更加醒目，仿佛是伦勃朗的光影图。这项平凡甚至有些低贱的活动，也因此拥有了神秘的气氛。然而在市场之上，最令人惊奇便是安静与秩序——这是巴西独有的特色。在马赛与土伦，同样的街区总是十分吵闹。醉酒的宾客嬉笑叫喊，留声机也大肆喧嚣。但是里约却十分平静谦和。男人们在门前游走，并不感到羞耻，或者像闪电一样走进屋内，也十分直率坦荡。即便在这种平静隐蔽的活动之上，依然是一片群星闪耀的天空。倘若在其他城市里，人们会将这种交易视为羞耻，街区也将丑陋堕落，但是在里约，这样的角落依然美丽，依然有光影变化的辉煌色彩。

而那些敞开式的古老电车或许也会消失，会为封闭的现代化电车所取代？那将十分令人遗憾，因为它们是里约街道上独特的一笔。敞开的电车总是超载，在它的外缘上，人们就像耳坠一样吊在外面。面对这样的场景，我们永远不会觉得疲惫。到了晚上，车内的灯光照着不同肤色的脸庞，仿佛一捧匆匆而过的多彩花束。在这种电车上旅行是多么惬意啊！与封闭得像棺材一样的汽车不同,在最令人闷热窒息的日子里,只用几个硬币,便能在车里享受到最凉爽的微风,还能看到左右两侧的各式商铺,繁忙的交通以及城市的生活。只有在这种朴素的交通工具里,我们才能看到最美的里约;正是得益于这些电车与自己的双腿,我才能够领略到里约最真实的样子。我并不为这种偏好感到羞愧,因为佩德罗二世也喜欢这种古老的交通工具,甚至保留了一辆用作私人旅行。如果为了其他城市都有的东西便抛弃了电车,抛弃了这摇晃嘈杂的浪漫精神,里约便将失去最独特的东西:无忧的气质与多彩的活力。

* * *

花园、山丘、岛屿

无风的夜晚,大海一片平静。我们来到窗边,空气中夹杂着神秘的气息与树脂的清香,给人以平静餍足的感受。在里约,树木花园随处可见,我们生活在它们之间,身旁总能见到植物。树木守卫在街道两旁,密集的枝叶夹杂着果实与花朵;这里离大海越远,花园便显得越多。一些别墅几乎完全为繁盛的树木遮盖。无论我们走到哪里,视野中都满是绿色。在某些地方,植物汇聚一起形成花园,比如巴黎广场或者共和广场。在城市里面,自然会受到压抑与监管。而在蒂茹卡,自然却像海洋一样,猛烈地征服了这里。乔木、灌木与菟丝子密集地纠结在一起,仿佛树干树冠为了寻求阳光,正在争相逃离这浓密的绿色。在欧洲的森林中,我们尚可看到几米开外的风景,而在这里,树木更加浓郁密集,只要向内多走几步,就会像在潜水钟里一样，让人感到深陷其中、孤立无援。我们呼吸的空气异常紧凑，就像是巨大猛兽湿热的鼻息；从城市出发，一个小时便能到达原始森林。

因此，在所有的植物学家眼里（我并非其中一员），里约植物园的植物储量都是最丰富的，是令人魂牵梦绕的奇迹。这里拥有原始丛林的植物奇观，却没有难以捉摸的恐惧危险。这里有各种各样的树与植物，有足以震撼我们的热带风光。入口处的两排棕榈树坚固匀称，构成了一幅巧妙宏伟的图画。这是若昂六世近一个半世纪前命人设计的林荫道，如今它们像千年前希腊圣殿的立柱一样耸立。在巴西与其他国家，我见到过无数棕榈树。但是在此之前，我从未想到过一棵棕榈树能够如此雄浑壮丽，仿佛真正的王者。它们像螺杆一样笔直挺立，圆形的树干包有一层细纹的盔甲，高高的树顶耸入天际。它的左右两边是来自世界各地的番臣：从苏门答腊到马六甲，从非洲到厄瓜多尔，各种大型植物都集中在这里。我们不知道如何同它们交谈，不知道它们的名字与果实的颜色，但是我们能够感觉到，这些巨人都来自古老的家族，它们从天涯海角赶到这里，只是为了献上不同的形状与色彩。在低洼处的池塘里，在各色灌木的映衬中，亚马孙王莲开出巨大的花朵，而在花园的最高处，还能见到来自欧洲的各类树木，在这异国他乡的丛林里，它们就仿佛我们的朋友。这里既是一个有生命的博物馆，也是一小块最完美的大自然，而最令人艳羡的便是它依傍山峦的地理位置。我们甚至有一种幻觉，认为从大城市的公园出发，这蜿蜒的植被会将我们带到巴西的内陆地区，带到一个全新的世界，而这仅仅是惊喜的开始。我们从未感觉到在封闭的空间，仿佛是从岬角之上骤然来到了大海身旁。这是无穷无尽的大自然与它的独特风景，令我们永生难忘。

　　但是，里约的另一座公园——位于加维亚的城市公园——是否就不够壮丽了呢？事实并非如此，只是两者特点不同。城市公园能够提供美丽的风景，但却不像里约植物园那样具有科学价值。这个公园原为私人建造，后来赠送给首都政府。它坐落于山顶之上，能够俯瞰里约的各种风景：大海、山丘、峡谷以及繁盛的树木，带给我们无尽的享受。这里有柔和的山坡与美丽的花朵，其色彩的丰富程度与鹦鹉不相上下。这里有一片湖水，那边则有一个露台。在公园里，有各种造型的花园建筑，每一个都经过精心雕琢。不仅如此，里约还拥有纯净澄澈的天空。它散播着密集强烈的光线，使每一种色彩都带有蓬勃的力量，准确地描绘出森林最朦胧的剪影。除去所有的壮丽景色，还有一样东西使自然愈发完整，那便是伟大的寂静。这些公园十分巨大，我们很难同他人相遇。在里约这个大城市里，我们能够愉悦地享受独处的光阴。公园提供了完全的寂静，土地有上千对看不见的嘴唇，呼吸着温热轻柔的空气。

　　现在，我要登上更高的地方。如果在城市里看到一座山，怎么会没有攀登的欲望？怎么会不想看看纠缠在我们身边的岩石与植物？我们的欲望很容易满足，因为科尔科瓦多山高仅700米，山上的耶稣像在瓜纳巴拉湾上赐福。如果从城市中心来到山顶，甚至连郊游都算不上。倘若驾车，只需要二十分钟便能走完环山公路。在山顶，我们能够看到整个城市与旁边的海湾，看到这里的山丘以及湖泊，看到星罗棋布的岛屿与轮船，也能看到房屋与海滩。在白色、蓝色与绿色的线条中，我们终于能够辨识出里约壮丽的轮廓。风从我们身边划过，靠在巨大的耶稣像旁，能够一眼看到城市的全景。这绝对是美景之中的美景，但却如里约的其他景色一样，无法用相机拍摄下来。因为一切都过于延展，风景充斥在各个地方。从东向西，从北到南，我看到无边无际的大海，也看到峰峦起伏的风琴山；这里有平原、有沙滩、有海湾、有城市。只有在如此的高度上，才能理解那独一无二的风景组合。

而科尔科瓦多山只是里约众多山峰中的一个，之所以能吸引众多游客，是因为在铁路与公路的帮助下，到达这里更加便捷。除此之外，这里还有美景山、蒂茹卡峰、"帝王高台"、"中国风景"、圣特雷莎山以及许多不知名的山丘。在这些山上，有多少条道路，又有多少种风情！如果从科尔科瓦多山上望去，它们仿佛都连在一起；可倘若换一个角度，又会看到它们相互分离。里约的风景就像一部电影，由许许多多的图案组成，我们永远也无法将它看尽。正因为如此，它的美丽才能成为真正的永恒。

在山上，我看到海湾中无数的岛屿。一些岛屿呈灰褐色，上面布满了岩石；另一些则长满植被，呈现一片翠绿。所有岛屿都好似巨人的耳环，散落在蓝色的天鹅绒上。我难道不该拜访它们吗？我必须去拜访它们，至少去拜访一部分。我乘上一只宽敞的游船，首先来到港口附近的岛屿。它们大都物尽其用，有的开办了航海学校，有些用来储存石油。一个小时之后，我们才靠近那些有趣的岛屿。一些岛屿只有贫瘠的礁石，上面休憩着成群的飞鸟；有些则有古旧的房子与棕榈树。我们最终到达了帕戈达岛，童年的记忆便突然袭来。那些记忆来自书中的游记，来自瓜纳哈尼的哥伦布，来自塔希提岛的库克船长，也来自孤岛上的鲁滨孙·克鲁索。因为帕戈达岛也是这样一个岛屿，植物丰盛繁茂，仿佛真正的天堂。这里不像夏威夷与檀香山,为了金钱便出卖纯洁。这里没有汽车,也没有现代化的浴场,但却能够在古老的马车里周游海滩,能够偶尔看到一间小房子、一栋别墅或是花园。这里壮丽的热带风景还保持着原初的样子。然而——这是多么惊人的对比,里约充满了对比的艺术——就在帕戈达岛对面,只隔一段狭窄的海面,就是私人所有的布罗考伊奥岛。这里原先只是一个无人居住的小岛,它的所有者却将这里变成了幸福的天堂。在岛屿的中央是一栋美丽的别墅,四面都有露台,屋内有现代的舒适家居,有书籍、风琴以及迷人的宾客住所。帕戈达岛是完全的自然风光,而布罗考伊奥岛却是完全的人文风情。在精心打理的花园里,四周围绕着石墙,地面也铺着石子。小狗在里面玩耍,还能看到孔雀与稀有动物。花园旁边有一条路,能够通向电梯。只要半个小时,我们便能游览完这个王国。这是多么幸福的孤独,在这个岛屿上,在繁茂的棕榈林里,头顶是一片湛蓝的天空,身旁映衬着湛蓝的海水!而这种孤独仅仅取决于我们的需要。只要随手招揽一艘游船,就能在半小时内返回城市,返回到繁华喧嚣的中心。当岛屿的轮廓随着棕榈树一同消失在波涛中,我便开始询问自己是否真的见过这些场景,还是一切只是我的梦幻。我又一次(在这城市中已不知有多少次)贪饮了这幸福愉悦的玉露琼浆!

* * *

里约之夏

快到十一月了,里约所谓的旅游旺季已经过去。每个朋友都在问我同样的问题：夏天准备到那里度假？十二月、一月、二月、三月是欧洲的冬天，按照习俗，巴西人通常会在山里度过。最初是佩德罗二世将这个习俗带到了里约，他夏天时便将行宫搬到佩德罗波利斯。王室成员追随着他，而上层社会则追随着王室成员。所有的大使馆、公使馆以及部委都在那里办公。如今，得益于汽车的发明，这个凉爽的花园城市成为里约的郊区。夏季学校放假的时候，人们会举家搬到佩德罗波利斯的别墅居住，而上层社会的商人政客，则会在晚上来到此地，早晨再返回原处。这已经不是旅行，而是一次郊游。首先，驱车二三十分钟，穿过繁华的商业区（这里曾是散播疟疾的沼泽地，政府已经改造成功）。然后沿着一条宽阔的水泥马路，绕几个半径不大的圆圈，轻松翻越一道山脉。像蛇一样蜿蜒上升，很快就能看到平原与海湾；继续向前行驶几公里，会感到空气越来越新鲜。再过一个半小时，转一个弯，便到达了目的地。在一片令人愉悦的房子前面，流淌着一条小河。在两条公路中间便是度假的小城，外表看起来有一些古老。这里的桥是红色的，别墅也比较陈旧。不知道为什么，我感觉这是一个德国的外乡小镇。而且我猜对了。在几十年前，佩德罗二世曾向这里派遣德国移民。他们按照德国风格建造住宅，并给它们取了德语名字；花园也像故乡一样，种植着美丽的天竺葵。即便皇帝的宫殿也会让我们想起德国的小王国，仿佛是魔法将它搬到了巴西山上。这里的一切都十分优雅，直到最近几年，城市才因为新建的别墅而显得略为矫饰。在这座小城之中，人口房屋似乎都压缩了一些。那些为笨重的马车建造的公路，如今却穿梭着无数的汽车，里约的嘈杂也慢慢延伸到了佩德罗波利斯。即便如此，这个小城魅力依旧，因为有着迷人的自然风光。这里的山峰并非垂直向上，而是波澜起伏。在这个花园城市的各个地方，都有繁盛的鲜花与怡人的香味。白天气温上升很快，夜晚却不同于里约，反而非常清新凉爽。佩德罗波利斯的空气并不像山区那样令人振奋，但却十分新鲜自然，带着鲜花与园林的淡淡清香。

若想到达真正的山区，必须继续向上，来到特雷索波利斯。这里的海拔比佩德罗波利斯高约一百五十米，两者的区别就仿佛奥地利与瑞士一样。特雷索波利斯的景色更加质朴严肃；这里的森林更加深邃，山峦也愈发陡峭。风琴山就像一个制高点，如果站在上面突然向下望去，就能俯视整个地区，甚至感到有些眩晕。这里的别墅并不像佩德罗波利斯那样连在一起，而是像散落在丛林里的农庄一样，彼此相距十分遥远。在特雷索波利斯与源于瑞士的弗里堡，我第一次在巴西见到了阿尔卑斯的风光。而有趣的是，在这两个地方度假的大部分是欧洲人，而巴西人则习惯聚集在佩德罗波利斯。

朋友们总是问我，在这三个地方里，我会选哪一个度过夏天。我选择里约。我想在这里度过夏天，因为如果想要了解一个城市、一个国家，就必须了解它最极端的样子。如果没有见到雪花，就无法认识俄国；如果没有目睹雾霾，就未曾了解伦敦。对于这个选择，我并不后悔。里约的夏天的确很热。也许在最热的日子里，柏油路上烤鸡蛋的说法也毫不夸张。但是在我眼里，纽约的夏天更不舒服：那里空气湿热，房间就像闷罐一样。里约的夏天之所以可怕，主要原因是时间太长，竟然有三四个月之久。白天的炎热很纯净，因此并不难熬。天空艳阳高照，万里无云，阳光辐射到海湾之上，令所有的颜色都沸腾起来。如果没有见过里约映射着日光的白色房屋，没有见过孔雀石般碧绿的棕榈树，没有见到过夏天碧蓝的海水，便无法知道什么是强烈极致的纯粹色泽。但是酷热也有自然的缓解。虽然守时并不是巴西的特长，但是每过几个小时，都会准时吹来一阵清新的海风。如果不需要回到海风无法到达的市中心，留在海边会非常惬意。夜晚更加难以忍受。微风停止了，潮湿的空气似乎达到饱和，紧贴在我们的皮肤上，每一处毛孔都打开了。但是总体而言，痛苦的日子并不长，一声惊雷便能使它马上结束。这些雷电如此剧烈，使我真正相信了约瑟夫·康拉德关于风暴的描绘。这时落下的已不是雨水，而是一泻而下的整个天空。欧洲的闪电仅在天上显出蓝色的血管，这里的闪电却是真正的炸弹；紧随其后的雷声，连房屋都要为之震颤。只要一刻钟的降雨，路上的积水就有一米深：它将交通完全阻断，没有人敢走出家门。而只要再过十五分钟，天空便再次展现出无邪的蓝色，仿佛对于刚才暴躁的狂怒一无所知。世界渐渐明亮起来，我们呼吸着过滤后的空气，感到惊喜与释然，仿佛刚刚经历了一场爆炸，凭借着奇迹才侥幸逃生。在接下来的几天中，太阳放射出耀眼的光芒，天空依旧没有一丝云朵——这便是里约的夏天。

总而言之，气候并非无法忍受。有两百万人生活在这里，他们不仅毫无怨言，而且十分满意。他们只是适应了这里。每个人都使用亚麻衣物，整个城市都穿白色服装。从十一月开始，里约便成为海滨浴场；在沙滩附近的街道上，人们都穿着泳装，每天要到海里一到两次。清晨五点钟，在早饭与工作之前，第一批人已经前往海滩。这种情况一直持续到晚上。在科巴卡巴纳海滩上，有时竟多达十万人。

如果认为这里太过炎热，里约人便失去了活力，那就大错特错了。事实恰恰相反，仿佛这些热量都蓄积在他们体内，在一年一度的狂欢节中集中爆发。众所周知，里约的狂欢节无与伦比，在这个充满悲伤的世界中，体现了独特的欢愉与旺盛的热情。在几个月的时间内，他们节衣缩食积极排练，每年都创作出新的歌曲。由于里约狂欢节是大众的盛宴，是欢乐的爆发，是全体民众的轰动表演，在节日之前便能听到新排的歌曲，以便每个人都能共同传唱。在赌场、饭店与黑人的茅屋中，在收音机与留声机里，随处都能听到歌声。为了大众共同的欢愉，到处都在加紧练习。终于到了狂欢的日子，商店全部停业三天，整个城市都像被蜘蛛蜇到一般。人们全部涌上大街，一直玩到深夜。大家唱歌跳舞，吹奏各种乐器，发出各种声响。阶级的界限消失了，陌生人手挽着手，无论同谁都能交谈。互惠的激情渐渐高涨，喧嚣已经近乎疯狂。疲惫的小丑躺在路上——他连一口酒都没有喝，只是唱歌跳舞便耗尽了精力。而最令人惊奇也最具有巴西特色的便是，沉醉于如此激情的巴西人，即便是巴西最底层的民众，也依然保留着人道主义精神，不会做出任何残忍的事情。即便可以自由使用面具，狂热的队伍里也没有人借机犯罪。在这三天里，人们尽情地跳跃叫喊，尽情地享受纵酒狂欢的自由，尽情地冲破世俗陈规的界限。狂欢节就像热带夏季的惊雷。在那之后，人们又变得谦恭有礼，城市也回到原先的轨道。夏天得到了庆祝，炙热也远离了人群。里约依旧是里约：优雅从容地映射着美丽。

* * *

告别

  凡是来到巴西的人都不愿意离开这里;无论身处何方,都希望能回到它的怀抱。美丽十分罕见,而完美的美丽几乎只是一个梦。在这最黑暗的时刻,骄傲的里约将梦变成了现实。它是地球上最迷人的城市。

圣保罗

介绍里约热内卢时，我是一名画家，而描述圣保罗时，我必须成为统计学家或者经济学家。我需要搜集数据进行比对，绘制图表，用清晰的语言解释增长，因为使圣保罗充满魅力的并非它的过去与现在，而是它的发展与改革速度。圣保罗并非一幅静止的图画，它的边框在不断拓展，内容也在飞速变迁。它就像一卷胶片，展开的速度越来越快。圣保罗是巴西最富雄心与活力的城市，论及发展的热烈程度，巴西没有一个地方能与它相比，世界也鲜有城市能与它抗衡。

为了大致了解这里的发展情况，我们先来看一组数据。十六世纪中叶，耶稣会士在学院周围建立了几间棚屋。到了十七世纪与十八世纪，这里只是铁特河边一个微不足道的小城，只是流浪者们的临时营地而非永久居所；圣保罗人从这里出发，走上了臭名昭著的捕猎之路，然而对印第安人的围捕却并没有使他们发达，也没有令这座城市繁荣。1872年，圣保罗城只有26,000人，在巴西城市中名列第十，不仅远远低于当时的里约热内卢（275,000人）与巴伊亚（129,000人），甚至连名不见经传的尼泰罗伊（42,000人）与库亚巴[1]（36,000人）也比不上。直到咖啡帝国崛起，劳动大军才首次开赴圣保罗。然而增长一旦开始，便令人叹为观止。1890年，圣保罗只有

---

[1] 库亚巴：马托格罗索首府。

69,000人，而仅仅十年之后，便达到了239,000人。到了1920年，圣保罗人口达到579,000；而在1934年左右，人口便超过了一百万；在今天，圣保罗已经超过一百五十万人，其增长速度却依旧没有放缓。1910年，这里共建造4,200间房屋，而1938年则超过了8,000间。这个数据并不能反映整体的发展速度，因为在新建房屋中，很多都是摩天大楼。与昔日单层的狭小房屋相比，一栋摩天大楼能发挥十倍的作用。租金能够更好地反映增长指数，其数值从1910年的43,173康托增长到800,000康托，增幅接近二十倍。在如今的圣保罗，每小时至少建造四间房屋。自从工业结束了咖啡的垄断，这里已经发展起4,500间工厂，几乎统治了全国的商业活动。

到底是什么促成了这里的飞速增长，并在今天依旧为它服务？就本质而言，是地理与气候条件。与诺布莱加四百年前选择这里的原因一样，在整个巴西，圣保罗的各种条件最适合经济发展。在圣保罗城旁边就是南美最优良的港口桑托斯港；高原使各个地区间的交通往来更为便利；境内的两条大河——巴拉那河与拉普拉塔河——也能够轻易到达；这里的"红土地"十分肥沃，适宜耕种各种作物；当地水资源丰富，价格低廉。在一个不断呈指数增长的国家中，这些因素已经足以解释圣保罗的发展。然而从古到今，气候才是真正的决定性因素。尽管这里的阳光同样十分炽烈。但是在这八百米的高原上，它对人类活动的削弱作用却比不上热带地区与沿海城市。早在十七世纪，圣保罗人同其他巴西人相比，便显得更有活力也更加主动。他们是民族力量的真正代表，"永远只喜欢新鲜事物"。他们大胆开拓、渴望进步，发现并征服了许多地方。到了十八世纪，圣保罗人又促进了工商业发展。而发展的真正动力却来自十九世纪末的移民。出于本能，移民总是寻求同故国环境相似的地方；其中人数最多的意大利人，更是在圣保罗找到了意大利中北部的气候与欧洲南部的阳光。他们无须适应这里便为巴西释放出全部力量。与国内居民相比，移民更加渴望进步；他们没有可以继承的财产，必须努力工作才能生存。这提高了他们的速度与力量。而这种活力与开拓精神，又进一步刺激了国内居民。在圣保罗，成就自己的正是那些最愿意工作也最有追求的人。这里的工人层次更高，他们受到过良好的训练，也拥有更高的效率。在创业精神之后追随着大量资本；就这样年复一年，齿轮带动着齿轮，进步的机器便飞速运转。在如今的巴西，五分之四的工业化产品都源自圣保罗。这个巴西最大的州府，正维持着国民经济的平衡。从某种程度上说，它就是巴西肌肉的中心，是巴西力量的源泉。

对于一个机体而言，肌肉无疑是最不可或缺的因素，但却并不美观。对于那些期待获得美感享受的人们，我必须加以提醒：圣保罗是一个面向未来的城市，它发展得如此之快，以致忽略了现在，更忽略了过去。如休斯敦或美国其他石油城市一样，圣保罗的历史遗迹很少。城市建造者所创办的学院本应保存下来留作纪念，却也早已拆毁建起了新的建筑。十七世纪、十八世纪的房屋没有一栋存留下来。如果想看十九世纪的住宅，也最好抓紧时间，因为这里正以惊人的速度扫平昔日的一切。有时，游客会觉得这里并非一座城市，而是一个建筑工地。城市正向四周扩展；东西南北，各个方向都在建设。而在市中心的商业区域，道路正一条条地改造。一个五年前到过圣保罗的人，如果故地重游，一定会感到迷惑，仿佛第一次来到这座城市。每个地方都显得过于狭窄矮小，道路必须扩宽，高楼必须修起,高架桥也必须建立。在各个角落,一切都在改造,这种改造不仅急切,而且自私。就这样,圣保罗一直保持着发展的形象,仿佛仍是殖民或移民城市。欧洲城市的发展缓慢有序,移民城市却迅疾杂乱。一个移民挣到一点钱,没有可以租用的房子,便随便建造一个。这里的土地很便宜,人工也不贵,到处都有毫无装饰的棚屋。这些房屋都配有一间商铺,一层有两到三个房间。如果业主是意大利人,就会将墙面刷成各种色彩:黄色、红色或者蓝色。房屋一间挨着一间,形成了一条又一条道路。城市也慢慢发展起来。没有一个移民确定永远住在这里,他们也许会搬到另一座城市,或者带着积蓄返回故乡,也可能在致富之后建造一间更漂亮的房屋,建造一栋巴洛克或者东方风格的豪华别墅——这是三十年前高贵的体现。在这些流浪的移民眼中,根本没有稳定的概念。他们并未完全融入市民生活,因而在建筑层面,房屋只是随便挨在一起。有些东西混乱无序,有些东西轻易建立又随意拆毁。在这里,一栋二十年的建筑已经十分古老,相当于欧洲二百年的建筑。人们飞快地拆除了它们,就好像当初修建时那样。

由于圣保罗工商业及财富迅速增长,人们才发现这里早已成为一座大城市,于是有义务维护自己的形象。突然之间,圣保罗的一切都显得过于拥挤:无论是道路、广场、教堂、公共建筑还是医院与银行大楼。它下定决心,开始规划城市并建立中心。倘若现在到达圣保罗,就能经历最有趣的现象。我们能够看到,为了将"临时"改造为"永久",这座城市投入了多少力量。每个地方都在施工,人们建起了高架桥,修建起花园,在城市中心开辟道路,建立起公共建筑,所有的一切都依照计划进行。而据我所知,由于这里令人眩目的发展速度,在实施过程中，计划已经落在了现实之后。在市中心，为了缓解空间压力，摩天大楼拔地而起，一栋比一栋更为高耸。与此同时，住宅区的面积也在与日俱增，甚至已经绵延到山上。即使在人种层面，城市的面貌也全然不同。曾经，不同国籍的移民分别居住在意大利区（圣保罗是世界上拥有意大利人最多的城市）、亚美尼亚区、叙利亚区、日本区、德国区等；如今，所有人都相互融合——仅仅从外表来看，中心城区的建筑稍微具有美国特色，而城郊则有着欧式的别墅与花园；但在若干年之后，他们都会拥有新的美感。现在，如果站在摩天大楼俯望高低起伏的城市，就能看到许多美景。但是在这个不断发展的城市中，最主要的并非业已完成的景致，而是正在建设的风景。这座城市正在进行全面改革，以全新的形象面向世界；其改造程度比美国更胜一等。而在南美洲，同样的现象只有蒙得维的亚才有。如果我们固守对"美"的既定看法，只能说圣保罗的美不在现在，而在未来。这种美丽不像力量与活力那般显而易见，但是我们能够感觉到，这种属于明天的美丽已经迫不及待地显露出来。

  劳动成为这座城市的标签。圣保罗并非一座享乐的城市，本身也并不奢华。这里的风景娱乐都很少。在路上，我们只能看到匆匆而过的人群。如果既没有工作也没有生意，那么只要在圣保罗待上一天，便不知道如何打发余下的光阴。这里的时间仿佛是里约的两倍长，因为其中的每一分钟都要用工作填满。这里拥有一切现代化的崭新事物，比如优秀的手工工业或豪华的奢侈品商店。但人们会问自己：谁会将时间用于奢侈享乐，而不用来赚取利润？我不禁想到利物浦与曼彻斯特，想到那些劳动密集的城市。事实上，圣保罗之于里约就好像米兰之于罗马，巴塞罗那之于马德里。米兰与巴塞罗那并非首都，也不是政治与文化中心，但是在活力方面却超过了罗马与马德里。得益于这里相对凉爽的气候条件，欧洲移民的活力才得以保存。如今，圣保罗一个州就比巴西其他地方的总产值还高。

圣保罗比巴西其他城市发展更快，也更加现代化。它有着密集的组织模式，同欧洲美国的城市也更为接近。这里没有里约优雅的景致，也没有诱人欣赏的慵懒氛围。在里约的沙滩上，在瓜那巴拉海湾，都有一种和谐的音韵；而在圣保罗，这种音韵则为密集的节奏所取代，仿佛奔跑者的心跳声，它不断加快步伐，沉浸于自己的速度之中。力量弥补了圣保罗缺失的美丽；而在热带区域，力量比美丽更加珍贵。更为重要的是，圣保罗明白，它必须找到自己的形态。对于里约热内卢，圣保罗人有着强烈的竞争意识。无论在经济还是艺术方面，他们都不愿落后于人。我们可以期待，若干年后，它将为我们带来各种惊喜。

如今的圣保罗并没有太多值得一看的地方，而它所拥有的三个景点，尽管恢宏壮丽，但却都有些异样的味道。这里有一座伊皮兰加博物馆，里面的展览经过精心设计，陈列着巴西的各种动物与文明类型。但当我走过一间间展厅，感受到的却是渴望而非满足。因为我希望在大自然里看到这些五颜六色的鹦鹉与不可胜数的蜂鸟，希望看到它们自由自在地飞翔而不是做成标本。要知道，从博物馆出发，只要几个小时，就能到达一片丛林。当我站在橱窗前时，梦想的却是那迷人的区域。一切具有异域风情的事物在变成展品之后，就失去所有神秘色彩，仿佛教科书一般枯燥无味。因此我感觉（这与我的理智相抵触，因为理智懂得这些展品的价值，也知道这样的博物馆值得敬佩）在如此繁盛的自然环境中，却将自然禁锢起来，实在有些荒谬。如果有一只有趣的小猴子，自由地从一棵树跳到另一棵树，我一定会倍感兴奋，认为这是自然的恩泽。但是固定在墙上的一百个猴子标本，却只能激起对科学的好奇。连动物园也无法重现最真实的自然，更何况是这些博物馆。即使圣保罗最精心设计的博物馆也无济于事。

　　囚禁起来的一切都令人伤感。所以，当我参观另一个景点圣保罗监狱时，心里一直感到十分压抑。这是圣保罗的著名场所，也是它的负责人、这座城市乃至整个州府的骄傲。刑罚问题在道德层面上从未完全解决，却能在这里得到最人道的考量。这个没有死刑的国家正致力于按照最现代化的准则，以最合理的方式对待罪犯。像其他国家一样，圣保罗监狱的人道主义待遇并未视为过时而废除。在这里，人道主义精神得到进一步发展。他们认为应为每个罪犯找到最适宜的工作，而整个监狱应当成为一个自治团体，由监狱中的成员共同负责。这座监狱宽敞洁净，完全符合卫生标准。我们看到，这里的一切几乎都由囚犯完成。他们制作面包，配制药品，在医院与诊疗室服务，种植蔬菜，清洗衣物。在这里，几乎从不求助于外人。负责人支持一切艺术活动，监狱拥有一个合唱团，许多囚犯都学会了绘画设计。巴西的偏远地区仍然有许多文盲，监狱却给每一个人提供学习机会，那些本应在学校学习的知识，在这里都可以学到。我们无法想象还有比这更模范的监狱。欧洲一贯认为自己拥有最完美的机构，但是单凭这里就能更正欧洲的自以为是。尽管这个监狱如此完美，当最后一扇铁门在我身后关闭的时候，我还是深深地舒了口气。我重又呼吸到自由的空气，重又见到了享受自由的人。

离开布坦坦毒蛇养殖研究所时，我也感到同样轻松，尽管我在这里看到了壮观的景象，也学到了许多重要的知识。人类最喜欢的莫过于看到危险而又不被危险伤害：比如从蛇洞里拿出毒蛇，又比如抓住毒蛇，把毒汁取出来。对于这些吸引公众眼球的东西，我并不感兴趣。早在印度的时候，我就看过类似的表演。不仅如此，看到人们奴役动物取乐，总让我觉得毛骨悚然。布坦坦研究所已经成立很久，其最初目的是研究毒蛇并制作血清。近年来，它已经发展成一个大型研究院，聚集起最顶尖的专家与最先进的设备。在一个小时的时间里，他们向我解释了移植与化学分析的各种趋势，比我在书本中一年学到的还要多。对于我们这些门外汉来说，能够调动我们视觉感官的客观演示是讲解抽象问题的最佳方法。而最让我兴奋入迷的也正是那些可观可感的现象。在布坦坦，令我印象最深的是一个中等大小的瓶子，里面装着苍白的晶体颗粒，它们由八千条蛇的毒液压缩而成，是世界上最危险的毒药。这些颗粒刚刚能够为肉眼看见。可就是这小小的一粒，只要它消失在人的指甲盖下面，便能在一秒钟之内，轻易地杀死一个人。这个瓶子珍贵而又可怕，其中暗藏的破坏力，比一千颗手榴弹还大。这是比《一千零一夜》更难以置信的奇迹。在这冰凉脆弱的瓶子之前，我从来没有见过或触碰过如此浓缩的死亡形式。只用一秒钟便摧毁一个人，毁掉他的所有经历与思想，这简直不可思议；心脏与全部肌肉骤然停止，只是因为这种比盐还小的颗粒进入了机体，这种可能性——只有一条命的生物根本无法理解——既令人敬畏，也让人感动。在我眼里，这间实验室的所有仪器都忽然变成了震撼自然的力量，它们轻而易举地除去了自然中最危险的东西，只是为了更好地替自然服务。我满怀敬意地看着这些房屋，它们独自休憩于山峰之上，四周环绕着植被与丛林；它们为自然所包围，却又支配着自然，这都得益于人类不懈的精神追求。

* * *

参观咖啡

在这个好客的国家，无论何时拜访朋友，都会给我们端来咖啡。就是那种装在小杯子里的普通咖啡，但却十分醇香浓郁。这是巴西最友好的习俗。这里喝咖啡的方式与欧洲不同——或者更确切地说，在这里人们并不喝咖啡，而是像喝利口酒一样将滚烫的咖啡一饮而尽，咖啡非常之烫，用这儿的话来说就是：如果不小心滴到了狗身上，它一定会狂叫着跑开。很难统计巴西人一天要喝多少咖啡——我想大概十到二十杯——也很难确定巴西哪个城市的咖啡更加美味。每个地方都渴望拥有这种荣耀，认为自己拥有最好的原料与完美的烹制方法。对于各地的咖啡我都一视同仁，怀有相同的热情。在里约热内卢的咖啡馆，我品尝过200雷斯一杯的咖啡；在咖啡城市桑托斯的农场里，我也享受过相同的美味；而在圣保罗的咖啡研究所里，咖啡烹制更是上升到科学的高度。我在那里上过一课，得到一袋咖啡豆和一个方便的咖啡机，以便之后继续练习。到处都有这种魔幻的香味，它强烈地刺激着神经，仿佛一团黑色的火焰，使我们的感官更加敏锐，思想也更加清晰。

在这里，这种黑色权贵被唤作"咖啡国王"，因为在经济层面上，它依旧支配着这个大国；桑托斯港也或多或少地影响着全球市场与股价。人类消费的两千四百万袋咖啡中,有一千六百万袋产自巴西。换句话说,这种棕色的颗粒才是巴西真正的货币。依靠咖啡收入,巴西购买了它所欠缺的少数原料:小麦、机器、科研器械以及最重要的石油。因此,咖啡在世界市场的价格便是巴西经济的温度计:如果价格上升,整个国家都会繁荣;如果价格下跌,政府便会将多余的咖啡烧毁或者投入海中。在最近一个世纪,咖啡就是这里的黄金与财富,是利润也是危险。从某种意义上讲,咖啡价格决定着整个国家的贸易平衡,在某些年份里,并非巴西货币决定着咖啡价格,而是咖啡在全球市场的价格决定着巴西货币的价值。

同如今的许多富人一样,金融界的"咖啡国王"也是巴西移民。它的真正祖国是埃塞俄比亚。据说,羊群在咀嚼某种灌木之后,跳得比以前更加活跃。牧羊人十分惊讶,便亲自尝试了这种果实,确认它对人体无害,却能神奇地消除疲劳。他们因此将这种珍贵的果实命名为"kaham"(源于"kaheja",意思是"阻止睡眠")。阿拉伯人将这种焕发活力的灵丹妙药带到了土耳其;在维也纳围城期间,成袋的咖啡又落在了奥地利人手里;不久之后,维也纳便有了第一间咖啡馆,这种黑色饮料也成了全欧洲的时尚——昙花一现的时尚,就像塞维尼夫人误以为的那样,她曾生气地说拉辛"会像咖啡一样烟消云散"[1]。但是咖啡最终流传下来——拉辛也是——并且移民到法属几内亚。在那里,咖啡树与种子被视为商业秘密,得到严密保管。就像在一千年前的中国,原丝与蚕茧也不能让外国人看到,如果有谁胆敢携带出境,将会处以极刑,直到两个传教士将蚕茧

---

1 原文为法语:"Cela passera comme le café."

藏在空心手杖里带回欧洲。卡宴总督遵循宗主国的严格命令，不允许任何外国人靠近咖啡种植园。但是巴西很幸运，因为这名总督有一位妻子。1727年，她一时心软，给了葡萄牙上尉弗朗西斯科·德·梅鲁·帕列塔几株咖啡树。棕色的移民就这样进入巴西，并像所有移民一样迅速适应。咖啡最早种植于北部，在马兰尼昂与亚马孙地区，同它的哥哥蔗糖一起——没有蔗糖，咖啡便无法带来完整的愉悦。渐渐到了1770年，咖啡便移植到南方，移植到里约热内卢。就在今天高楼林立的地方，在蒂茹卡的山丘周围，咖啡侵占了许多土地，有数千名奴隶为它服务。但是里约的气候仍不能完全满足咖啡的需要，它又蔓延到整个圣保罗州，在千年的迁徙之后，终于发展起自己的世界帝国。有着东方血统的咖啡越来越像暴君，而它所在的圣保罗王朝，更是完全主宰了巴西经济。它为自己建立起最豪华的仓库，命令全球各地的船只前来朝拜，它操纵着货币价值，给国家带来可怕的投机活动与经济危机，甚至将自己上亿的子孙投进海里，只因为世界不愿交纳足够的贡品。

我必须向这位国王致敬，必须亲自拜访它。它无数次地促进了我的工作，提高了朋友间的欢乐。如今若想参观这位国王的府邸，必须更加深入这个国家。葡萄牙人刚从非洲带来咖啡时，就种植在巴西海岸附近。关于这段移民历史，恩里希·爱德华·雅various布的书中有着出色的描绘。几个世纪以来，桑托斯附近的山谷以及里约的大型农庄都在种植咖啡；成袋的咖啡豆放在奴隶的后背上，直接从农田运上货船。然而，几十年以后，这些土地生产了无数果实，渐渐变得疲惫不堪。咖啡豆越来越小，其香味与功效也不如从前。一株咖啡树的寿命是八十年，正好同人类一样。咖啡农庄不断向内陆迁移：从帕拉伊巴的山谷移植到圣保罗，这片红土地的肥力是里约的四倍；又从圣保罗迁移到坎皮纳斯；越来越深入内陆。巴西从不缺少未加利用的土地。于是我们来到了咖啡产区，来到它现在的家园！我们乘坐了十二小时的夜班火车，从里约热内卢来到圣保罗；又坐了三个小时的火车才来到坎皮纳斯，来到了耶稣会士的古老领地；再乘坐一小段汽车，我们才终于来到了农场，来到了咖啡王国的中心。

  Fazenda 或 Hacienda[1]，我为何对这些单词如此熟悉？为什么对我来说，它竟有着如此神秘的浪漫色彩？啊！我想起来了，没有什么能比儿时的阅读更令我们印象深刻。在格斯塔克[2]与西尔斯菲尔德的小说中，我曾凭借想象力看到巴西与阿根廷的农庄，看到热带丛林深处或草原上农夫的房屋，看到这些充满危机与冒险的异邦风情。我曾多么期待这种冒险！如今我就站在这里，并非骑着一匹飞奔的快马，而是乘坐汽车而来，穿过一条布满植被的道路，便来到了院落中央。然而，农场房屋却同小说中的一模一样。庄园的房屋很矮，只有一层，处在广阔的农场中央，四周都有宽敞的露台。在这栋房子旁边，沿着一个方形广场，排列着工人的房间。根据我对阅读的记忆，五十多年前，这些房子里还居住着奴隶，到了夜晚，他们会坐在广场边上，哼唱怀乡的歌曲。倘若白发苍苍的黑人到这里漫步，或许还能回忆起当年的时光。但是一进入客房，我便立即回到了现代。诚然，这里的屋顶上还装饰着古老的木质隔板，屋子里还有蓝花楹木的漂亮家具，殖民时代的神坛与

---

1 Fazenda 与 Hacienda 分别为葡萄牙语与西班牙语，均为"农场、农庄"之意。
2 弗瑞德里希·格斯塔克（1816—1872），德国旅行家、小说家。

成套的餐具也怜悯地保存下来。然而这些房子早已不在荒野之间，无须历尽重重艰险便能到达，它们已经成为现代化农场的一部分，配有舒适的家具，配有游泳池、游乐场、收音机、留声机与书籍——而这是我儿时没有梦见的——我的许多作品也在其中。在如今的农场里，友好与愉悦已经代替了往日的危险；现代社会能够将热带最偏远的角落变得宜居。

在房屋四周，绵延着无数的山丘，仿佛温柔的海浪。而种植园就伸展在海浪之中。每一栋房屋都像一座岛屿，正漂浮在绿色的海洋之上。而这绿色——再见了，浪漫主义——却十分单调。不得不说，这些咖啡种植园，还有锡兰的茶叶种植园，都着实令人感到无聊。每株咖啡树的大小、高度、颜色都相同，彼此相隔同样的距离，就像一群列队的士兵。它们穿着绿叶制服而非棕色制服，整个队列毫无生气。看着这些种植规律的纵队，我很快便厌倦了。令我感到开心的是香蕉种植园，那里的灌木杂乱无序，拥有更多个性而非伤感的单调。但是咖啡树并不在意美丽，而是在意多产。这些咖啡树比人还矮，每年却能收获至少两千粒咖啡豆（这些种植园每年只收获一次）。考虑到这些农场通常拥有数十万植株，便能明白高产的秘密。

收获工作简单得难以想象。科技未能代替手工劳作，几世纪以来，咖啡豆都要靠双手采摘。也许今天的咖啡工人仍像昔日的奴隶一样，哼唱着单调的歌谣配合单调的工作。咖啡豆成堆地装上马车送往农场，在那里接受国王的礼遇。人们将它们清洗干净，放在阳光下晒干，然后用机器去壳，再将干净的咖啡豆装进袋子。

收获就这样（或者看似）结束了。这个过程一点也不浪漫，就像剥豌豆荚一样。令我感到惊讶的只有一点——在这里闻不到一点儿香味。我原以为在千万株咖啡树间能闻到咖啡的醇香，就像我们在稻田与森林里闻到的一样。然而奇怪的是，咖啡园里没有任何味道，所有醇香都暗藏在果实内部。当咖啡豆烘焙时，神秘物质才会释放出来。油质、其他成分以及浓郁的香气，此前根本无法察觉。我们可以在咖啡豆上行走却闻不到任何味道，仿佛脚下都是干燥的沙子。倘若在农场里用纱布蒙住眼睛，就无法分辨袋子里装的究竟是棉花、咖啡还是可可。对于这种珍贵的令人兴奋的果实，我曾渴望闻到香味。因此，当我看到咖啡却闻不到气味，好像成堆的水泥一样，不禁感到一丝幻灭。

我的第二个惊喜来自桑托斯，它是巴西最大的出口港。我原以为咖啡装袋就能直接出口，却在这里看到了新的工序。咖啡豆有大有小，并非所有人都喜欢同一种咖啡。在阿根廷的屠宰场，肉类也会依据不同国家的口味，按照大小肥瘦重新分类。到了桑托斯这个大火炉，所有咖啡豆必须离开袋子。大量咖啡堆在一起，由一根管子——它也许是世界上最大的咖啡饮用者——吸入内部。它们上下翻滚，通过一个个过滤器，将大小颗粒分离开来；在这个过程中，娴熟温柔的双手会将发育不全的果实剔除。这样咖啡便分为不同档次，拥有不同的名字。机器能够自动称重，会向每个袋子装入五十公斤同一档次的咖啡豆。袋子上都标明了档次与重量，在迅速装满之后，便立即放在传送带上，由另一台机器封口。直到完成这种精致的分离，咖啡才能登上等待已久的船舱并销往世界各地。

不仅如此，装载过程也十分有趣。这些袋子并不由人工搬运，也不像其他港口习惯的那样，用起重机将货物吊起放在货舱。在桑托斯，轮船舱口架有一座钢桥，上面支撑着一条传送带。咖啡就在传送带上面（它们比旅客还要舒服）由仓库直达船舱。这种安静的行进十分有趣：咖啡一袋接着一袋，由仓库上升又降到船舱，就好像小路上的一只只绵羊。这时我才明白船腹的空间如此之大（因为数字总是太过抽象）。桑托斯港每天排队装载咖啡的船只不计其数，可见人类每时每刻消耗巨大。

贪婪的货船终于吞食了足够的咖啡。汽笛声起，传送带也随之停止，由于惯性，仍有一两袋咖啡落入船舱。轮船发出起航的讯号，马达开始运行，我们渐渐远离了码头。房屋依然反射着阳光，还能看到纤细的棕榈树。热带的森林离我们越来越远，没过多久，我便只能遥望到模糊的山峦，连这咖啡王国最后的问候也终于隐匿起来。消失了！一切都消失了，只有回忆留存下来。

然而，当我在家中拿起一杯咖啡，品味着世界上最美味的饮品，它的香味会令我想起曾经的一切。我会想起热带的太阳，是它在咖啡豆内注入了神秘的火焰；会想起夺目的阳光，是它赋予一切美丽的色彩；我会想起异域风景中的每一棵树与每一个海湾。当时我身在其中，它赐予我梦想的渴望；如今我早已离开，却又如此地思念它——在那里，自然的创造如此自由、丰盛、慷慨。

米纳斯吉拉斯

拜访失落的黄金城

富镇与皇镇是巴西十八世纪声名远播的富裕城镇，如今已在地图上消失。在那个时代，纽约、里约热内卢、布宜诺斯艾利斯尚且无足轻重，这里便聚集了十万居民。现在一切都烟消云散，只留下浮华的虚名。富镇被后来的民众轻蔑地称为穷镇，后又更名为黑金市，却不过是个拥有几十条石路的浪漫小城。而曾经的皇镇所在地也只剩下一个贫穷的村落，终日躲藏在米纳斯吉拉斯新州府——现代化的贝洛·奥里藏特——的阴影之下。这两个城市的伟大光芒曾持续了一个世纪。

这种来自黄金财富的光芒转瞬即逝，却曾惊动了整个世界。它是维利亚斯河与山谷的后代，是由冒险者发动的一次无法复制的冒险。十八世纪末，这片荒芜之地迎来了第一批探索者。勇敢的人们从圣保罗出发，走遍各处探寻奴隶与矿石；他们在深山中一走就是几个星期，见不到任何村落或是人迹。但是他们并不放弃，因为在大地的缝隙里闪耀着金属的光芒，而土壤里也有着暗红的亮光，仿佛充满了神秘的力量。幸运终于降临：在维利亚斯河由黑金至玛丽安娜的河段中，温柔的水流侵蚀着山峦，而在它的黄沙中却藏着大量纯金。只需将沙子放在木质容器中上下摇动，珍贵的颗粒便沉析出来。在十八世纪，没有一个地方能像这片巴西山区一样拥有如此丰富而易于开采的黄金。一个探索者将一小袋黄金带到了里约热内卢,另一个人将它带到巴伊亚,人们蜂拥来到这片不毛之地争抢黄金,其剧烈程度只有加利福尼亚的金矿才比得上。农场主抛弃了甘蔗园,士兵离开了兵营,神父离开了教堂,水手丢下了船只。乘船骑马骑驴或者步行,大量人群带着黑奴赶往那里。不久之后,便从葡萄牙到来了第一批、第二批、第三批士兵。在这片没有牲畜作物的土地上骤然聚集起这么多人,生活资源的匮乏迫在眉睫。这里兴起了一项无序的活动,因为尚没有权威部门执行法律。很遗憾,我们缺少真正的文学见证者,缺少巴西的布雷特·哈特[1],也就没有人将这混乱奇异的场景描述下来,再现那独一无二的历史。作为发现者的圣保罗人同外来入侵者展开斗争。在他们眼里,金子是他们独有的财产,是对他们无数次探索的补偿。他们的父辈兄弟曾无数次地从圣保罗出发,却都最终徒劳而返。圣保罗人失败了,和平却并未到来。哪里有黄金,哪里就有暴力。暗杀、抢劫、盗窃案件不断增多,安东尼尔在他珍贵的书中写道:"任何一个有理智的人都不会怀疑,上帝让他们发现这么多金子只是为了惩罚巴西。"

在长达十几年的时间里,这片遥远的山谷一片混乱。为了从这些目无法纪的人手上抽取税收,防止他们随意挥霍或者偷运出境,葡萄牙政府终于出面干预。他们提名阿苏玛尔伯爵为这个新州府的长官,率领步兵骑兵前往那里捍卫王室权威。他们为了保证精准的税收,立即下令禁止将黄金运出米纳斯吉拉斯。所有黄金必须先交给1719年成立的铸币厂,这样政府便

---

[1] 布雷特·哈特(1836—1902),美国作家,创作过有关加利福尼亚淘金热的小说。

能马上抽取应得的一份：全部黄金的五分之一。但是淘金者憎恶一切形式的税收。在这块不毛之地，葡萄牙国王同他们有什么关系？在菲利普·杜丝·桑托斯的领导下，两千人聚集起来，包括皇镇的所有白人及白人后代。这次起义令葡萄牙政府始料未及，他们威胁政府同意首领的一切要求，并在相关协议上签字。但是政府却暗中集结兵力，在家中袭击造反者。菲利普·杜丝·桑托斯被劈成碎块，部分地区遭到焚毁。从那以后，凭借着最严酷的手段，米纳斯吉拉斯才最终建立秩序。过了不久，在奴隶与淘金者贫穷的蚁穴中，住房便替代了破败的泥屋与匆匆而建的窝棚。就这样，真正的城市正在形成。在总督宫殿、铸币厂以及监狱（它对维持秩序功不可没）周围，石质房屋拔地而起，窄小的道路由主广场辐射开来，教堂也开始慢慢建设。与此同时，依靠数万奴隶开采出的大量财富，这座城市引入了一种不可思议甚至疯狂的奢侈，与峡谷的孤独荒芜形成了奇特的对比。十八世纪初期，仅在富镇、皇镇与阿尔布克尔克镇开采出的黄金就比包括秘鲁与墨西哥在内的美洲其他地方的总和还多。然而，在这荒凉的地方，可用黄金购买的东西却很少。因此，这些不幸的淘金者便对一切低俗的小商品趋之若鹜。商人们将它们带到遥不可及的峡谷，借此赚巨额利润。这些冒险者昨天还是乞丐，如今却穿上天鹅绒与丝袜炫耀，用金币购买镶金的手枪；而同样的手枪在巴伊亚，只需二十分之一的银币便能买到。一个漂亮的混血女人甚至比法国宫廷的花魁还贵。由于这里黄金泛滥，所有价值与标准都遭到颠覆。衣衫褴褛的赌徒一夜之间所输掉的财富足以在欧洲买到拉斐尔或鲁本斯最珍贵的画作，也足以装备一艘舰艇或者修建一座宫殿。但是这些人早已感到过于优越而不愿意拿起铁锨，他们用黄金购买更多的奴隶，再令奴隶开采更多的黄金。巴伊亚的奴隶市场已经不能满足这里的需求，已有的船只也已不够运输这些黑色的货物。就这样，城市一年年发展起来，劳作的黑色动物与日俱增，住所布满了所有山丘，奴隶主与发现者的房屋也越来越漂亮。所有的房屋都有两层——这是富有的体现——并都装满了精致的家具。艺术家受到利益驱使，都从沿海地区赶往这里，建造教堂宫殿，用雕刻装饰喷泉。如果能够按照这种态势再发展几十年，富镇一定可以成为美洲最美丽富饶也是人口最多的城市。

但是这个美妙的谎言就像磷火一样，匆匆而来又匆匆而去。维利亚斯河的黄金只是冲积砂金，五十年过去了，那些珍贵的金沙已经消失殆尽。这些黄金原本藏在岩石深处，经过千年变换才有了细小的金沙。若要直接在岩石中开采，这些淘金者既缺少工具技能，也缺乏足够的耐心。为了得到其中的黄金，他们原想开凿岩石，但是努力毫无用处，过了不久，这些流浪群体便放弃了。黑人被带回了甘蔗园；一些冒险家留在了海拔较低的肥沃山谷；一二十年之后，黄金城便废弃了。奴隶居住的泥屋倒塌了，风雨带走了覆盖在外面的茅草；城中别墅也成了废墟，在接下来的两个世纪中，再没有修建新的别墅。同最初的时代一样，前往这些遗忘的地点又变得十分困难。

米纳斯吉拉斯如今的州府建立于上世纪末，得益于现代科技的发展，到达那里并不困难。由里约热内卢乘坐飞机，只要一个半小时便能到达米纳斯吉拉斯高原。同样的路程，圣保罗的开拓者需要走两个月，而如今乘坐火车也需要十六个小时。巴西各个方面都是丰富多彩，而城市的建筑也是如此。贝洛·奥利藏特并非一座自然发展的城市，它的设计与建造都基于意志、思虑与计算之上,预见了几十年后的发展。富镇是米纳斯吉拉斯最早的州府,如今已更名为黑金市。如果将这个传统州府加以现代化改造,势必会丢掉巴西独一无二的历史见证。因此政府决定创造一个全新的州府,并据此选择了景色优美、地理位置与气候条件都最为适宜的地方。起初,人们想将它命名为米纳斯市,但由于它广阔的美景,可以在那儿看到最美的巴西,因此便赋予它贝洛·奥利藏特这个美丽的名字。然而,在为它命名之前,甚至在修建第一条道路之前,这座城市已经绘制在一份颇有预见性的计划之中。无论城市格局或是发展,没有一件事是出于偶然;每一个未来的居住区都预先设有不同的命运;每一条道路的宽度方向都已经固定;每一栋公共建筑都必须宏伟华丽,又要同城市风貌相互契合。就像华盛顿一样,贝洛·奥利藏特是城市规划的杰出成果。它并未受到过去的羁绊,而是完全着眼于未来。城市的发展圈子不断扩大,并由割线严格划分,一切发展都经过了完美的规划。公共建筑聚集在城市中心,对称的道路上装饰着狭长的植物带,一直延伸到城市外围。每一条路都以一个州府、一座城市或一位伟人命名,因此在这里散步就好像经历了一场巴西历史地理之旅。人们将贝洛·奥利藏特设计为一座模范城市,它也因出色的洁净有序而未孚众望。在其他城市中,我们总为不同的矛盾以及各个时代的风俗融合欣喜不已,但是在贝洛·奥利藏特,震撼我们的却是令人愉悦的完全同一性。这是一个绝对美丽的城市,作为一个理念的产物,贝洛·奥利藏特保有简洁的线条。经过年复一年的发展,这个理念的目标也越发明显——成为这块堪比欧洲王国的大州首府。贝洛·奥利藏特建立于1894年,当时它还是一片无人居住、无人知晓的地区,如今拥有超过150,000名居民。得益于优越的气候条件与预先的和谐计划,这里发展十分迅速。即便考虑到所有因素,也无法估量这座城市未来的发展。倘若这个富饶的大州能够系统地进行冶金探索,倘若米纳斯吉拉斯能够发展自己的工业产能,在下一代人眼中,贝洛·奥利藏特或将成为另一个里约与圣保罗。

从新州府贝洛·奥利藏特前往旧州府黑金市,就仿佛从未来回到过去,从明日回到昨天。我们刚刚离开州府铺设完好的柏油马路,眼前的道路便将我们带回了曾经。因为炎热会使路上的红泥荡起尘土,而骤雨又会将这里变成黏性的泥潭。像从前一样,如今的黄金国依然不易到达。从贝洛·奥利藏特的高原俯望这片区域,我原以为在连绵的山脉之后隐藏着一片广阔的热带平原。但是道路上上下下、千回百转,却依旧在群山之中。在某些海拔一千甚至一千四百米的地方,全景才能够展现出来;而论起这里的宏伟壮观,只有瑞士能比得上:接连不断的群山构成静止的巨大海浪,仿佛一片绿色的大洋或是无际的森林。在这些峰峦之上,强劲的空气散发着独特的香味,风的低语也成为寂静中唯一的声响。路上没有一辆汽车,几小时行程中只能看到一两间茅屋,这里没有农田、钟声与鸟鸣——在这个没有生命的荒凉世界,似乎从来没有人类到来,有的只是创世之初的原始声音。但是在这片美丽荒芜、从未开化的区域,却能够以奇异的方式激起幻想;我能够感到,在这里的土地、岩石以及河流中隐藏着一个特殊的秘密。一点神奇的亮光从岩石缝隙表面挣脱出来,这是金属或矿藏的光芒。即使我们不曾阅读学习过这一知识,也能在这光芒里明白,在这些山脉之下蕴藏着尚未开采的金属资源,其数量之大不可估量。由于含有丰富的铁矿,这些满是尘土的道路呈深红色;在短短一段旅程之后，汽车便像先知以利亚的马车一样显示出紫色的光芒，也揭示出此地的财富。卷挟着明亮黄沙的维利亚斯河也同样揭示出这一点，地下充满了隐匿的珍贵矿石，要在几十年或者几个世纪之后，人类的贪婪才能将它开采出来。然而，并没有锄头或者机器的噪声打扰这里孤独的寂静，道路或上或下不停地转弯，我也习惯了这崇高的肃穆，只期待能在下方的峡谷见到一些人。我想，无论现在或是过去，都没有任何人住在山上。

一个转弯之后，突然出现了两座白塔。它们属于一座美丽的教堂。面对这荒野中突现的艺术品，我几乎惊呆了。但是在另一座山上，我又看到了第二个洁白美丽的教堂，再往前走，又看到了第三个。这里共有十一座这样的教堂，它们曾经保护着重要的富镇，如今则守卫着沉睡的黑金市。看到教堂的第一眼，令我感到很不真实。这些崇高的教堂高高耸起，将美丽上升到苍穹之中；城镇则俯卧在它们下方，显得渺小而又踌躇，仿佛一块被抛弃的碎片。这座曾经的繁华城镇突然疲惫了，它被居民夺走了一切，已经无法从困乏中恢复过来。这里的一切都未曾改变，而里约与圣保罗凭借热带的发展活力，每时每刻都在建造新的建筑，每个地方都扩大到惊人的程度。在主广场上能够看到原先的政府大楼，曾经有十万人生活在它的权威之下。如今，只有少数几个人穿过这里，消失在布满石块的狭窄街道上；成群的驴子驮着木柴在这里疾步而行，同殖民时期毫无差别。在阴暗的小屋里，鞋匠手拿着沥青、针线以及古老的工具；同样的工具，他们的曾祖父、奴隶及奴隶的后代也曾用过。房屋显得如此疲惫，似乎只有相互依傍才不至于倒下。外墙的涂浆也十分陈旧，仿佛老人破损的脸庞。我明白，在这里街道的石块之上，就像在玛利安娜的街道上一样，曾行走着他们的祖先。入夜之后，我恍惚觉得路上就是曾经的居民，又或者是他们的幽魂。有时候，我会为教堂的报时钟声感到惊奇。既然时间已经停止，又何须敲响钟声指明时间？在这座城市里，一两百年的光阴也不比一日更长。举例来说，我路过一片烧毁的房屋，它们既没有屋檐也没有架构，唯一留存下来的是被烟熏黑的墙壁，有一部分已经倒塌。我认为在一个星期或者一个月前，这里发生了一场火灾，废墟还没有来得及清理。但却得知是在 1720 年 7 月，阿苏玛尔伯爵下令点燃了这些房屋。二百二十年过去了，这里却丝毫未变，既没有重建也没有拆毁。在黑金市、玛利安娜以及萨巴拉，一切都保持着奴隶或者黄金时代的样子。在这些废弃的黄金城上，时间带着看不见的翅膀飞驰而过，却未曾触碰它们。

然而，正是停滞赋予这些患难姐妹——黑金市、玛利安娜、萨巴拉、孔戈尼亚斯以及国王的圣若昂——以独特的韵味。在其他地方，殖民时代的文化遗迹都展示在博物馆的陈列室里；而在这里，时代的剪影却保留在不断变化的景色之中，比美洲的其他地方更加完美也更富表现力。这些古老的包含着历史宝藏的城市包括托莱多、威尼斯、萨尔茨堡与巴西的埃格莫特，它们组成了有形的历史，更组成了独特的民族文化。这是因为——尽管听起来有些奇怪——这些遥远的城市原本没有任何道路通向沿海或其他地方，聚集在这里的只有毫无教养的冒险者，他们只有对金子以及一夜暴富的渴望。因此，它们才能在短暂的繁荣时期创造出全新的艺术；这五座城市中只有一个艺术团体，他们建造了这里所有的教堂与礼拜堂，并创造了新大陆最初的不朽纪念。为了能够见到它们，值得经过一段复杂的旅程。

这些洁白的教堂比例十分完美。它们矗立于黑金、萨巴拉、孔戈尼亚斯及玛利安娜上相互致意，却并未展现出新的线条或巴西特色。它们全都属于巴洛克风格，同葡萄牙建筑别无二致；在华丽与装饰方面，它们输给了里约的圣本笃堂与圣方济各堂；而在年代的古老方面，它们又比不过巴伊亚。它们之所以显得高贵难忘，是因为和谐地融入了荒原风光。而它们的独特更体现在这样的奇迹之中——这些富有艺术感的恢宏建筑竟诞生于一个与世界文明相隔绝的区域。我们至今仍无法解释这样的奇迹，在淘金者、冒险家与奴隶组成的团体中，居然存在一小批巴西工匠与艺术家，他们借助雕刻与绘画完美地完成了教堂装饰。我们也许永远无法知晓：这个流浪团体究竟来自何方，他们如何从一个黄金城来到另一个黄金城，以教派的力量树立起信仰的丰碑，使它闪耀在贪婪的攫取之上。在这个匿名团体中，只有一个人的名字能够浮现出来，那就是残废者安东尼奥·弗朗西斯科·里斯本[1]。

残废者是第一名真正的巴西艺术家。作为葡萄牙木匠大师与黑人奴隶的混血后代，他具有典型的巴西特征。1730年，残废者出生于黑金市。在那个时代，这里只有匆匆聚集的人群，却没有真正意义上的房屋、教堂或是石质宫殿。他便在这样的环境中成长，没有老师名匠甚至接触不到最基础的知识。在这个混血儿身上，最特别的便是他魔鬼般的丑陋面貌，似乎与米开朗基罗有着血肉联系。但他应当从未听说过这个名字，也没有见到他的任何一幅作品。他拖着畸形的躯体，长着厚厚

---

[1] 安东尼奥·弗朗西斯科·里斯本（1730—1814），巴西建筑师、雕刻家。

的嘴唇与硕大的耳朵,歪斜的嘴里没有一颗牙齿,布满血丝的眼中永远充斥着愤怒。从青年时代开始他的外表便令人如此厌恶,正如编年史家所说的那样,每个与他偶然相遇的人都会受到惊吓。不仅如此,从他四十六岁开始,一种可怕的疾病更是摧毁了他的四肢,先后侵蚀了他的脚趾与手指。然而对于这位天性杰出的人来说,无论任何疾病都无法阻止他继续工作。每天早上,这位巴西的麻风病人便由两个奴隶带到教堂或者作坊里。他们搀扶着这位不幸的人以防他跌倒,并将刻刀或者毛笔绑在他没有手指的手上,使他能够继续工作。直到傍晚,残废者才会乘坐轿子返回住处,因为他知道自己会造成恐慌。他既不愿看到别人,也不愿被别人看到。他所想的只有工作,只有工作能使他忘掉悲惨的命运;工作是他生存的唯一目的,正因为如此,他才活到了八十四岁。

这是一位艺术家的感人悲剧。在他阴沉的灵魂中或许隐藏着一位真正的天才,但悲惨的命运却阻止他发挥出全部才能。也许这名残疾的混血儿本能成为一名雕刻家,创造出震惊世界的作品。但他却被囚禁在远离文明的小镇中,囚禁在热带深处的寂寞里;缺少老师、名匠、同学的支持,缺乏对伟大作品的研究了解,这位可怜的混血儿只能在模糊的路上艰难摸索,一步步靠近真正的价值。在这座淘金者的小镇里,文明十分落后,安东尼奥·弗朗西斯·里斯本就像是孤岛上的鲁滨孙·克鲁索。他从未看到过希腊的雕塑,甚至连多纳泰罗[1]的临摹品都没有见过。他未曾触摸过大理石的洁白表面,对青铜器熔铸毫无了解。从未有人教授过他艺术规律或是代代相传的秘密技

---

[1] 多纳泰罗(1386—1466),意大利早期文艺复兴时期第一代美术家。

巧。其他人都能得到鼓励并为自己的雄心兴奋不已，而他却独自处在消泯意志的孤独之中，为几百年前已经完成的工作绞尽脑汁。但是对人类的厌恶、对自己丑陋外表的反叛却使他越来越沉浸在工作里，沿着这条艰难的道路慢慢回归真正的自我。他的装饰雕塑品味高雅、技艺精湛，但却未能走出巴洛克的既定框架，直到七八十岁才体现出自己的风格。在孔戈尼亚斯教堂的阶梯旁装饰着十二尊巨大的皂石雕塑，尽管石质比较松软，却能承受住时间的侵蚀；尽管有着不尽完美的技术失误，却无法抵消其重要价值。他天才地将雕塑融入周围的景色之中，仿佛它们都在自由地呼吸（而里约热内卢的石膏复制品却让人觉得死气沉沉）。在这些雕像中蕴藏着崇高的态度与不羁的灵魂。悲惨人生的煎熬与遗憾在艺术创造中得到了解脱。

建造教堂时的另一些艺术家——他们大部分都籍籍无名——也同样战胜了许多困难。这里没有建筑用的方石，也没有大理石与雕刻工具，但是拥有极其丰富的黄金。他们可以在木板、画框以及雕刻表面镀上黄金，因此教堂的圣坛才得以闪闪发光。我们能够想象，这些最早的居民住在连床都没有的破屋之中，唯一的资产便是身上的衣服、一柄匕首与一把铁锹。而突然之间，这些装饰恢宏的洁白教堂向他们的野蛮生活中注入了一种奇异的美学思想，他们将多么自豪。过了不久，连黑人们也不愿落后。他们希望建设自己的教堂，圣徒的肤色也要同他们一样。他们贡献出不多的财富，建立起同样宏伟的教堂。就这样，在"国王奇科"的指挥下，黑金市修建起了圣尤金妮亚堂。"国王奇科"原是非洲部落的王子，后被当作奴隶卖到巴西。由于找到了相当可观的黄金，他便赎回了自己以及同部落的人。在这片闭塞的山区之中，在这些被遗忘的城市之上，这座教堂的桂冠依旧闪亮，它构成了最为独特的风景，也是眼睛最好的慰藉。那些由无尽的河水带来的黄金，那些由黑暗的群山奉献的宝藏，至今也未曾完全开采。它们转化成世界上最高贵持久的价值：美丽。在这些荒凉的山谷中，城市与居民已经消失许久，但教堂却作为那段光辉岁月的见证者永远地留存下来。衰败的黑金市就好像巴西的托莱多，孔戈尼亚斯则好似奥维耶多或者亚西西，惬意地处在温柔的棕榈林中。它们都抵抗住了时间，忠实地捍卫了过去。巴西完好地保存着这珍贵的遗产，将它视为"民族纪念"。这是非常明智的决定，因为"米纳斯密谋"将黑金市变成了一个特殊的朝圣地点。它不仅能带来视觉与心灵的愉悦，更让我们神秘地感受到这些城市的存在有多么不可思议。这种黄色的金属具有如此巨大的力量，竟能在荒野之中建起城市，使最野蛮的冒险家热爱艺术，将善与恶同时激发出来。黄金尽管冰凉沉重，却能唤醒人类最炽热的梦想，这个神秘而又强大的伪君子撼动了整个世界。

在浪漫悲伤的山丘上，教堂悬在空中，就像天使的翅膀。我看了它们最后一眼，预备离开这特别的世界。几世纪前，这里黄金的迷惑色彩就仿佛荒野之中的摩根勒菲[1]。然而，既然来到了这片黄金峡谷，至少应当亲眼看看这激励人们的神秘金属，在离开黄金国之前，至少要亲自体验一下黄金的质感。这个愿望很容易满足。在旅途中，有时还能看到一个人站在维利亚斯河里，按照最原始的方法将河沙放入筛子中抖动。这种情形在二百年里都未曾改变。这些可怜的淘金者一点都不浪漫，他们只想碰碰运气，因为法律并不禁止任何人寻找冲积砂金。

---

1 摩根勒菲：亚瑟王传奇中的邪恶女巫。

我曾希望花些时间观察这些可怜的淘金者，但其他人却劝我不要浪费时间，因为这些一无所有的人常常一连几天搜集河沙摇晃箩筛，但却一无所获。事实上，只要一点点黄金就能使他们欣喜若狂，就能激励他们继续日复一日地寻找黄金。在这些河沙中淘取黄金已经成为无望的工作。尽管一次重要发现就能补偿淘金者数年的辛劳，但是他们的生活状态却比最穷的工人还糟。如今的黄金开采必须通过有组织的集体作业，比如维利奥山与艾斯皮利托桑托的现代金矿就依靠着英国工程师与美国机器。这项工程非常复杂也十分有趣。米纳斯吉拉斯的黄金在见识了人类的野蛮之后便躲进了岩石之中。它们不愿意被人捉到，但是经过千百年之后，如今的人们比先前更加狡猾多端。他们利用科技制造出有效的武器，开凿出越来越深的隧道，使机器触碰到邪恶的金属。钻井的深度已经达到两千多米，升降机需要几个小时才能到达隧道深处。在地下，一场巨大的工程正在展开。钻孔机将黑色的矿石分成小块，装入由驴子拉动的翻斗车中。这些可怜的驴子仿佛被判无期的囚徒，终日在电灯照明的隧道中工作、休息；它们同人类一样，也是黄金的奴隶与受害者。一年之中只有三次休息时间，分别是复活节、圣灵降临节与圣诞节。在这三天里，动物能够走出矿井，它们一见到阳光，便开始欢快地跳跃鸣叫，在地上纵情地打滚，为久违的光明兴奋不已。然而，从翻斗车里运往地面的并非纯粹的金子，而是粗糙的矿石。这种灰褐色的矿石又脏又硬，即使最有穿透力的眼神也看不出黄金的光芒，但强大的机械会拿起这些石块，用巨大的锤头砸碎，使它们在水流中成为柔软的泥团，泥团经过筛滤来到不断晃动的平台之上，金属便同无用的残渣渐渐分离。这些经过净化的细沙还要经过多次电化处理——细节实在过于复杂——直到从矿石中提取最后一粒黄金。再将纯净的金属放入熔炉熔化。

我花费了一两个小时,仔细观察了全部过程。开采技术如此完美,是经过无数试验的结果。在这项巨大的工程中,我见到了数百乃至上千人,既有升降机、隧道里或者机器旁边的工人,也有许多搬运工、铸炼工、工程师以及指挥员。在我耳边依旧回响着锤头的轰鸣声;由于在黑暗与日光下不断转换,我疲劳的双眼也仍然感到疼痛。我已经看到了一切,却唯独缺少纯金。我急切地渴望了解这个行业中八千名工作者究竟能生产出多少黄金,这个投入了精神、人力、化学、电力能量的复杂活动每天能有多少成果。我终于看到了一天的生产总量,但却感到万分惊奇。我原以为会看到一座金山、一间阿兹特克国王的金库,可眼前的金子却只有砖块大小。凭借复杂的工具与高效的组织,八千个人也只能从土地中得到一块金砖。而这块金砖却支付了八千人的工资,支付了资本投入的利息并养活了股东。我再次了解了这黄色金属的邪恶魔力,几千年来,人类始终在它的掌控之下。在巴黎法国银行地下,我第一次意识到这种依赖是多么荒谬。在一个类似堡垒的地下室里,我曾看到排列整齐的金条,冰冷而又死寂。这是所谓的法国财富,是成百上千万虚拟的价值。这座巴黎的人造金矿浪费多少精神气力,只为了将从非洲、美国、澳大利亚艰难开采的黄金重新藏在土里。而在巴西,在世界的另一个尽头,在这八千人的工作之中,我看到了同样的努力、技艺与同样的精神;他们从土地中发掘同一种金属,而最终只是为了将它们埋回去,只是埋藏地点变成了一个银行的地下室。我终于明白,当那些富镇的淘金者炫耀自己奢侈的衣装时,我不应当嘲笑他们,因为这种古老的谵妄依然存在，只是变换了形式。这种冰冷的金属比任何一种机械或精神浪潮都更能煽动人类，并对世界的各项事件产生了不可估量的影响。就在我看到这粗糙的金砖时，才明白了这卑鄙的金属有多么荒谬。

　　这是我在黄金谷中的特别经历。我原打算来到黄金发源地，直面黄金的真实模样，进一步了解它的力量与影响。但当我毫无敬畏地触摸这块金砖，触摸这几千双手的工作成果时，才深深理解了其中的荒谬。它仅仅是一块冰冷坚硬的金属，无法使我的双手感觉到任何热量与振动，既无法使我兴奋也不能令我尊敬。我真的无法理解，人性既能成为这种谵妄的牺牲品，又如何能够创造出光芒四射的教堂，并将永恒不朽的遗产——艺术以及信仰——恭敬地保存在教堂之中。

飞向北方

巴伊亚

忠于传统

在这座城市中诞生了巴西,也诞生了整个南美洲。在这座城市中,奠定了跨文化大桥的第一块基石,将来自欧洲、非洲、美洲的因素相互融合,创造出崭新的文明。我们对它充满了敬佩!这座城市在整个南美洲都拥有古老的特权。它拥有近四百年的历史,拥有古老的教堂、主教堂与城堡;它对于新世界的意义就仿佛我们的千年古城,就好像欧洲的雅典、亚历山大城与耶路撒冷——它是文明的圣地。站在这座有着光荣历史的城市面前就好像面对着人类的脸庞,使我们饱含着崇敬之情。

巴伊亚的态度十分高贵。它就像莎士比亚戏剧中的孀居皇后,被过去的岁月束缚着。尽管早已将皇权移交给了更有追求的新一代人,却并未就此退位,而是依然守护着自己的地位与无与伦比的荣光。它从高处俯瞰海洋,几世纪前,所有的船只都向她驶来;如今,它依旧携带着由教堂组成的古老装饰,高贵的态度也依旧保存在其子民之中。那些新的城市——里约、蒙得维的亚、圣地亚哥、布宜诺斯艾利斯——或许比它更加富有、强大、时尚,但是巴伊亚却拥有历史、文明以及最独特的生活方式。在巴西所有的城市中,唯有它最尊重传统。只有在它的岩石与道路中才能理解巴西历史，才能明白葡萄牙如何将巴西孕育出来。

巴伊亚是一座忠于传统的保守城市，保护着古老建筑免受时代冲击。几世纪以来，它于外保留了原始的样貌，于内捍卫了自己的传统。如果从海上靠近巴伊亚，看到的景象与总督时代或帝国时期并无不同。下方是港口与商业街道（大部分都十分现代化），上方则是山巅的石顶。城市的外观就像一座堡垒，宏伟冷静地迎接游客的到来。四百年前，所有的殖民者都集中在高处，他们在围栏之后躲避海盗与土著人的袭击。泥质的围栏渐渐被城墙所替代，在城墙之后建起了一座安全的城市。过了不久，这里的居民便敢于在陡峭的岩石上建造教堂宫殿，而城市将这宏伟的样貌保留下来。巴伊亚从高处望着下面的港口，从城堡中望着远方的大西洋，其威严崇高的姿态，整个南美洲也再找不到第二个。

旧房子旁边的道路狭窄陡峭。沿着这些道路来到高处，就能看出这座城市有多么丰富。它并未破落衰败，只是停滞不前，因此便像威尼斯、布鲁日、埃克斯莱班一样，拥有一种历经百年梦幻的城市共有的美丽。巴伊亚无意与里约、圣保罗竞争，它如此清高，不愿建造高楼大厦去迎合新的时代；与此同时，它又如此活跃，不会像米纳斯吉拉斯的黄金城一样衰落下去。它保全了自己本来的模样：它是葡萄牙时代的古老城市，也是唯一一个了解巴西起源与传统的地方。

在这座城市的各个角落，我们都能感受到传统。与巴西的其他城市不同，巴伊亚拥有独特的服饰、饮食与色彩特征。这里的道路多姿多彩，其他任何一个地方也比不上。这里仍保持着殖民时期的非洲特点，仿佛眼前就是一幅幅活动的图画，就是德布雷的《巴西历史风情之旅》中的一幕幕场景。那些在其他城市早已消失的东西，在这里却能够看到。尽管在这座古老的城市里也有穿行的汽车，驴子却依旧驮着干柴与水果；牲畜能够按小时出租，就好像现代都市里的汽车；在桥上，我们仿佛又回到了腓尼基或者罗马时期，货物并不依靠起重机装卸，而是依靠搬运工人的脊背。流动商贩带着宽檐的草帽，肩上扛着一个棍子，棍子两头悬挂着货篮，看起来像一架天平。夜市上商贩席地而坐，在堆成山的橙子、南瓜、香蕉、椰子中间点起一根蜡烛或一盏油灯。尽管码头上停靠着巨大的跨洋轮船，却也有小小的帆船在大陆与岛屿间穿行，它们的桅杆形成了一片流动的森林。这里还能看到木筏，它们构成了无与伦比的风情。这些木筏由三到四根原木组成，上面只有一个狭窄的座位，并没有任何技术要求。我想象不到比这更原始的东西。但是水手们却可以驾驶它们出海远行，他们简直拥有不可思议的勇气。据说曾有一艘美国轮船看到一个木筏远离海岸，还以为是遭遇了海难便立即朝它驶去。在巴伊亚，一切都混合着过去与未来，一切都有着多变的色彩。这里有巴西最古老的大学与优秀的学院，有图书馆与政府大楼，还有现代化的酒店与体育俱乐部。只要再走过两个街区，便能看到葡萄牙的生活方式：低矮的小房间里挤满了各种不同的手工业者，背后是隐藏在香蕉树与面包树间的黑人茅屋。这里有柏油马路，但旁边就是粗糙的石道；在巴伊亚，十分钟内就能经历三四个世纪的变迁，而且一切又显得那样自然真实——这才是巴伊亚真正的魅力所在。它依旧保留着真实的本色而不是刻意的装扮，那些所谓的风景并不强加于人，反而能不着痕迹地融为一体。新生与古老，现在与过去，奢华与原始，1600年与1940年，所有的一切构成了一幅镶边画,展示着世界上最平和怡人的风景。

而在这永恒的画面中最独特的便是巴伊亚女人,这些又黑又壮的女人有着深色的瞳孔,穿着特殊的服装。巴伊亚女人整日都穿着这种服装,甚至连最贫穷的人也不例外。世界上没有任何服装能与它相比,我们无法想象还有比这更夸张的服饰。它并不属于非洲、东方或者葡萄牙,而是这三种风格的统一体现。在她们头上精巧地裹着一方头巾,颜色或红或绿或黄或蓝,也可能有多种色彩,但一定十分鲜艳。身上则穿着白色的便服及一条宽大的钟形裙子。我不得不怀疑,在那个流行气球裙的年代,她们的祖母或者曾祖母是否见到过葡萄牙夫人用裙架撑起的裙子,并将这一样式保留在她们的面布裙中以示区别。她们的肩上还有一张辅助她们将篮子水罐放在头上的巨大披巾,手上则带着几根廉价的金属手镯。每个巴伊亚黑人妇女都穿着同样的服装,但却拥有不同的颜色。然而巴伊亚妇女的威严并不体现在服饰上,而是在于她们走路的姿势与英武的体态。当她们坐在市场或门前时,便将裙子当作皇家礼服一般摆放,仿佛坐在一朵巨大的花苞中。凭借这种高贵的态度,这些多彩的公主们正贩卖着世界上最廉价的商品——由煤炉烧制的喷香美食。这些美食实在过于廉价,连用一张纸包裹都显得昂贵。因此,它们都被放在香蕉叶子中交给顾客。巴伊亚妇女走起路来同坐着时一样神气十足。她们头上顶着重达几十斤的篮子,里面装满了衣服、水果、鱼类;看她们走路是一种享受:她们将脖子高高昂起,将双手放在屁股上,步伐稳健,眼神严肃。倘若有导演想排演宫廷戏剧,一定能在这些厨娘公主身上学到很多。到了晚上,她们便怀着一种神秘的热情在只有炉火照明的厨房中制作特别的美食。每当看到这种场景,就会不自觉地想到古代的女巫。没有什么能比巴伊亚的女人更有韵味，也没有什么能比这里的道路更加真实自然、多彩多姿。巴伊亚，唯有巴伊亚能让我理解巴西。

教堂与庆典

巴伊亚并非只是色彩之城。它同时也是教堂之城，是巴西的罗马。如果说"一年有多少天，巴伊亚就有多少教堂"就像说"瓜纳巴拉海湾有三百六十五座岛屿"一样，的确有些夸张。事实上，这里有大约八十座教堂，但它们却无疑统治着这座城市。在如今的大都市里，古教堂的统治地位大多已被现代化的摩天大楼所取代；其中最有代表性的便是华尔街的古老教堂，它曾经俯视着整个纽约，如今却羞涩地隐藏在银行大楼的阴影之下。但是在巴伊亚，教堂依旧占据着主导地位。它们全都高大宏伟，耸立在大大小小的广场之中，旁边便是花园与修道院。每一个教堂都有各自的守护者，比如圣方济各、圣本笃或者圣依纳西奥。由它们开始，城市才真正建设起来。它们比政府大楼或其他宫殿都要古老。为了祈祷上帝能够庇佑这片新大陆，人们便围绕教堂修建城市。水手们在海上进行了数周的航行，只能看到单调的海洋与天空；当他们终于看到了远方的陆地，最先映入眼帘的便是教堂虔诚的身影。为了感谢上帝保佑他们旅途平安，教堂也将成为他们拜访的第一个地方。

主教堂靠近耶稣教会学院，它是巴伊亚最大的教堂，但却并非最美的。它要追溯到最早的耶稣会成员。这座教堂中充满了回忆。巴西的第三任总督门德萨就安葬于此，安东尼奥·维埃拉神父也曾在这里布道。它是巴西（无疑也是南美）最早的教堂，其入口处装饰着象牙。当轮船运送蔗糖到欧洲时，也会带来一些象牙。在这些虔诚的人眼里，教堂配得上一切贵重的物品。这里的道路又窄又脏，十分之九的人口都居住在破旧的茅屋里。尽管这里并不富裕，教堂却应当豪华宏伟；因此，他们在墙面装饰了葡萄牙的瓷砖，又用在木雕上涂满了米纳斯吉拉斯的黄金。接着便出现了不同教派的竞争。如果耶稣会修建了一座巨大豪华的教堂，方济各会便希望修建得更大更奢华。修道院的长廊多么富有魅力！墙上铺满了美丽的瓷砖，屋顶镶嵌着各种饰板，大厅则装饰着黑檀木雕作品。每一个细节都让人感到纯粹与完美。加尔莫罗圣衣会也不甘示弱，然后是本笃会，再然后是黑人，他们在教堂中供奉着罗萨里奥圣母与圣本笃。正因为如此，在巴伊亚到处都有教堂与修道院；任何一条大道上，我们都能见到一两座富有古韵魅力的教堂。在殖民时期的巴伊亚，一天中的任何时段都有教堂开放供民众祈祷。得益于教派间的竞争，巴伊亚拥有如此之多的教堂，永远不会人满为患。我们也需要花费几周时间，仔细察看每一个教堂的细节。

　　教堂的数量震撼了我。同欧洲相比，巴西的新城市并没有太多教堂。一位和蔼的神父曾陪我参观某座教堂。我向他询问，巴伊亚是否还像从前那样信奉宗教，他微微笑着说道："是的，这里的民众信奉宗教，但却是以他们的方式。"起初，我并不明白这微笑的含义，它并非否决也非批判，而只是为了强调最后几个字。这种特殊形式的虔诚无法同我们的宗教观念相契合，我也是后来才明白这一点。巴伊亚是巴西黑人最多的城市。在这里，过去的一切都得到保留，民众的肤色也不例外。它并没有像其他城市那样，随着欧洲移民的增多而日渐漂白。几百年来，黑人一直钟爱教堂，是巴西最虔诚的团体。但他们的信仰却有着特殊的色彩。对于天真简单的非洲奴隶而言，教堂并非一个潜心静修的精神圣地；基督教中最吸引他们的是盛大的仪式，是其中神秘、生动、恢宏的色彩。早在四百年前，安谢塔就曾说过，音乐是使他们皈依的最好手段。直到今天，在这些天真敏感的人眼里，宗教依然同盛大欢愉密不可分，每一场布道弥撒都蕴含着真福与幸运。因此，巴伊亚也是一座宗教节日之城。在这里，一个圣徒日并不只是日历上的红色数字，而是属于演出的日子，更是属于大众的庆典。整座城市会竭尽全力欢庆纪念。巴伊亚一年有多少宗教庆典，没有人能告诉我确切数字。因为这里的民众受到特殊情感的驱使——真正的宗教精神混杂着对观看表演的热爱——总是增加节日的数量。

对于一个外国人来说，在巴伊亚参加一次公共庆典并不需要特别的运气。我却有幸参加了圣主邦纷[1]庆典。巴伊亚有一座圣主邦纷教堂，它坐落于一座山峰之上，风景优美，距离城市一个半小时的路程。整整一个星期，这里都将是各种庆典的中心。邦纷广场附近的房屋都租给了城中的家庭，他们在这里接待客人，为朋友提供食物。巨大的广场向数千人开放，人们每晚都欢聚在露天聚会中。教堂的正墙上挂满了彩灯，椰树林中搭起了无数棚屋，贩卖着饮料与食品。黑人妇女们紧挨炉灶蹲坐在草坪上，向客人提供各种便宜的美食；身后是她们在喧嚣中熟睡的孩子。木马在旋转；人们散步跳舞、奏乐聊天；无论白天还是夜晚，人们都怀着虔诚与喜悦聚集起来，向圣主邦纷表达敬意。但清洗教堂才是一周中最令人难忘的也是最主要

---

[1] 圣主邦纷指耶稣受难之后升天时的形象，他的庆典是巴伊亚最隆重的庆典。

的仪式。这是巴伊亚的独创特色，不存在于其他任何地方。圣主邦纷教堂本是一座黑人教堂。有一天，教区牧师同意在圣主邦纷节前夜清洗教堂台阶并将它打扫干净。非洲的基督徒开心地完成了这一任务。对于这些虔诚的灵魂而言，这是向圣主邦纷表达他们的爱与尊敬的绝佳机会。他们希望将教堂好好打扫。到了既定的日子，每个人都加入了这项光荣的活动，为圣主邦纷堂的清洁出力。以这项虔诚的工作为起点，仪式开始了。然而，由于这些教徒天真的性情，清洁教堂也演变成为一次盛会。每个人都付出全力清扫擦拭，仿佛为了洗掉灵魂的罪孽；成百上千的人们或远或近地赶来，年复一年，聚集的人也越来越多。这项习俗突然变成了大众的庆典，它如此热闹嘈杂，竟激怒神父遭到禁止。但是民众执意庆祝自己的节日，清洁圣主邦纷教堂的活动又再度恢复。如今，它已经成为全城的节日，也是我见过的最动人的庆典。

由于每个人都希望看到表演，城中便出现了一支宗教游行的队伍。他们要穿越大半个城市，花费近两个小时才能到达圣主邦纷教堂。这是一次真正的大众游行，而不像如今的尼斯狂欢节上，商人与旅行社为了宣传而雇佣的队伍。这支队伍的简单朴素给人留下了深刻印象。朝圣的人群一早便聚集在市场广场上，他们身旁是带有廉价装饰的手推车或小驴车。啊，这些装饰多么原始，又多么有趣！动物身上覆盖着蕾丝床单，车轮表面装饰着彩色绢纸，驴蹄涂成了银色，水桶镀上了金色（这些用来清洗圣堂的水桶就是市场上的普通水桶），所有这些装饰至多花费二十万雷斯。但是巴伊亚妇女却使这支游行队伍变得十分豪华隆重。她们怀着十足的宗教热情，顶着一瓶瓶鲜花走在艳阳之下，走完了整段路程。为了补足自己多彩的衣装，这些黑人王后从这里借来一条镶边丝巾，又从那边借来一条项链。由于能为圣主邦纷服务，又能享受民众敬重的目光，她们周身散发着幸福的光芒，给人以壮观的印象。在简单朴素的驴车上坐着几名少年，每个人肩膀上都扛着一把扫帚。他们就像一支未经排演的乐队，一路都唱着不协调的歌谣。一切都闪烁在强烈的日光中，在那之后是碧蓝的大海与蔚蓝的天空。这里充满了色彩与欢乐。

队伍终于开始进发。巴伊亚妇女走在最前面，头顶花瓶排成长长的队列。队伍沿着街道慢慢前行，因为每个人都想看到他们。门口与窗前爆发出"圣主邦纷万岁"的欢呼声；为了清楚地看到游行队伍，老人也都坐在门前简陋的柳条椅上。对于巴西人，这些世界上最简朴的民众来说，这样的表演已然是一场盛会。由于头顶的花瓶连一滴水也不能洒出来，这支游行队伍需要两个小时才能到达教堂，我们便乘坐汽车到前面等待他们。然而教堂已经挤满了人。这里有无数的男人、女人以及黑人小孩，他们欢笑着围成一团，等待游行队伍的到来。窗子上、圣器室里、台阶上人头攒动，每个人都焦急地坐立不安。然而——我也是后来才明白——对于这些敏感的人来说，等待能够激发渴望与快感。当第一声礼炮响起，告知队伍已经出现在某个转角，人群中爆发的欢愉我几乎从未见过。孩童们拍着巴掌跺脚跳舞，成人们欢快地高喊："圣主邦纷万岁！"整整一分钟里，整座教堂都回荡着这阵欢呼。但是游行队伍还离得很远。我能从他们的表情中看到不断增加的兴奋之情。每一声礼炮之后，都会有新的欢呼、新的掌声与新的叫喊，每一次都比之前更加响亮热情。我必须承认，这种渴望与热情也感染了我。游行队伍越来越近，最前端的妇女终于气宇轩昂地穿过教堂大门，将鲜花摆在了祭台上。我从高处向下看去，他们正走在两侧喧哗的人群之间，聚集在一起的人们情绪激昂。我听到数千张嘴中发出同一声呼喊："圣主邦纷万岁，圣主邦纷万岁！"我清楚地感受到他们的渴望。这种渴望就像一只彩色动物，已经准备好要越出牢笼。期待已久的时刻终于来临。警察熟练有力地推开人群，使他们远离教堂，以便开始进行清洁。在人们接连不断的欢呼声中，人们从花瓶中洒了一点水，另一些人拿起了扫帚。这些人尚且保持着慈悲谦逊的态度，对宗教事业怀有崇敬之情——他们首先靠近祭台，在胸前划着十字。但是，其他想要为圣主邦纷服务的人已经无法克制自己；等待的焦躁与欣喜的喊叫使他们越发疯狂。突然之间，教堂前仿佛出现了几百只不安的魔鬼。一个人从另一个人手中拿过扫帚，有时一把扫帚能够经过三人、四人甚至十人之手；而那些没有扫帚的人便跪在地上，用双手擦拭地板。每个人都高喊着："圣主邦纷万岁！"既有小孩稚嫩的童声，也有男人女人的声音。这是真正的疯狂，是我迄今为止见到的最强烈的集体狂热。一位平日矜持谨慎的少女，一改往日温婉的形象，像酒神巴斯克的女祭师一样高举着手臂，带着狂喜的表情高喊着："圣主邦纷万岁！圣主邦纷万岁！"直到声音完全嘶哑。另一个人因为兴奋喊叫而昏倒，被其他人抬出了教堂。疯狂的人们仍像魔鬼一样清洗擦拭，仿佛要把自己的手指磨出血来。这场疯狂的清洁活动极富感染力，我甚至无法确定，如果自己处在这些兴奋的人群中，是否也会抢夺一把扫帚。这是我第一次见到集体的疯狂，更令我难忘的是，这一切竟发生在一座教堂中，发生在一片明亮的天空之下，既没有酒精或兴奋剂，甚至连音乐都没有。

然而，巴伊亚的秘密也正在于此。由于遗传的影响，在他们的血液中，"宗教"总会同"享乐"神秘地融合在一起。尤其对于混血儿与黑人，焦急的期盼与单调的兴奋很容易使他们迷醉。巴伊亚成为坎东布莱教与马孔巴的中心并非偶然。关于马孔巴有很多东西可写，它混合了非洲残酷的习俗与基督教特有的狂热。每个外国人都会吹嘘自己在某位朋友的帮助下看到过"真正的"马孔巴仪式。事实上，尽管这些黑人曾经需要躲避警察，可是这种神秘却增加了人们的好奇心。早在很久之前，马孔巴就变成了一种半真半假的表演；他们同旅行社签有协议，就像印度的瑜伽表演一样。坦白来讲，我看到的马孔巴无疑是一场安排好的演出。我们在丛林中上上下下磕磕绊绊，走了大约半个小时，来到一间茅草屋。此时大约午夜时分，在一轮昏暗的月亮下面，站着六七个黑人与混血儿。他们敲响铃鼓，借此打着节拍，合唱着一首乐曲。这首乐曲的曲调毫无变化，让人感觉有些急躁。这时，巫师与受难者出现了。巫师开始跳舞，并不时地吸一口烟喝一口甘蔗酒。每个人都开始跳舞唱歌，直到其中一个眼睛翻转身体僵直地倒在地上。我从不怀疑这一切都经过事先编排，但是这些舞蹈、烧酒，尤其是单调的音乐却能令人沉醉其中，就像圣主邦纷教堂的迷醉一样。在那里，人们从叫喊中得到愉悦，最平静安宁的人们也都沉浸于疯狂之中。巴西的其他地方都被现代习俗打磨了棱角，它们的本色已经被欧洲文化所覆盖践踏；而所有的一切——原始、本能与入迷狂喜——仍在巴伊亚留有神秘的印记；在一些罕见的场合，我们依然能感知到它们的存在。

参观蔗糖、烟草、可可

在圣保罗，我拜见了巴西的前任国王咖啡；我同样希望见一见它的兄弟——蔗糖、烟草与可可，是它们将巴西变得富裕而又闻名。这些高贵的先生不会来见我们，所以我们必须经过几个小时的旅程前往他们的府邸。旅途的劳累得到了丰厚的补偿，因为在前往卡舒埃拉的路途中，会经过一片土壤肥沃的区域，那里有应接不暇的美丽风景。在这片区域中，我们首先看到的是棕榈林，如此广袤浓密的棕榈林我还从未见到过。我常常见到形单影只的棕榈树，它们就像某个茅屋的守夜者或是一座公园的保安，又或是南欧的林荫道上的一排排卫兵。但是在这里，它们彼此的距离非常近，枝干连着枝干，就仿佛古罗马军团连在一起的长矛。而这种繁盛的景象只是巴伊亚肥沃土地的第一个讯号。之后，我们又经过了一大片木薯地。用木薯根茎制成的木薯粉是巴西的主要食粮。木薯粉对巴西土著居民的意义就像大米对中国人的意义一样。即便在今天，木薯也同香蕉和面包树一道，是大自然给予穷人最慷慨的馈赠。

在我们接下来的旅途中，农田又展现出其他样貌。在道路两旁，甘蔗如竹子一般高高耸起，每一株都保持着同样的高度。无论任何东西，数量太多便会显得单调。因此，甘蔗种植园也像穿着绿色制服的咖啡与茶叶，让人感到疲倦厌烦。甘蔗可不是一位热情的主人，没有东西供人参观享用。在一个转弯处，我们突然看到一辆马车。我不禁问自己，这到底是真的，还是里约国家博物馆里古老的彩色图画？这的确是一辆1600年的马车。它粗糙的车轮上并没有安装辐条，而是采用了整块的实木，仿佛回到了三千年前的庞贝古城。拉车的六头牛还带着鼻环，好像古埃及画中的样子；赶车的黑人也像奴隶一样穿着多彩的条纹衬衫；甘蔗被运往作坊的方式也都同殖民时期一模一样。也许作坊本身也没有变化，尽管地平线上的烟囱似乎表明这里有了现代化的提纯技术。我再次惊讶地发现巴西现代工业仅仅存在于狭窄的沿海地带，而在其他地方还保留着这么多的古老工具。这或许是国民经济的弊端，但却为看够了单调世界的双眼提供了太多愉悦。在旅途之中，我向蔗糖这位曾经的君主致以崇高的问候：它依然在同化学科技的对抗中保护着土地的神圣遗物，并以自己的甘甜向巴西与世界奉献着一种特殊的活力；这种活力来自阳光与这个受眷顾的国家永不枯竭的土地。

而它肤色更深的弟弟烟草也比我想象的更加保守。在卡舒埃拉这个历史古城中，许多房屋都带有抗击印第安人的弓箭射击口。这里也拥有最大最出名的雪茄工厂。作为一名圣尼古丁的忠实信徒，我必须感谢这座城市赐予我如此多的美味雪茄。我怀着深深的愧疚，计算着在这片数以万计的种植园中，有多少烟叶已经随着我几年来的恶习烧为灰烬。由于取舍十分困难，我便参观了全部的三座工厂。而"工厂"却是一个夸大的词汇。我很害怕看到强大的钢铁机器——在它们的一端放入烟草，另一端便生产出雪茄成品，甚至已经包装完好放入盒子。在这样的工厂里，只能看到强大的机器，却看不到真正的生产过程。但是卡舒埃拉的工厂绝非如此。在巴西，雪茄生产也尚未机械化。在这里，每一支雪茄都由手工生产，或者更确切地说，每一支雪茄都需要许多双手共同劳作。我们能够看到烟草的不断变化，这对每个烟民来说都是一种惊喜。我们惊讶地发现小小的雪茄竟包含了如此辛劳。房间里坐着几百名混血姑娘，她们一个挨着一个，每一个小组都负责不同的工序。依次经过这些房间，我们便能看到制作雪茄的完整过程。在第一个房间里，我们看到了刚刚从种植园运来的烟叶。这些巨大的烟叶都已晒干，散发出强烈的味道。姑娘们坐在成堆的烟叶中挑拣，先将烟梗丢弃，才将烟叶卷成雪茄。在第二个房间中，工人们用刀将雪茄切成规定的长度。直到这时，我们看到的都是裸露的雪茄，尚且缺少外壳将它定型。然而，尽管巴西拥有各种烟草，却没有能够包裹烟草的植物——这真是自然奇怪的悖论！因此，这种数以万计的雪茄外壳必须从苏门答腊进口。我们随意拿起的每一支雪茄都来自两块大陆——美洲和亚洲，而它们又常常在第三块大陆得到享用。在雪茄包上外壳之后，一个女工会为它加上吸嘴，一些黑色的手指为它戴上封条，另一些人则盖上最后的印戳（在巴西，除了刚出生的婴儿之外，一切都要加盖印戳）。这时雪茄才会裹上玻璃纸，放入带有商标的盒子里。当我看到如此多的工序之后，连将雪茄放进嘴里都感到羞愧。当我看到数百个姑娘弯曲的脊背，也不禁觉得当为此负责。但是这种顾虑并没有持续太久。由于工厂给了我几盒优秀的产品，在回到巴伊亚之前，一些愧疚便化成了青烟。

可可是巴西北部的第三个君王，我却未能到它的府邸拜访，因为它更喜欢潮湿炎热的气候，喜欢生活在原始丛林的庇护之中。这种闷热的环境对它有利，对我们却是彻底的煎熬；由于空气湿热，那里蚊虫丛生。不过幸运的是，这位君主在巴伊亚有一座高雅的别苑，也就是可可研究所。在这里，我们能够舒适地看到可可树开花结果。开花结果同时发生是可可树独有的特点；一些果实成熟了，另一些却仍旧青涩，因此采摘也可以持续进行。可可的种子十分苦涩——我也是在巴伊亚学到的这一点——在成袋的可可由电子设备送往船舱之前,还需要经过净化、提炼、消毒等诸多过程。只有这间研究所完全采用了现代技术,它集储存、科研、展览、销售于一身;我在这里一个小时所学到的东西,即使读数百本书也无法替代。

* * *

累西腓

巴伊亚如此美丽诱人,我上了飞机仍恋恋不舍。现在,我要飞往伯南布哥,或者是累西腓,又或者是奥林达。我究竟应该用哪个名字呢?这座城市确实有三个名字。当商人向那里运送货物时,将它称为伯南布哥。但是我更喜欢用累西腓或奥林达,它们曾是姐妹城市,如今已经合为一体。这些年来,我的耳边一直回响着《奥林达》的旋律;我想起在古书与传说中,这座城市还有第四个名字:毛里赛亚。为了纪念拿骚的毛里茨,我们应当如此称呼它。毛里茨征服了这里,他想在巴西建立起一座小阿姆斯特丹,建立起清洁的街道与荷兰风格的美丽宫殿。他的追随者巴尔留斯将这些工程设计绘成了一本图册,也成为荷兰统治时期唯一的纪念。我原打算在这里寻找华丽的宫殿与坚固的堡垒,寻找带有荷兰立柱的房屋以及毛里茨为怀念祖国而带来的磨坊,可是一切终归徒劳。过去的一切都消失殆尽,留下的只有奥林达的葡萄牙教堂与几条殖民时期沉寂的道路,而温和的景色则使一切都越发美丽。奥林达不像巴伊亚那般恢宏,也没有高地城市的壮丽景观,它的浪漫魅力完全浸没在自然的宁静里。这是一个沉静的地方,很少注意到它年轻活跃的姐妹城市。累西腓则充满了活力与进步：它拥有现代化的街道，漂亮的机场，一座能够傲视整个美洲的酒店和在巴西首屈一指的公共设施。市政府正在努力拆除黑人的棚屋（尽管在我们看来这些棚屋也很浪漫），并致力于一项卓越的尝试——为每位无产者建造自己的家园。他们得到了一间温馨明亮的小房子，配有电灯与良好的卫生设施，其费用可以慢慢偿还；几年或者几十年之后，累西腓会成为一座模范城市。在由旧到新、由森林到城市的转变过程中，我们看到了许多矛盾，很多东西也才刚刚起步。在这里，一切都不会墨守成规，每一天都有新的发现。

* * *

飞向亚马孙

我们继续向北。由累西腓到亚马孙河口的贝伦，需要乘飞机前往。因为同样的路程，飞机需要几小时，轮船便需要几天。这里的轮船只是小型的水上飞艇，坐起来并不舒适，几乎每隔一小时便要停靠一次。在到达贝伦之前，轮船还要在卡贝德鲁、纳塔尔、佛尔塔莱查、卡莫辛、阿玛拉桑与圣路易斯短暂停靠；这都是些颇具风情的小城，为了了解它们的特点，我想在每个地方都待上一天。但是由于每个星期只有一两艘船经过这里，我不得不满足于从空中匆匆一瞥，看看它们明亮的街道与洁白的房屋。我很清楚，空中旅行会使我错过巴西北部许多有趣的细节。但是在另一方面，它也使我进一步了解了巴西的广袤，了解这里究竟为未来储存了多少土地。比起乘坐轮船漂过长长的海岸，或是在汽车火车上穿越这片土地，这样的印象反而更加令人信服。在这幅不断变幻的图画中，最令人惊讶的是河流。从飞机上能够看到，在巴伊亚与贝伦之间流淌着十几条大河，每一条河的长度与宽度都能与欧洲最大的河流相媲美。当我查看地图时几乎感到羞愧，因为这些河流的名字我竟从未听过。与我们的期待不同，这些河流的河口处没有巨大的港口，也看不到一艘轮船，只能偶尔分辨出几艘小帆船或独木舟。只有从高处俯瞰时我才明白，为什么这些本应连通沿海与内陆的河流无法为两地的通行服务。因为它们并不像欧洲的河流那样笔直开阔，而是像一条不断弯曲的蓝色巨蛇，阻断了水流也消耗了力量。正因为河流弯道过多，无法实现内陆与沿海之间的快速通行，这块地区才会显得如此荒凉，甚至连一条道路、一座村庄都很难见到。在数千公里的土地上，绵延着无尽孤独的绿色，仿佛处在远古时期。在飞机上俯瞰这片神奇的区域：轻柔的微风吹拂着大地，除了一小块荒凉的盐场，到处都是肥沃的景象。白色的盐粒反射着太阳的光芒，就仿佛刚刚落下的新雪。我们这才明白，若想开发出这里的全部潜能，还需要很久很久。巴西的大部分资源依然属于未来的一代。

我们终于来到了贝伦。

自从少年时期开始——自从我第一次读到奥雷亚纳，读到他作为在亚马孙航行的第一人在独木舟上完成了这次传世之旅；自从我第一次在动物园看到五颜六色的鹦鹉，看到灵活机警的小猴子——我便对亚马孙河充满了向往。如今，我就站在亚马孙河口，更确切地说是其中一个河口；在这里，亚马孙的每一条支流都比欧洲的大河更加宽阔。

贝伦给人的第一印象并不如我预想的美好，因为它同河岸还有一段距离,缺少自由开阔的风景。然而,它却是一座具有活力的美丽城市。这里道路宽阔,广场巨大,还有许多有趣的古老宫殿。四五十年以前,贝伦还有着成为现代都市甚至巴西首都的野心。在那个时期,橡胶产业如日中天,巴西木生产也为北方垄断。橡胶沿亚马孙河顺流而下,马上就能变成黄金,贝伦也是一片繁荣。为了迎接卡鲁索[1]们,它也像马瑙斯一样建造了一座大型剧院,但是不久便荒废了。它修建了许多豪华别墅,仿佛由于"红色金子"的庇佑,北部将再一次成为巴西经济的基石。经济危机出现了,并且越来越严重;跨国公司与股票机构纷纷衰败或消失。从那时起,贝伦又回到了最初的模样,成为一个美丽却不繁荣的城市。然而,在战争结束以后,贝伦必将迎来新的腾飞。因为这里地理位置优越,通向各个方向的航班都能从这里中转。由贝伦向北,可以飞到古巴、特立尼达、迈阿密和纽约;向西可以直达马瑙斯、秘鲁与哥伦比亚;向南则能来到里约热内卢、桑托斯、圣保罗、蒙得维的亚与布宜诺斯艾利斯;不久之后,这里就会开通向东的航线,通向欧洲或者非洲。在几年之内,贝伦就会成为南美的神经中枢;尤其在亚马孙区域开发之后,贝伦便能够实现曾经的梦想——成为一座大都市。

动物园与植物园是贝伦最值得一看的风景,里面几乎包含了亚马孙流域所有的动植物类型。亚马孙丛林又称"绿色沙漠",因为树木在河流两岸不断延伸,让人感到壮丽而又单调。如果没有足够的时间、勇气与幸运深入丛林,便可以来到这两个公园;在它们铺满粗沙的舒适道路上漫步,感受原始丛

---

[1] 卡鲁索(1872—1921),意大利男高音歌唱家。

林的氛围，一睹亚马孙区域的风采。我在贝伦看到了著名的巴西木与橡胶树，它不仅为这个地区带来了财富，更促进了巴西与整个世界的繁荣。只要在这些树上割开一道口子，洁白的黏液便会流出。我还看到了另一项奇迹——土著人将这种树木视为圣物，因为它并不固定在一个地方，是唯一一种会移动的树。它确实会移动，因为它的枝叶过于伸展，由于劳累而向土地倾斜。枝叶伸入泥土之中，便得到了新的力量，成长为新的枝干；在这个过程中，老的枝干也逐渐干枯倒下。树木就这样向前走了几步，尽管枝干有所变化，却还是同一棵树。土著人为这种迁移感到震惊，认为这种树也拥有智慧与灵魂。其他奇迹也不胜枚举：这里有许多人都无法环抱的粗壮树干，有纠结在一起的菟丝子和各种各样的灌木，有五颜六色的鸟，还有单薄到透明的鱼——有些鱼的前后都带有明灯，就像汽车一样。大自然的慷慨神奇无处不在，而这一切并非像在博物馆那样有着明显的人工痕迹。我们没有足够的时间看尽一切，也觉得对植物园的了解远远不够。参观结束之后，我感到一切才刚刚开始。每一次看地图，都能看到更多我未曾参观的土地。我难道不该多停留一段时间，花上两星期甚至两个月沿亚马孙河顺流而上，到巴西人都很少知晓的马托格罗索与戈亚斯？我难道不应该深入原始丛林，深入充满诱惑力的危险中心，去探知热带大自然最完整的力量？但是我又该如何停止，哪里才是我的终点？继续深入的诱惑不是越来越大吗？这个国家就是一个世界，而其中的绝大部分尚且未经探测。若想用几个月的时间了解这里，岂不是显得过于自负？在这里旅行总会有新的发现，我们不得不承认，没有人能看尽巴西的一切。在适当的时候放弃是明智的，因此我必须对自己说：这次已经足够了！

我回到了机场，准备搭乘班机前往美国。而在我的飞机旁边，便是一架飞往马瑙斯的飞机。我看着它滑行起飞，驶向了我未知的土地。我尚未离开巴西，便已经开始怀念这里，希望能够立即返回这神奇的国度。在螺旋桨转动的那一刻，所有的感激才爆发出来。在这几个星期里得到的知识与欢乐将使我永生难忘。如若有幸看到巴西无尽的繁茂，哪怕只是其中的一小部分，也将获得持续一生的美丽。

巴西年表

由瓦斯科·达·伽马指挥的葡萄牙舰队前往印度	7月7日，1497年
由佩德罗·阿尔维斯·卡布拉尔指挥的葡萄牙舰队前往印度	3月9日，1500年
佩德罗·阿尔维斯·卡布拉尔到达巴西	4月22日，1500年
费尔南·德·诺隆亚开展巴西木贸易	1501年
亚美利哥·韦斯普奇随贡萨洛·科埃略的舰队来到巴西	1503年
"美洲"第一次出现在地图上（瓦尔德泽米勒）	1507年
费尔南·德·麦哲伦第一次环球航行，到达巴西	1519年
巴西分为十二块领地	1534年
作为第一个巴西总督，多梅·德·索萨到达巴伊亚。随同前往的还有耶稣会士，其中包括诺布莱加神父	1549年
第一个主教到达巴西	1552年
诺布莱加神父创建圣保罗	1554年
在维列盖格农的率领下，法国人进驻里约热内卢	1555年
汉斯·斯塔登的《巴西之旅》一书问世	1557年
安德烈·戴维《奇异的南方法兰西》一书出版	1558年
门德萨在里约抗击法国人	1560年
法国人被驱逐出境，里约热内卢建城	1567年
葡萄牙并入西班牙	1580年
征服帕拉伊巴	1586年
征服北大河	1589年

成立东印度公司	1602 年
征服塞阿腊	1611 年
征服马兰尼昂，建立贝仑	1615 年
荷兰人占领巴伊亚	1624 年
荷兰人占领奥林达	1627 年
葡萄牙恢复独立	1640 年
伯南布哥起义抗击荷兰	1645 年
荷兰人彻底撤出巴西	1654 年
葡萄牙与荷兰签订和平条约	1661 年
米纳斯吉拉斯发现金矿	1693 年
米纳斯吉拉斯升级为州	1720 年
富镇反对建立铸币厂的起义遭到镇压	1720 年
咖啡进入巴西	1723 年
发现钻石	1729 年
建立南大河州	1737 年
在里斯本，巴西第一位剧作家安东尼奥·若泽被宗教裁判所处以火刑	1739 年
建立戈亚斯州	1740 年
建立马托·格罗索州	1748 年
马德里条约划分西属美洲与葡属美洲（巴西）的界限	1 月 13 日，1750 年
里斯本大地震	1755 年
耶稣会士被逐出巴西	1759 年
里约热内卢成为巴西首都	1763 年
米纳斯吉拉斯密谋，争取巴西独立	1789 年
处死"拔牙者"	1792 年
葡萄牙王室出逃	1807 年

王室到达里约热内卢	1808年
开放巴西港口与全球通商	1808年
巴西人口达到三百五十万,其中有近二百万奴隶	1808年
罗伯托·索西完成《巴西史》	1810年
巴西升级为王国	1815年
若昂六世返回葡萄牙	4月26日,1821年
佩德罗王子宣布巴西独立,加冕成为巴西皇帝佩德罗一世	1822年
圣伊莱尔出版《巴西内陆之旅》	1823年
巴西失去西斯普拉提那州	1828年
佩德罗一世逊位	1831年
佩德罗二世正式即位	1840年
禁止奴隶进口	1850年
巴西第一条铁路建成	1855年
巴拉圭战争	1864年—1870年
巴西与欧洲互通电报	1874年
巴西人口超过一千万	1875年
巴西废除奴隶制	5月13日,1888年
废除帝国,成立共和国	1889年
佩德罗二世在流放中去世	1891年
桑托斯·杜蒙绕埃菲尔铁塔飞行	1899年
尤克里德斯·达·库尼亚《腹地》出版	1902年
巴西人口超过三千万	1920年
巴西人口超过四千万	1930年
热图里奥·瓦加斯就职总统	1930年

第一版译后记

第一次接触这本书，是在五年前。当时出于对茨威格的热爱，我在图书馆借阅了几乎所有他的作品，而在一次网上检索时，才发现了尚未有中译本的《巴西：未来之国》。那时学习葡语还不足一年，对巴西的了解也很有限，只能借助词典慢慢阅读，没想到一下便入了迷。后来，国内也陆续出过许多关于巴西的书，可却没有一本让我有如此深刻的感受。现在想来，那些书大多将巴西写成了一张报表，其中充斥着各种数据，介绍了巴西的领土面积、地理分布、气候状况、人种构成；还有一小部分将巴西描绘成一幅画，用猎奇的笔触记录下各种异域风光；而茨威格，却将巴西写成了一首诗。在这本书里，他的感受、他的心情都与巴西融在了一起。如果将巴西比作他的爱人，《巴西：未来之国》就是最美的情诗。然而巴西却不仅仅是茨威格的爱人，它更是茨威格的全部希望。

说到这一点，不得不提它所处的时代。1934年，维也纳事件爆发，茨威格被迫逃离奥地利流亡英国。随着战火在欧洲大陆的蔓延，他又不得不迁居美国，并于1940年前往巴西。一年之后，茨威格写下了《巴西：未来之国》。可以说，当时他对欧洲文明已经完全绝望。关于这一点，茨威格的相关介绍里几乎都有提及，《昨日的世界》中也有相当的体现，但较少有人知道，正是在巴西，茨威格又看到了另一种可能。

当蔡若筠从德文校对这本书的译稿时，曾提出可以将书名译为"明日的世界"。虽然最后保留了"未来之国"这一既定译法,"明日的世界"却极具启发意义。因为在这本书里,茨威格看重的并不仅仅是巴西的未来,更是整个世界的明日图景。可以说,在茨威格眼中,欧洲社会早已分崩离析,而巴西却寄托了他对人类文明的全部希望。因此,这里的"未来"并不是指单纯的经济发展,甚至不是指科技、艺术等考究的文化形式,因为文明发达的欧洲社会也难逃两次世界大战的厄运,这里的"未来"指的是一种人道主义精神,是一种自由、平等、博爱的现实版本。而这本书的目的也并非预言,而是为全人类指明一条宽广的未来之路。

这也就能够解释,在这本书中,茨威格为什么如此强调人的作用。从航海大发现时代开始,主宰巴西命运的就是一个个顽强坚毅的历史人物。从诺布莱加、安谢塔等耶稣会士到十九世纪的佩德罗二世,身上都环绕着人道主义的光环。耶稣会士为土著居民向国王请命,坚决捍卫他们的各项权益;佩德罗二世积极废除奴隶制度,自愿放弃王位流亡欧洲。巴西数次不流血的政体转换,各个人种之间的自由融合,还有底层人民乐观善良的天性,在茨威格笔下,都获得了震撼人心的力量。正因为如此,在我第一次看到这本书时就被它深深吸引,之后更是一读再读。

而这一切,却并未折损本书的真实性。论及对史实的考察、对数据的引用,恐怕没有人比他更严谨。这更多的是靠他本人的细致观察。他曾徜徉在里约街头,独自登上贫民窟,曾亲自参观咖啡种植、金矿开采,还到过遥远的累西腓与巴伊亚,参加过那里的宗教活动。他凭着最为诚挚的态度,将自己的见闻思考付诸笔下,并无刻意的美化、矫饰。尽管如此,在其描述或预言中依然存在一些不可避免的偏差。由于当时欧洲正值战争期间,茨威格自然更加看重巴西和平安逸的生活,甚至将巴西的落后、懒散也看作是天赐的美德。与此同时,第二次世纪大战也使巴西暂时摆脱了英美等国的经济控制,加上1940—1941年正处"新国家"中期,总统瓦加斯积极推行各种政策发展民族工业,推进教育改革,实施社会保险,立法保证劳工权利,巴西的民生、经济也正处于发展高峰,很容易让人有"未来之国"的乐观遐想。因此,尽管茨威格笔下的巴西笼罩了一层理想色彩,却并未背离巴西现实。下面谨对两个争议较多的问题略做说明。

首先是种族问题。茨威格多次强调巴西各种族之间的平等、交融,这也是世界对于巴西的普遍印象。如今随着巴西经济的崛起,其社会问题也成为国际关注的焦点,其中也包括了对种族问题的争论。认为巴西存在种族歧视的主要论据是在上层社会或高收入阶层中,有色人种的比例要大大低于白人,却容易忽略造成这一情况的历史、教育等因素。由于篇幅所限,很难对此做出全面解释,但有一点可以肯定——至少在日常生活中,巴西大多数民众的友好、善良并不以种族为界限。事实上,即使一些白人更以自己的肤色为豪,也会以尊重礼貌的态度对待有色人种。加上巴西异族通婚的传统,很多人都拥有黑人或者印第安人血统,种族界限并不明显。因此,倘若巴西真的存在种族"歧视"现象,其规模与程度也比欧洲、美国小得多。

本书中的另一个问题在于对贫民窟的态度。茨威格将贫民窟视为美好纯净的所在,并以伤感的笔调预言其必将消失,可它们却成了巴西社会的顽疾。诚然,茨威格没有在那里生活过。对于贫穷朴实的生活，置身其外的人很容易产生美好的幻想。然而，贫民窟里不仅有毒枭罪犯，也有茨威格描绘的善良友好的穷人，他们为生存所迫，不得不居住在条件恶劣的自建房中。在经济发展与社会整治中，他们的利益也最容易被忽视。因此在大部分人都谈贫民窟色变的今天，茨威格的描绘也许不无意义。

巴西从来不是一片世外桃源，它也有着自己的冲突和危机。而从这本书成书到现在的七十年里，巴西更是经历了许多茨威格料想不到的重大变革，从1954年总统瓦加斯自杀到1964年军事政变，直到1985年才重回民主之路，其经济发展也并非一帆风顺。或许正因为如此，才有人开玩笑说巴西的"未来"永远都在未来。所幸的是，巴西民众依然保持着独一无二的友善与热情，保持着茨威格笔下乐观的天性。在我来巴西求学的半年中，见到的仿佛仍是《巴西：未来之国》中的场景——身边各种肤色的同学，见面时热情的拥抱，不急不慢的性格，彩票点前排起的长队，陌生人之间的微笑……如果时光真的改变了什么，那也并非最本质的东西。因为巴西最宝贵的一切——气候、风光、土壤、可爱的民众——都宛如茨威格七十年前所描绘的样子。

对于遥远的中国而言，同样不变的还有巴西的陌生与特别。时至今日，中国读者对巴西依然所知甚少。不知是否由于这个原因，虽然茨威格的各种中译本层出不穷，却没有人翻译过这本著作。鉴于德语译者大多不了解巴西，翻译参阅的许多资料也只有葡语版本，这本书最终由我从葡语译出，再由蔡若筠用德语校对，以求清晰、准确地介绍巴西，并最大限度地再现原作风采。到现在为止，如果问我学习葡语最幸福的事情是什么，那就是翻译了这本书。从大一接触到这本书到现在真正来到巴西，每次阅读它都会觉得感动。如今，我终于能将这感动带给更多的人，也让更多的人了解巴西。在这里，巴西不是金砖四国中的一个符号，而是一个有血有肉的存在。

在此，要感谢闵雪飞老师，如果不是她，我根本不敢想象能翻译这本书；还要感谢蔡若筠的悉心校对，使译本能够更加贴近德语原文；还有商务印书馆王明毅老师的支持，尽管由于种种原因换了出版社，却是他给了我最初翻译的勇气与动力；我还要感谢本书的编辑何家炜先生和夏宁女士，是他们的悉心编辑使这本书最终呈现在世人面前。

此外，由于一些葡语词汇尚无既定译法，加之译者水平有限，书中难免有疏漏之处，还望读者不吝赐教，万分感谢！

樊星

2012年9月于巴西坎皮纳斯

再版译后记

2011年,当我开始翻译《巴西:未来之国》时,本科尚未毕业,对巴西也未有多少深入的了解。因此,茨威格笔下诗意美好的巴西轻易便打动了我。就这样,凭借一股近乎盲目的天真与笃信,我翻译了茨威格同样天真笃信的文字。从这个意义上讲,或许年少时这种全情投入的译笔,反倒更好地传达了茨威格热切诚挚的情绪。

然而,尽管在翻译这本书的过程中,我并未去质疑茨威格,却不得不在译稿完成之后,直面针对这本书内容与视角的追问。闵雪飞老师在读完初稿后就指出了关于巴西"种族民主"的种种问题;九久读书人的编辑何家炜先生此前就出版过《茨威格在巴西》,所以很清楚这本书出版之后在巴西引起的诸多争议;甚至当我自己从翻译的情绪中脱身出来之后,也无法忽视茨威格预言与巴西历史走向之间的明显不同。

在第一版的译后记中,我就这些问题做了一些简单的解释与回应。但我当时在巴西仅求学半年,学识眼界毕竟有限,如今回头翻看先前的论述,不免觉得有些流于浅薄。得益于这次修订再版的机会,正好可以补充一些相关内容,希望读者在阅读之后,能够更加理解茨威格,也更加理解彼时与现在的巴西。

茨威格共有三次巴西之行。

第一次,如他在本书的引言中所说,是在1936年8月,去布宜诺斯艾利斯参加世界作家大会之前。这一次,他在巴西停留了约十天时间。这次短暂的旅程在奥地利作家心中留下了巨大的震动,当年便出版了游记《巴西小游》,其中部分片段被应用到了《巴西:未来之国》的写作之中。不久之后,茨威格便给他在巴西的出版商写信,表明他想要返回巴西,为撰写关于这个国家的书搜集资料。

1940年8月,茨威格终于再度来到巴西,直到次年1月。在五个月的时间中,茨威格与第二任妻子绿蒂大部分时间都待在里约热内卢,阅读书籍、查询资料,但也同样游览了圣保罗、米纳斯吉拉斯以及巴西北部的部分城市。在此期间,茨威格完成了《巴西:未来之国》的主体内容。同样在这段时间,茨威格与巴西政府主管政治宣传的官员罗利瓦尔·冯特斯(Lourival Fontes)交往密切,其在巴西的部分开销也是由巴西政府负责的。

1941年8月,茨威格再次登上前往里约的轮船。这是他第三次也是最后一次来到巴西,因为仅仅几个月之后,他与绿蒂便双双在里约热内卢附近的佩德罗波利斯自杀。在最后一次行程之前,茨威格已经完成了《巴西:未来之国》的德文创作与英语和法语译本的修订工作。因此,茨威格在巴西的最后时光并未对本书内容产生影响,正相反,这本书的出版在某种程度上影响了茨威格的生活,使他不得不面对巴西知识界的怀疑与批判。

之所以详细回顾茨威格在巴西的三次行程,是因为《巴西:未来之国》这本书遭到最大的诟病,就是对巴西的"美化"。而当其他国家的读者将这种"美化"归于茨威格的理想主义和他对巴西的片面理解时,巴西彼时的知识分子却怀疑他是被巴西"新国家"(1937—1945)时期的独裁者收买了,是在有意用美好的假象去掩盖现实的问题。

如今,仅仅通过对茨威格三次巴西之行的回顾与他这一时期书信资料的审读,就能发现这本书的创作确实是出于他对巴西的热爱,而非受雇于巴西政府。首先,茨威格对巴西的总体印象在1936年就已经形成。他是先有了书写巴西的想法,才在1940年前往巴西,而非是在1940年受到冯特斯的招待与委托,才决定创作《巴西:未来之国》。而据阿尔贝托·迪内斯(Alberto Dines)等茨威格的巴西研究专家表示,冯特斯的真正目的是想说服茨威格为瓦加斯立传,这无疑并未成功。

然而,在澄清了这一事实之后,却引出了更多问题。比如,对于某个国家的赞美能否等同于对于特定时期政府的赞美?茨威格这种基于个人印象的片面化叙述究竟有多大的可信度?在多大程度上,我们可以认为茨威格对于巴西的描写是真实的?

在讨论这些问题之前,首先要强调的是,面对巴西知识分子尤其是左翼知识分子的误解与批判,茨威格也并非完全无辜,因为他本身也确实误解或者无视着巴西的时政局势。即使抛开政治上的威权主义不谈,茨威格似乎对瓦加斯执政时的排犹政策也一无所知。在叙述历史时,他采取了全然的欧洲视角。在文化与艺术方面,他看中的主要还是十九世纪的经典文学与古典音乐,而对巴西文坛"30一代"的新生力量与桑巴等民间音乐形式毫无兴趣。

因此,无论从哪个维度上看《巴西:未来之国》,茨威格采取的都是一种极度个人化的视角。其实早在1936年第一次来到巴西时,茨威格就形成了巴西"多种族融合""对待外人热情友好""能够用和平方式解决一切争端"的印象。而这种印象自然与纳粹势力的崛起和此后的二战局势密不可分。当1940年茨威格再度来到巴西时，他其实已经带有这种先入之见，并在此基础上查询资料、游历各地。另一方面，巴西绚烂的自然景致与独特的历史发展脉络确实为茨威格提供了充足的素材。正是在这种情况下，《巴西：未来之国》应运而生。

但是，在明确了上述这些因素之后，我依然认为这是一本极好的巴西读物。事实上，在经过意识形态立场极端分化的"新国家"时期与军政府时期之后，巴西知识界对于这本书的态度也越来越正面。在2014年的一篇文章中，巴西青年作家J.P.昆卡就明确说道："今天我重读了《巴西：未来之国》，想到这位作家眼中的国家看看。"茨威格的巴西是一个乌托邦范本，但并未十分脱离现实。换句话说，茨威格笔下美好的巴西确实存在，但他同时也将巴西不好的一面——尤其是腐败与暴力——无意识地忽略掉了。

以占全书四分之一篇幅的历史来说，在史实方面其实并没有什么硬伤。与更为严肃的历史读物相比，茨威格的问题主要在于对历史进程分析的简化。换句话说，当历史学家试图对各历史事件复杂的成因进行还原时，茨威格在意的只有两点：一是巴西民族意识的诞生，二是其"和平"的过渡方式。在这样的立场下，茨威格总会选取最诗意、最符合人道主义精神同时也最符合巴西利益的逻辑去解释这个国家的历史走向，比如将巴拉圭战争归结于洛佩斯的单方面挑衅。尽管关于这场造成巴拉圭人口锐减的大战已有更为深入的研究，但在成书的二十世纪四十年代，这种简单化的归因却并非茨威格的一家之言，而是流行于巴西的主要观点。

同样，在讲述巴西经济发展与种族问题时，茨威格也并未忽略奴隶制的问题与底层人民的牺牲。诚然，在他强调巴西的发展与未来时，似乎将对过去的清算放在了次要位置；在他对巴西的"种族民主"发出赞叹时，的确会让人产生巴西不同种族之间完全平等的误解，无益于巴西黑人与印第安后裔的正当抗争。但如果我们想想八十年前的时代背景，就会理解茨威格面对巴西种族关系时的感动与兴奋。那时象征着巴西"种族民主"基石的作品《华屋与棚户》刚出版不久，美国种族隔离政策还未被废除，而纳粹在实行着种族清洗政策。在这种情况下，即使巴西本身并不完美，也依然是值得其他国家学习的榜样。

时至今日，这本书在对巴西历史概况做简要梳理之外，最可贵的仍是茨威格这种理想主义的视角。正如我们上面说明的那样，这种视角因为时代原因而略显偏颇，但相对于如今追求客观的罗列式研究来说，《巴西：未来之国》却包含着一种独特、自洽的行文逻辑。2006年，在这本书出版六十五周年之际，里约热内卢特地举办了一次纪念性质的论坛，包括巴西知名历史学家鲍里斯·福斯托在内的多位学者均参与发言。他们虽不完全赞同茨威格的观点，但却都认可这本书对于巴西过往历史研究与未来经济发展的启发意义。

对于大多数中国读者来说，茨威格更是提供了另一种认识巴西的方式。在本世纪初"金砖国家"的概念兴起之前，因为足球、狂欢节等文化符号的传播，大家对于巴西的想象大都停留在"自由""狂野""不拘小节"上。因此，当茨威格从一种温和崇高的角度来展现巴西时，读者首先会觉得意外。这是因为，在巴西越来越以其非洲文化特质来赢得国际社会的认可时，许多人都忘记了，来自葡萄牙、法国甚至德国的影响同样构成了巴西的文化底色。

事实上，茨威格之所以将巴西作为未来之国，很大程度上正是因为这种欧洲底色。在居住于佩德罗波利斯的几个月里，茨威格与绿蒂都一直对当地的德国特色与德国侨民津津乐道。因此，当欧洲故步自封，旧世界接近灭亡时，茨威格最看重的便是巴西这种包容向上的生机。作为曾经的殖民地，巴西脱胎于欧洲文化，但并未止步于此，而是尽可能地将印第安文化、非洲文化吸纳进来。在这种不间断的融合过程中，巴西在实质上创造了一种独特的种族观与价值体系。它反对将欧洲、美洲、非洲割裂，反对以血统来规定种族，反对在不同的文化传统中一争高下，反对将经济发展与国力强盛作为发展进步的唯一标准。

在这个意义上，巴西如今依然代表着某种值得期许的未来。在对《巴西：未来之国》的众多批评中，最常见的莫过于说他的预言失败。而当这些批评者援引巴西如今的经济表现时，其实已经再度落入了茨威格对于"数据"的批判。将"永远的未来"作为谶语，这种调侃无伤大雅，但在批判巴西经济停滞、行政低效的时候，如果完全忽略了这个国家在环保、平权、社会互助等方面的努力与成绩，就不免陷入茨威格同时代欧美人的无知与自大之中了。另一方面，也许正是巴西的"平和"阻碍了它以决绝的方式根除社会的种种弊端，阻碍了它以部分群体的牺牲来获得整个国家的繁荣。

更重要的是，在如今去过巴西并爱上巴西的人看来，这个国家依然担得起茨威格的盛赞。里约热内卢的美丽无与伦比；圣保罗州气候宜人，市中心的规划与设计并不输于其他的国际大都市；在大部分巴西人身上，仍能看到那种天然的乐天、热情与友善。在这个层面上，茨威格这种"印象派"写作看似对部分细节做了模糊化的处理，却实现了对巴西精神实质深刻而精确的把握。

　　曾经，在那个战火纷飞的时代，巴西短暂地为茨威格带去过光明与希望。如今，茨威格的巴西同样能为庸碌的现代生活注入一丝温情，我想这也是为何在首次出版近八十年之后，《巴西：未来之国》仍能打动许多读者的原因。

樊星

2018 年 4 月于北京